Investigação sobre Ariel

Sílvio Fiorani

Investigação sobre Ariel

2ª edição revista

EDITORA RECORD
RIO DE JANEIRO • SÃO PAULO
2015

CIP-BRASIL. CATALOGAÇÃO NA PUBLICAÇÃO
SINDICATO NACIONAL DOS EDITORES DE LIVROS, RJ

F546i Fiorani, Sílvio
   Investigação sobre Ariel / Sílvio Fiorani. – 2ª ed. – Rio de Janeiro: Record, 2015.
2ª ed.
   ISBN 978-85-01-10485-4

   1. Romance brasileiro. I. Título.

15-22062
CDD: 869.93
CDU: 821.134.3(81)-3

Copyright © Sílvio Fiorani 2015
Capa: Sergio Campante

Todos os direitos reservados. Proibida a reprodução, armazenamento ou transmissão de partes deste livro, através de quaisquer meios, sem prévia autorização por escrito.

Texto revisado segundo o novo Acordo Ortográfico da Língua Portuguesa.

Direitos exclusivos desta edição reservados pela
EDITORA RECORD LTDA.
Rua Argentina, 171 – 20921-380 – Rio de Janeiro, RJ – Tel.: 2585-2000

Impresso no Brasil

ISBN 978-85-01-10485-4

Seja um leitor preferencial Record.
Cadastre-se e receba informações sobre nossos lançamentos e nossas promoções.

Atendimento e venda direta ao leitor:
mdireto@record.com.br ou (21) 2585-2002.

Para Fábio Hanna

RITO DE PASSAGEM
(nota do autor)

Francisco Rovelli deparou certo dia com o baixo-relevo de um pequeno labirinto esculpido no pórtico de uma catedral. Ao correr o dedo pelos sulcos escavados, descobriu a maneira simples, mas geralmente impensável, de se penetrar numa construção assim e dela sair sem dificuldades. A chave é a mesma que fornece saída para quaisquer labirintos. No entanto, é preciso guardar segredo sobre a descoberta, pois o valor de vencer tal desafio é pessoal e intransferível.

A história é bem conhecida. Quatro são os personagens. Dédalo, criador do labirinto, é o senhor da racionalidade e da invenção; Teseu é o herói empreendedor, o viajante; Ariadne, a portadora da intuição, marca feminina de que Teseu se utiliza em sua aventura. A viagem de ida e volta ao centro do labirinto seria uma alegoria acerca da morte e da ressurreição, embora comporte outros significados no campo dos desejos ocultos. Tal viagem pode conduzir o indivíduo para dentro de si mesmo, a uma espécie de santuário interior, sede do que pode haver de mais misterioso no ser humano. É ali que o Minotauro pode ser encontrado.

Mesmo que o labirinto mencionado não tivesse sido descoberto, certamente as histórias aqui contadas teriam sido escritas.

Mas o fato é que ele foi encontrado, ainda que com sua inscrição um tanto danificada pelo tempo, e assim pode ilustrar alguns dos significados deste livro:

Hic quem Creticus edit Daedalus est laberinthus, de quo nullus vadere quivit qui fuit intus, ni Theseus gratis Ariadne stamine jutus.

(Este é o labirinto que o cretense Dédalo construiu, do qual ninguém nunca conseguiu sair, a não ser Teseu, graças ao fio de Ariadne.)

Sumário

O FIO DE ARIADNE
103, 122, 131, 165, 168, 195, 198, 240, 325, 357, 430

TRANSPARÊNCIAS
38, 41, 47, 55, 61, 83, 86, 97, 105, 108, 119, 133, 138, 142, 149, 160, 167, 176, 177, 204, 225, 234, 246, 251, 263, 271, 291, 292, 303, 358, 366, 374, 384, 388, 428

O CADERNO VERMELHO
251, 379

O DIÁRIO DE FRANCISCO
(ANOTAÇÕES REMOTAS)
53, 58, 69, 94, 159, 181, 287, 307, 315, 323, 341, 344

O DIÁRIO DE FRANCISCO
(ANOTAÇÕES TARDIAS)
19, 27, 29, 35, 40, 42, 48, 77, 84, 120, 125, 167, 209, 212, 231, 239, 242, 263, 275, 292, 295, 332, 347, 353, 363, 375, 383, 393, 403, 413, 418, 425, 429

ANOTAÇÕES DE DÉDALO
23, 28, 31, 37, 39, 61, 67, 72, 82, 91, 97, 99, 103, 104, 113, 131, 138, 140, 150, 157, 173, 183, 189, 191, 199, 203, 244, 246, 286, 288, 308, 317, 343, 346, 355, 360, 366, 367, 369, 373, 379, 395, 399, 406, 410, 415, 429

OS APONTAMENTOS DE CASTOR
198, 217, 252, 278, 317, 319, 365

A HISTÓRIA DE LARRY
119, 137, 176, 211

A MÃO E A LUVA
87, 107, 108, 115, 132, 143, 151, 165, 174, 183, 190, 205, 221, 226, 232, 235, 245, 259, 272, 283, 285, 300, 309, 318, 326, 331, 352, 358, 387, 389, 396, 417, 424, 427

A VIDA É UM SONHO
284, 299, 308, 351, 359, 364, 367, 407, 416, 423, 426

Da mesma forma que,
no mundo físico,
dois corpos não podem ocupar
o mesmo lugar no espaço,
duas ideias fixas não podem
coexistir no mundo moral.

A. PÚCHKIN, *A dama de espadas*

*Não esperes que o rigor de teu caminho
que obstinadamente se bifurca em outro,
que obstinadamente se bifurca em outro,
tenha fim.*

JORGE LUIS BORGES, *Elogio da sombra*

Na amizade a que me refiro,
as almas entrosam-se e se confundem
em uma única alma. [...]
Se insistirem que eu diga por que o amava,
não saberia expressar senão respondendo:
porque era ele; porque era eu.

MONTAIGNE, *Ensaios*
(sobre Étienne de La Boétie)

1

O DIÁRIO DE FRANCISCO
(Anotações tardias)
SP, 20/01/1986

... então conheci esse a quem chamo de Dédalo e a quem logo confessei minhas incertezas. Ele inspirou-me confiança, interessou-se logo por Ariel, e assim fiquei à vontade para lhe falar de como eu me sentia impotente diante do material que havia recolhido sobre aquele meu personagem; para lhe falar também de minha incapacidade em administrar as informações todas que eu havia obtido e as ideias disparatadas que me passavam pela cabeça a todo momento. *Tenho um belo tema em minhas mãos, e no entanto sinto-me perdido,* eu lhe disse. *Confesse-o,* ele sugeriu, *diga isso logo na primeira página.* E pronunciou, em seguida, uma frase de cujas palavras não consigo me lembrar, ainda que o seu teor tenha-me atingido em cheio; era algo como: *assuma o caos ou desista de vez disso tudo e vá cuidar de sua própria vida,* ou coisa que o valha; assim, como se aquilo que eu estava tentando fazer não fosse de fato relevante para a minha existência e sim um jogo mental que eu poderia, se quisesse, deixar pela metade, em benefício de algum outro trabalho mais producente, mais condizente com o lado prático da vida; e, sendo ele cerca de sete anos mais jovem, emergindo ainda para a vida literária, achei-o um tanto atrevido, fiquei irritado com aquela sugestão intempestiva, aquele mau conselho, segundo me pareceu.

No entanto, fiquei surpreso comigo mesmo pelo fato de ter-me irritado daquela forma, constatando assim o quanto aquela questão já estava introjetada em mim. Desse modo, ainda que aquilo me tivesse irritado, encheu-me, em seguida, de um inesperado otimismo, e aquela súbita mudança de humor me fez acreditar que acabaria mesmo por escrever o livro de Ariel. E me sobreveio, naquele preciso momento, a sensação de já ter estado, em um dia remotíssimo, em meio àquela mesma perturbação e esperança, mas um dia tão remoto que não teria cabido em minha vida, um dia pertencente à eternidade que antecedera o meu nascimento, a eternidade que eu não vivera. *Confesse-o,* dissera Dédalo, e a minha memória vagou naquele momento, sem fronteiras, e através de uma inesperada associação de ideias acabei por me certificar de que o tal dia remoto não podia mesmo ter cabido dentro dos meus trinta e três anos de vida simplesmente porque não pertencia à minha vida, e sim à vida de Rob Sutcliffe, que Lawrence Durrell havia dado à luz por via de sua escrita para que pudesse pôr em movimento a aventura instigante e bizarra a que dera o nome de *O príncipe das trevas* e que eu lera com encantamento e excitação cerca de um ano antes.

Lembrei-me então daquela espécie de túnel do tempo que Durrell havia criado, com suas engenhosas armadilhas, para nele enredar sem piedade os seus caros personagens, gente fascinante de um tempo fascinante, os anos trinta, em que se compreendia e se vivia em sua plenitude a grandeza da literatura; a literatura que era, continuava sendo, dentre todas as vidas paralelas que podiam ser vividas, a mais cheia de incidentes, a mais rica em episódios, talvez a mais encantadora de ser vivida. Ah, eis o que posso dizer, fazendo minhas as palavras de um mestre: o caro espírito proustiano pairava sobre tudo e sobre todos. Que Deus fosse louvado. E naquele dia remoto que não era meu, a não ser por um enganoso sentimento de posse conferido pela memória, que, muitas vezes, não se preocupa em selecionar entre o cotidiano e a fantasia, porque o inconsciente não permite que ela o faça, por insondáveis necessidades; naquele dia remoto, o personagem-narrador Blanford (que Durrell também havia dado à luz para que transformasse por dentro o seu romance) fala de um outro narrador, o Sutcliffe já mencionado, que, por sua vez, escrevia sobre si mesmo: *a inexplicável confusão dos Cadernos de Veneza*, segundo Blanford. Enfim, Deus, se isto pode ser dito no caso, havia criado Durrell, que havia criado Blanford, que havia criado Sutcliffe, a quem, pois, pertencia o dia remoto de que me lembrara. E eu me lembrara do dia remotíssimo como se fosse meu, porque, decerto, em algum escaninho de minha mente eu fixara a forte impressão que as referências boas e más acerca daqueles *Cadernos de Veneza* de Robin Sutcliffe me haviam causado, e esse escaninho estava bem ao lado do outro em que, por via da seme-lhança ou do senso de oportunidade, a memória havia guardado as referências de meus próprios cadernos, sendo que um deles, o que fundamentara, por assim dizer, o meu romance anterior, eu começara, por coincidência, a preencher em Veneza, no verão de 1975. Mas a verdade básica tinha a ver com a solidão grandiosa que eu detectara em Sutcliffe ao passar ele por aquela cidade bela e trágica ao mesmo tempo, a qual se pode amar e odiar simulta-neamente, sem que isso configure uma contradição.

Mas havia muitas outras semelhanças entre mim e aquele per-sonagem e as suas anotações; algumas delas eu poderia repetir aqui e assinar embaixo, e seriam verdadeiras. Comoveu-me de maneira particular o fato de que Sutcliffe vinha, havia muito tempo, segundo o Blanford de Durrell, *tentando vários tons de voz* sem encontrar nenhum *que se ajustasse ao seu estado de espírito e ao seu tema.* Sutcliffe obstinava-se em escrever a partir de si mesmo, elegendo-se personagem principal de seu próprio livro, mas não conseguia fixar com eficiência, com o almejado efeito literário, o Sutcliffe de sua imaginação no universo por ele mesmo criado. Blanford, que ao escrever sobre Sutcliffe era ao mesmo tempo seu personagem (passavam-se por amigos, afinal), legou-nos o testemunho de que o manuscrito resultante daquela aventura intelectual era na verdade uma sucessão de armadilhas que criadores e criaturas montavam uns contra os outros. *Antes mesmo que o livro tivesse ganho corpo*, disse Blanford, *eu e os demais personagens começamos a olhar Sutcliffe por cima de seu ombro e a falar por nós mesmos.* Assim, como sucederia, às vezes, a mim e a Laura Stein, e a Júlia com relação ao meu caro amigo Dédalo, já então meu "caro amigo", ao lermos coletivamente a história maluca em que ele procurou nos enredar: uma aventura à qual eu o havia conclamado. Ele já escrevia então sobre a história de minha tentativa em desvendar o mistério da morte de Ariel, mas não teve como não escrever também sobre si mesmo, tendo como base a sua relação conosco, nos envolvendo, de forma inapelável, em seu destino, comandando essa parte de nossa vida projetada em sua obra.

O tema de Ariel me sobreveio na forma de lembranças muito vívidas que passei a ter de fatos que me haviam acontecido em minha juventude, bem no momento em que lia *O passo Valdez*. O que mais me impressionara naquela história era a falta de qualquer traço que pudesse denotar em Ariel Pedro as inclinações de um suicida. *O passo Valdez* me falava direto ao coração, me elevava a um tal plano de identificações com o seu personagem que me fazia crer que eu estivesse diante de uma espécie de alma gêmea. Claro que tal entusiasmo arrefeceu com o tempo, à medida que fui, mais tarde, me descobrindo como escritor. Mas o enigma da morte prematura de Ariel me acompanhou, e receio que me venha a acompanhar até que me exorcize dessa figura de que me sirvo para tentar olhar de frente os meus temores.

Anotações de Dédalo

O que Francisco logo me disse foi que nunca havia sentido tanta incerteza ao deparar-se com uma nova história. Não sabia por onde começá-la, não sabia sequer por que aquele tema o vinha golpeando com tanta insistência. Eu o conhecera numa festa, e ele me convidara, em meio a um evidente entusiasmo etílico, a visitá-lo. Por certo, não esperava que eu fosse atender tão prontamente ao convite. Ficou um tanto desconcertado, pois mal se lembrava de que me acenara com a possibilidade de um projeto em comum: o que eu havia entendido como um texto a quatro mãos; um romance, talvez, embora tal ideia me tivesse parecido no mínimo estranha. Procurei-o no dia seguinte, e ele tentou, mas não conseguiu, dissimular o seu desconcerto. Vocês sabem, esses convites casuais em meio ao barulho das festas não são mesmo para serem levados a sério. Mas eu sempre fui — como ele agora costuma me dizer — um tanto opinioso, e tenho também uma crença inabalável nos fados, nessas janelas fortuitas que o destino nos abre e que nunca devemos menosprezar. Há sempre um universo novo surgindo a partir de cada uma dessas pequeninas (ou grandes) oportunidades que o acaso nos oferece. Eu havia acabado de ler o último romance dele, com toda aquela lengalenga de delito, culpa e redenção; e por isso também eu não poderia deixar de transpor aquela porta que se abrira inesperadamente diante de mim, ainda que estivesse prevendo o desconcerto de Francisco. À parte a possibilidade de uma excitante aventura literária, havia um demônio interior que me fazia sibilar entredentes: verás o que te espera, seu cristãozinho de merda. Me vi então frente a frente com ele em seu "santuário", como Júlia Zemmel chamava aquele escritório tão pleno de ícones e reminiscências. O mapa astral que ela — embora apenas amadora no assunto — fizera de Ariel Pedro estava sobre a mesa de trabalho: No momento em que nasci — *disse Francisco, apanhando as folhas datilografadas* — e naquele em que Ariel nasceu, as posições da lua eram diametralmente opostas, uma oposição rigorosa, e quando fiquei sabendo disso pensei logo em espelhos. É desse modo, invertidos, que nos vemos nos espelhos. É o nosso contrário, em todas as suas minúcias, que está ali na superfície gelada a nos olhar. Mas trata-se do nosso reflexo, com a significação mais profunda que essa palavra pode ter.

Foi inevitável que eu me lembrasse do alter ego *literário de Francisco e de sua recorrente tentativa de elevar à categoria de eventos memoráveis os fatos mais comezinhos da crônica doméstica. Era pois um mesmo espírito literário o que animava agora as relações entre ele e aquele personagem ainda mal delineado mas já entronizado naquela espécie de altar bíblico em que ele colocara, no romance anterior, os mentores das fábulas familiares.*

Naquele primeiro encontro, Francisco ainda me disse: A lua, segundo Júlia Zemmel, rege as emoções, e assim ela disse que não seria propriamente o acaso que estaria me conduzindo em direção a Ariel e ao ímpeto de exumar a história de sua vida. *Era possível que tudo já estivesse escrito, era isso o que Francisco queria na verdade dizer: o céu estrelado apontando o roteiro, o destino de ambos, a identificação especular, a unidade dos contrários: a oposição que traz a concórdia, segundo a velha formulação de Heráclito que Francisco mencionara em seu texto sobre Judas Iscariotes, e que repetiria mil vezes.* A discórdia da qual nasce a mais bela harmonia. *Um axioma que poderia resumir o espírito que haveria de marcar dali para a frente as nossas ambíguas relações.*

2

O DIÁRIO DE FRANCISCO
(Anotações tardias)
SP, 25/01/1986

Eu descobrira, em tempos recentes, o diário secreto de Ariel, e então as notas que eu já estava escrevendo e o meu diário, e a bibliografia disparatada de que me servia e a vida que vivia e a vida que almejava viver, e os meus objetos de trabalho, tudo se transformou para mim, de repente, num só corpo, e assim aquilo que deveria ter ficado, como costuma acontecer, escondido, separado de um romance, ganhou uma imperiosa consistência; até mesmo as fraquezas confessadas e as menções de certos livres pensadores que os sábios de plantão, partilhando do senso comum, costumam desprezar.

Falava a Dédalo (aquele a quem oculto sob este nome) sobre um certo pudor que estava tendo em arrolar naquele futuro romance o acervo de notas que havia sobre a minha mesa de trabalho; e, quando me referi aos livres pensadores, estava levando em conta umas tantas frases do Swami Vivekananda, que eu também anotara e que imaginava que tivessem inspirado algumas das considerações que Ariel fizera em seus papéis inéditos. *Não estou preocupado com a verdade, mas com a verossimilhança,* eu disse a Dédalo. *É extravagante pensar que Ariel tenha tido contato, naquela época, com o pensamento hinduísta. E, no entanto, por via indireta, teve acesso aos ensinamentos de Vivekananda. E, ainda que isso seja verdadeiro, soa-me falso no contexto de sua história.* Dédalo, que já começava a destilar uma certa arrogância (porque decerto logo imaginou que esta seria a melhor maneira de corresponder ao que eu esperava dele), lançou ao ar uma observação bem característica de sua maneira de ver e tratar a literatura: *Acho que o que você está querendo é escrever bonitinho. Isso é uma praga. Literatura pra mim é virulência, é paixão, é a imperfeição do belo. Você está querendo ter virtudes demais. Você sabe mais que eu que o bom sentimento é o caminho mais fácil para a má literatura.* Claro que não gostei do que Dédalo disse, mas consegui me refazer do golpe, ato contínuo, e concluir que ele haveria mesmo de ser um parceiro à altura do que eu imaginara. Suspirei com satisfação, afinal, imaginando os embates que teríamos pela frente. Voltei à realidade daquela manhã ensolarada para ouvi-lo ainda dizer que pensava do mesmo modo acerca das notas: não deviam mesmo ficar à margem; eu não devia temer, jamais, sua possível impropriedade; ele disse também que pensava o mesmo a respeito dos sábios de plantão e de Vivekananda e de tudo o mais.

ANOTAÇÕES DE DÉDALO

O ponto de partida do romance de Francisco havia sido a morte, quase noventa anos antes, de Ariel Pedro D'Ávila Alvarenga. Ele retornava assim ao mesmo tema do livro anterior: o suicídio. Não seria o caso de começar a preocupar-se com aquela possível obsessão? Francisco o negava. Dizia que não se tratava de algo pessoal, mas da agitação interior de algum arquétipo desacomodado, algo talvez comum a muitas outras pessoas, e que no seu caso emergia pela simples razão de tratar-se de um fato sugestivamente literário. E isso foi bem no começo, algumas semanas depois de nosso primeiro encontro, quando eu estava prestes a comprometer-me com o seu projeto, e o que ele disse foi fundamental para que selássemos o nosso compromisso, e esta é a razão de eu estar aqui neste momento, tentando recompor os fatos. O pacto que estabelecemos teve, no início, a finalidade de conferir uma certa ordem aos papéis que se avolumavam sobre a mesa de Francisco. Mas havia também o gosto, o puro prazer, hoje sei, de nos entregarmos àquela experiência incomum, embora a palavra "incomum" fosse fragilíssima para expressar o que iria acontecer. Francisco, na verdade, estava imerso num caos de ideias e de papéis de toda espécie, não sabendo por onde começar aquele texto cuja elaboração se estenderia pelos dois anos seguintes. Já se disse que "caos" é o nome dado a uma ordem desconhecida, e que esta, tratando-se de literatura, pode ser, na verdade, aquele estado de confusão mental que costuma prenunciar os romances. Era o que eu, então, ardentemente esperava.

Estávamos prestes a entrar numa área de risco. Havia uma armadilha a nos atrair, sem que suspeitássemos disso. Tratava-se de um labirinto futuro de narrativas concêntricas em que personagens e narradores haveriam de atolar-se na tentativa de um dia emergirem para a vida com suas verdades pessoais, batendo nas mesmas teclas gastas, repisando as mesmas perguntas de sempre: quem sou? o que sou? para que estou aqui? por que escrevo, afinal?

O DIÁRIO DE FRANCISCO
(Anotações tardias)
SP, 26/01/1986

Lembro-me de uma entre tantas frases que pronunciei diante de Dédalo naquela manhã, produto de antigas leituras: *quando se reconhece o transcendental dentro de si, a morte não é mais que a outra face de Deus; e então a morte é uma dança, uma entrega ao eterno movimento do Universo.* As palavras do Swami Vivekananda ganharam para mim, naquele momento, um significado definitivo e se tornaram uma espécie de chave para os meus impasses: era a porta que afinal se abria para aquela aventura que eu começava a escrever, e que me levara a uma crise da qual eu não imaginava que pudesse me livrar algum dia. *A morte é uma dança. Se não nos tornarmos capazes de celebrar a morte, deixaremos a vida passar em vão. A vida é toda uma preparação para esse momento.* Eu passara a pensar assim desde as primeiras leituras de Vivekananda. Laura Stein morreria, o Mago morreria, meu amigo Raul Kreisker morreria; muitos de meus futuros personagens, enfim, morreriam, nada havendo de novo debaixo do sol, e eu agira como se eles fossem continuar vivos para sempre; decerto porque eu precisava que continuassem vivos para sempre. Só mais tarde, depois de meu encontro com os textos de Vivekananda, é que eu aceitaria a verdade de que a vida é o aprendizado da arte de morrer. Vida e morte são dois aspectos de uma mesma realidade. O Universo move-se entre contração e distensão: morte e vida. Não há renovação sem perecimento, e esta era uma lição que havia estado diante de mim o tempo todo no arvoredo do quintal de minha casa em Ouriçanga, com o seu espetáculo cotidiano de germinação e morte, de putrefação e renascimento. Sim, a morte era uma dança, e eu compreendi muito mais tarde que o melhor a fazer seria abandonar-me ao seu eterno movimento. Aprendera, desde a infância, a estar atento aos fenômenos, e, no entanto, para estar consoante com o fluxo da vida, era preciso distrair-se, desarmar-se. A vida verdadeira é feita de descobertas pessoais inesperadas, repentinas, aquilo que chamávamos de *insight,* sem saber que a palavra mais própria era *satori,* como queria Dédalo.

ANOTAÇÕES DE DÉDALO

E, sobre o que ocorrerá nas páginas que seguem, cumpre-me ainda advertir: todo personagem é, em certo sentido (às vezes, em todos os sentidos), uma emanação de seu autor, uma entidade que a um só tempo o representa e o trai. Creio que seja nesse tipo de traição que talvez esteja o fundamento da literatura, pois esse providencial delito costuma acontecer quando o personagem, escapando ao controle do autor, passa a ter vida própria e começa a operar suas próprias descobertas. E isso vem a propósito de minhas ligações com Francisco Rovelli, de quem sempre esperei em tal sentido as mais gratas infidelidades, estabelecendo-se desse modo uma relação de dupla troca, uma vez que ele, embora nunca o tenha dito explicitamente, sempre esperou o mesmo de mim, disposto a todos os riscos que isso pudesse implicar.

3

O DIÁRIO DE FRANCISCO
(Anotações tardias)
SP, 12/04/1986

O tempo em que comecei a *Investigação sobre Ariel*: sonhava então, com frequência, que estava despencando por um grande vácuo: uma descida vertiginosa ao Purgatório, me parecia, e, ainda que acordasse, continuava vitimado pelo mesmo assombro, com o coração disparado, a sentir-me como que diante do *grande abismo* [como se *do sono à morte o passo* fosse *pequeno* (ah, como o velho verso ariostino então me servia)]; *o Abismo*; me via, pois, ali no seu limiar, e o que fazia então para me acalmar era buscar refúgio no meu passado recente, três anos antes, quando fora subjugado pela força dos mitos e me entregara de corpo e alma ao apelo de Judas Iscariotes e à tentativa de escrever um romance que o resgatasse de seu anátema. Havia sido um período de crise também aquele, mas a sua recordação me acometia de uma maneira surpreendente, como se eu tivesse sido feliz, pois o que resultara, afinal, era uma nostálgica sensação de perda em relação a alguns momentos muito particulares em que minha concentração me permitira alhear-me por completo do mundo da realidade e escrever por horas e horas a fio, olhando apenas de quando em quando pela janela, como para ter tempo para respirar; alheando-me, na verdade, apenas aparentemente, pois estava vivendo — daí a recordação nostálgica, talvez — a plenitude de minha própria natureza; momentos como aqueles em que me lembrei recorrentemente de minha antiga identificação com Zeno Cosini quando jovem, o personagem exemplar de Ítalo Svevo, aquele doente imaginário, como eu, um hipocondríaco, com a particularidade de fumar muito e querer ver-se livre do cigarro, sem ter a força necessária para tanto. Mas eu não tardaria a perceber que havia um outro nível de identificação possível com aquele personagem pleno de bom senso, mas desprovido de ânimo; isso porque havia também minha propensão para algo mais grave: um sentimento quase incessante que pode ser às vezes a soma de outros sentimentos, aos quais se costuma dar um nome genérico, impreciso, que muitas vezes não revela nada do que vai por dentro da alma: culpa; palavra em que me baseei, no entanto, para ver se me estimulava a continuar meus registros enquanto seguia fumando compulsivamente. Senti, então, que havia iniciado um caminho inevitável [estamos sempre voltando ou necessitando voltar ao ponto de partida (*Para onde estamos indo?*; *sempre para casa*, como escrevera Novalis: aquilo que, muitos e muitos anos depois, meu amigo Ralf Caleb citaria num romance seu, expressando uma visão poética particularíssima a respeito da parábola do filho pródigo)]; um caminho de regresso; e eu sentia também que aquela experiência haveria de tratar-se, em seu fundamento, de uma experiência pessoal com base na paixão (*paixão*; pronunciei para mim mesmo, em voz alta, esta palavra, e a repeti várias vezes); uma experiência que mudaria de maneira radical o curso de meus acontecimentos, e que resultaria, entre tantas outras coisas, no fato de eu continuar ali escrevendo aquilo que escrevia; e, de resto, nisto que sigo escrevendo neste mesmo momento.

E, então, lembrando-me daquilo que já começava a recordar também como *bons tempos* (o tempo, pois, em que comecei a *Investigação sobre Ariel*), imaginei que se tratasse — com efeito se tratava, agora sei — da crise que nos leva ao encontro de certos personagens, justamente aqueles que, por suas dúvidas e fraquezas, agindo sempre como crianças ameaçadas, acabam por nos falar direto ao coração, por nos despertar as vibrações infantis que nele persistem. Eu ainda não descobrira os diários de Ariel, mas a releitura dos seis volumes da reedição de 1913 de sua obra reunida (ainda que não me tivesse tocado literariamente) havia me transmitido a clara sensação de que o conhecia, apesar do desajuste cronológico de nossas vidas; a sensação de que eu cruzara com ele em algum lugar.

ANOTAÇÕES DE DÉDALO

O que Francisco conhecia então sobre a obra de Ariel resumia-se a fragmentos encontrados em velhas seletas escolares e O passo Valdez, *uma novela que lera na adolescência. Foi uma descoberta do início dos anos 70 que lhe sugeriu pela primeira vez o personagem: em 1913, uma entidade oficial patrocinara a edição de suas obras reunidas: cinco livros de prosa e poesia, e dois volumes de crônicas e artigos publicados em jornais. O que pareceu estranho a Francisco foi a absoluta falta de critério editorial; ali estava tudo o que se havia encontrado da obra de Ariel, o joio e o trigo, confessadamente, segundo o prefácio anônimo. Há ali o resultado de seus arroubos de juventude, até mesmo uma pequena novela ambientada no século XVIII, à margem do Tapajós, na Província do Grão Pará (aonde jamais havia ido), em que* na ligação dos factos trahe-se um instincto que muito promete para o futuro, *como avaliara um crítico da* Gazeta de Notícias, *citado no prefácio, considerando também que, se a análise dos personagens não era satisfatória* (poderia sel-o aos desoito annos?), *pelo menos prenunciava uma aptidão que se desenvolveria até chegar à plenitude. Aquela edição não honrava a memória de Ariel. Que secreta intenção teria levado três de seus contemporâneos, reunidos em comissão editorial, a expô-lo daquela forma, e justamente para comemorar os cinquenta anos de seu nascimento?*

TRANSPARÊNCIAS
(Do caderno espiral)

Tratava com vigor e uma virulência rara em sua época os grandes temas políticos. Conviveram nele, parece, duas pessoas distintas: o jornalista combativo, destemido, e o eterno adolescente que se fragilizava diante dos percalços domésticos. No final, também o jornalista fragilizou-se.

A nota que aqui transcrevo é de um tempo em que eu começava a compor o perfil de Ariel. Encontrava-me ainda à procura de uma porta que me desse acesso à sua verdadeira vida, pois os dados de que até então dispunha não me forneciam uma perspectiva convincente acerca de seu destino.

Também anotei, logo nos primeiros tempos:

Que razão há para que eu não aceite a versão de seu suicídio? Talvez eu esteja apenas desejando, para aplacar alguma necessidade interior, que as circunstâncias de seu desaparecimento tenham sido outras.

Por essa incerteza é que o seu fantasma talvez tenha se revelado persistente, e eu o introduzi em minhas conversações com Belisa, com Stella, Júlia, com Roberto Marchetto e Flávio Yzaar; além, é claro, de Dédalo e Castor; esse Castor que em dias recentes havia se juntado ao "falanstério", nome com que Júlia Zemmel batizara o nosso grupo, a reunião dos "devotos" [uma designação também sua (quanto prazer ela desfrutava em sacralizar o ofício e as nossas precárias relações)]; os devotos mais renitentes daquelas reuniões de fins de semana em que nos fartávamos de álcool e de literatura.

Anotações de Dédalo

É preciso reconhecer, antes de tudo, que a ideia básica deste romance nasceu sob a poderosa influência desse a quem Francisco Rovelli prefere chamar de Mago, ocultando, por razões não declaradas, a sua identidade. Ele esteve entre os mestres literários de sua geração, e eu o conheci de relance, em seus últimos dias, quando ele já experimentava na carne o martírio a que a medicina tradicional costuma submeter as pessoas na tentativa de remediar o irremediável: a busca venal do chamado milagre da ciência. Ele, pois, o Mago, o profeta de A sagração de Asmodeus; *o profeta a quem Francisco entronizara no mesmo altar ao qual Lawrence Durrell ascenderia, quase uma década depois. O Mago, o velho sábio junguiano, como haveria de repetir Laura Stein se, ressuscitada, tornasse a habitar entre nós e a dar encanto às nossas vidas; "o nosso sábio", dizia ela como que se referindo a um patrimônio que os acólitos do velho mestre haviam possuído. Lembro-me de uma das entrevistas dele, eivada de citações, como de hábito:* O melhor é zombar das regras de enredo. *Era o que propunha entre tantas coisas. Lembro-me também da revista literária em que afirmou isso; vou ao arquivo e encontro sem dificuldade o exemplar com a entrevista. Releio trechos que há tanto tempo grifei e chego ao ponto em que diz:*

Não haverá tribunal ao qual deverei prestar contas de como escrevo. Sou o fundador de uma nova província da escrita, a minha província, e nela as leis são aquelas de que necessito e que me proporcionam prazer.

O Mago estava se servindo do grito de liberdade que Sterne um dia proferira, e o trazia à memória de todos num momento oportuníssimo, e o repetia diante de seus acólitos, entre os quais, Francisco, que participava da entrevista, sedento como sempre de frases desse tipo, tendo publicado, em tempos recentes, seu primeiro livro. Eu só o conheceria pessoalmente cerca de seis anos depois dessa entrevista. A palavra do Mago chegou a ser então uma espécie de lei.

O Diário de Francisco
(Anotações tardias)
SP, 13/04/86

Ah, o Mago. Ele morrera cerca de quatro anos antes, e, ainda que não levássemos a sério aquilo que Júlia nos dizia a cada encontro, sucumbíamos ao seu jogo e fazíamos de conta que acreditávamos na presença dele, como se fizéssemos parte, ele e todos nós, de uma mesma espécie de corpo místico; assim como sou levado a me lembrar do que ocorreu naquele período em que nossa fantasia tornou-se um elemento fundamental para que pudéssemos conviver com a ameaça constante que pesava sobre nós, sobre nossa liberdade.

A nossa relação com o Mago depois de sua morte fez parte de nossos necessários delírios, e aquilo que deveria ter sido apenas uma resposta ao jogo estabelecido por Júlia se desenvolveria de uma forma imprevista, chegando, talvez não seja exagero dizer, à condição de uma espécie de culto, e passou a ser comum nos lembrarmos, cada um à sua vez, de trechos ou frases textuais de *A sagração de Asmodeus,* e os recitarmos com solenidade em meio às nossas conversações. Passados mais de sete anos desde o seu lançamento, o romance continuava a nos desafiar com sua inesgotável carga simbólica, sua trama, seus personagens *à clef. A sagração de Asmodeus:* aquela espécie de alçapão gigantesco e o seu interior: o labirinto de minúcias que nos atraíra pelo encanto da prosa límpida, ainda que complexa, e pelas suas infinitas armadilhas: um labirinto em que nos perdemos com prazer, e a perplexidade de encontrarmos no seu final (seu centro) uma sala vazia; ali, onde deveria estar o Minotauro, o rebento monstruoso de Pasífae, mas não estava, tendo escapado daquele cárcere por alguma passagem secreta, rompendo a harmonia de um poderoso arquétipo, não se encontrando ali senão vestígios de sua presença: restos de seu último festim e a mensagem inextricável na parede: *Tive um sonho e nele pareceu-me que o sol e a lua e onze estrelas se prostravam diante de mim.*

TRANSPARÊNCIAS
(Do caderno espiral)

Dédalo chegou a achar excessiva e um tanto perniciosa a presença do Mago em minhas anotações. Receava *contaminações;* esta, a expressão que usou. Mas eu lhe disse que, mais que literárias, as minhas afinidades com o Mago eram espirituais; mais que estéticas, eram éticas. Ainda assim, ele continuou a me imputar uma certa *subserviência intelectual.* Eu já havia lido o seu primeiro livro quando o conheci, e me impressionara com o ritmo e a virulência de seu texto, e ainda a coragem de expor-se moralmente. Ele era muito jovem e ansioso, e estava querendo, parecia, ser arrastado para algum destino no qual pudesse viver a plenitude de seu amor pela literatura, e acreditava que, se havíamos sido feitos à imagem e semelhança de Deus, éramos todos semelhantes uns aos outros, em espírito; isto é, as verdades básicas de cada ser humano eram sempre as mesmas; melhor, compúnhamos uma unidade espiritual indivisível. O ego é que nos dava e reforçava a ideia da individualidade, essa ilusão, segundo ele; *maya,* como preferia dizer. Isso que proclamava, apesar de declarar-se agnóstico e abominar a vida religiosa (cultivando suas descaradas incongruências, afinal).

Transitávamos pela superfície de um terreno propício ao que seria fatal que acontecesse. Quando Dédalo inteirou-se do tema de Ariel e de meu pretendido romance, sentiu-se logo seduzido. Percebeu, decerto, que tinha diante de si um belo campo de guerra (intelectual que fosse), algo assim, algo que lhe faria bem ao espírito. Muito mais tarde, pronunciaria uma frase de efeito que ilustraria bem o espírito que determinara a nossa aproximação: *Uma boa guerra santifica qualquer causa.* Ele acreditou (quis acreditar), sem restrições, naquilo que eu lhe disse quanto ao que haveria de ser o coração da história, e assim achou que seria imprescindível anotar tudo o que pudesse saber sobre Ariel; sobre sua vida verdadeira, quero dizer. Era o tipo de munição de que fundamentalmente necessitava.

O DIÁRIO DE FRANCISCO
(Anotações tardias)
SP, 27/04/1986

As nossas reuniões de fins de semana: o "falanstério" e os seus "devotos": muitas histórias então surgiram e se desenvolveram ou pereceram com os seus personagens, pelos mais variados motivos, por nossos mais recônditos instintos homicidas (como Marchetto, com ares de psicanalista, procurava justificar o desaparecimento de certos heróis inconclusos, essas decretações prematuras de morte que podiam, segundo ele, ser muito bem uma maneira engenhosa de nos negarmos à vida; a uma parte de nossa vida, pelo menos; de não nos entregarmos a ela integralmente; Marchetto referia-se àqueles personagens que desapareciam ainda que tivessem surgido em nossas vidas de uma maneira impetuosa, falando sob o império da primeira pessoa; isso que ele disse uma vez em meio a um comentário sobre *Caim,* a novela que Júlia vinha escrevendo e que de repente abandonara: um discurso sôfrego, um fluxo que eu testemunhara na forma de fragmentos que Júlia lera para mim, em suas idas de finais de tarde ao "santuário", algo com o qual ela estivera, alguns meses antes, disposta a comprometer-se até o fundo da alma, mas que passara a renegar, renegando esse lado de sua vida, matando Caim dentro de si, na verdade, em vez de resgatá-lo para a vida, matando-se ela um pouco também, ao sufocar para sempre em seu interior aquela parte de sua sombra). Amávamos a literatura e ao mesmo tempo nos debatíamos contra ela, golpeando inexoravelmente as inevitáveis teclas do amor e da morte.

4

TRANSPARÊNCIAS
(Do caderno espiral)

O extenso prefácio da edição de 1913 fornece inesperados detalhes físicos, o que é estranho diante das omissões sobre fatos fundamentais para a compreensão do caráter de Ariel. Tinha *mãos grandes, longos dedos nodosos, unhas planas como espátulas.* As mãos grandes, no entanto, *fragilizavam-se aos gestos largos e precisos com que costumava enfatizar o seu discurso. Mãos de pianista. Voz de barítono.* O autor do testemunho esteve entre os que, reunidos em *comissão editorial,* trabalharam, dezoito anos depois da morte de Ariel, na montagem de suas obras completas, uma edição que ele por certo teria desaprovado se levarmos em conta a queixa expressa em seu diário:

Muita vez, sinto-me impotente diante de certos amigos que se apoderam, porque julgam decerto ter todos os direitos sobre mim, de coisas que escrevi há muito tempo, e me surpreendem dizendo-me que em breves dias um ou outro texto será publicado em algum jornaleco, estando já composto, de forma irremediável. Não quero nunca decepcioná-los, e deste modo acabam dando a público o que, com o correr do tempo, só tem valor quando faço um reexame e constato os erros cometidos. Não passam de notas pessoais ou de pequenos jogos da imaginação que não tenho força para queimar porque me mortifica anular tais sinais de minha vida, um temor que nem eu mesmo entendo.

O DIÁRIO DE FRANCISCO
(Anotações tardias)
SP, 02/05/1986

No mesmo dia em que tive a primeira notícia sobre o diário de Ariel, Júlia veio ao "santuário", e ficamos conversando até a madrugada, uma conversa conflituosa sobre os nossos fracassos e sucessos, nossos medos, nossa busca infrutífera de uma disciplina rigorosa, a entrega absoluta preconizada pelo Mago; bebendo uísque sem parar, e não vinho, pois já não celebrávamos nossos encontros como antes, durante os anos em que eu me debatera com o espectro de Judas Iscariotes, e Júlia dissertara sobre o mito de Caim e a história que ela estava escrevendo, e na qual se vislumbrava o duplo, o ser e a sua sombra, ego e *alter ego* em luta de morte, esse jogo que nos fascinava; já não celebrávamos com vinho nossos encontros, nossas cerimônias; bebíamos compulsivamente, nada mais a ver com a nossa liturgia das noites de sexta-feira; e continuávamos também assoberbados pela dualidade conflituosa de nossa natureza: o eterno embate entre o bem que sempre queremos e o mal que praticamos, divididos entre Deus e o mundo, a fé e a obscuridade, a ação que aprovamos e as decisões que não cumprimos, aquilo afinal que Ovídio consubstanciara numa frase de que sempre me recordava porque a grifara em algum lugar do *Breve curso de filosofia* do Padre Alberto D'Agostini, que eu guardava comigo desde os tempos do Clássico: *Constato o bem e o aprovo, mas é o mal que sigo;* tratava-se mesmo de um mal incurável que a literatura jamais haveria de remediar; essa dicotomia de nosso espírito que eu percebi, com desconforto, que perdurava mesmo depois do ponto final do romance anterior, em que eu tentara exorcizar essa parte minha de que não gosto (*a marca de Dioniso,* expressão enunciada pelo Mago) ou julgo não gostar; essa entidade que é, no entanto, uma espécie de mentora, contraditoriamente, e que insiste em firmar presença e ditar coisas que eu detesto fazer mas faço, criando assim, é possível, o conflito básico que me leva a escrever.

Como sempre, animada pela quantidade de uísque que havia bebido, Júlia iniciou a retórica inevitável sobre a nossa necessária entrega à força dos mitos, e eu me lembrei então do momento (quando ainda escrevia *O evangelho segundo Judas*) em que me dei conta de que Adriana era um anagrama quase perfeito de Ariadne. Também me lembrei, claro, de como eu e minha prima havíamos nos entregado um ao outro, logo depois do suicídio de Raul Kreisker, e ainda de como percebi que, ao escrever a história de meu apóstolo, eu estava como que reproduzindo a matriz arquetípica do labirinto; vieram-me à memória, em consequência, detalhes acerca da imolação de Raul e de como acabamos por constatar, eu e Adriana, que ele havia sido muito mais frágil do que havíamos suposto, um pouco como aquele minotauro de Borges, que apenas se defendeu do ataque, segundo o testemunho de Teseu a Ariadne.

SP, 03/05/1986

Releio o que ontem escrevi e me fixo na expressão entre parênteses, *a marca de Dioniso,* e depois volto a ler o que está fora, antes e depois dos parênteses: *essa parte minha de que não gosto ou julgo não gostar; no entanto, uma espécie de entidade, contraditoriamente.* E sinto o ímpeto de repetir: *a marca de Dioniso;* meio assim: com um certo sabor de descoberta; algo que, no entanto, não saberia precisar. Que descoberta?

SP, 04/05/1986

A marca de Dioniso. Há pelo menos uma conexão mítica com a lenda do Labirinto: a união entre Dioniso e Ariadne, depois de ela ter sido abandonada em Naxos por Teseu, uma ingratidão para com quem o ajudara a desfazer-se do monstro de Creta e a retirar-se da ilha são e salvo. Há, no entanto, a variante de que teria sido por uma determinação dos deuses que Teseu a teria deixado, adormecida, numa praia. Ela acordou e, em prantos, pôde ainda ver o barco que conduzia o amante em fuga.

A marca de Dioniso. Sei também das tochas que teriam sido colocadas por ele em seu próprio altar para alimento, segundo se acreditava, do êxtase e do entusiasmo. Desse modo, penso que a expressão, ao ser utilizada pelo Mago naquele momento, devia ostentar um significado mais profundo que a mera recriminação por nossa alegada indisciplina, algo mais interiorizado que não pudemos então compreender. As marcas de Dioniso: o êxtase e o entusiasmo.

5

O DIÁRIO DE FRANCISCO
(Anotações remotas)
SP, 14/07/1982

Passei a manhã examinando artigos e entrevistas do Mago guardados em meu arquivo. Há um testemunho poético publicado postumamente: o diário composto nos últimos meses de sua vida: o céu visto da janela do apartamento; a cidade vista da janela do hospital, idas e vindas cada vez mais frequentes, indicadoras do agravamento de sua enfermidade; a rua lá embaixo com seus automóveis, suas pessoas solitárias e apressadas; aviões que passam ao longe; o cenário, enfim, visto de dois pontos diferentes, visto do alto, como que observado por alguém que se vai alçando (e não descendo) para o grandioso momento da morte; eventos, enfim, como este que só ele deve ter notado, sensibilizado afinal pelos detalhes de um mundo que estava prestes a deixar:

últimas imagens de ontem: uma pequena nuvem dourada surgiu à esquerda e atravessou lentamente o espaço; depois, outra nuvem semelhante (parecia a mesma) surgiu do mesmo ponto, cor de chumbo, desaparecendo à direita.

Encontro outros testemunhos do mestre que perdemos (ou ganhamos através da vida eterna de seus livros); encontro o artigo em que se lançou contra os *inquisidores disfarçados na pele de críticos* (que cobravam então seu *engajamento*), desvendando, um por um, os *matizes desse modo de legislar sobre nossas angústias, incertezas, inquietações.* De fato, o Mago defendeu com unhas e dentes o direito de nos engajarmos em nossa própria alma, em nosso sonho particular, para assim encontrarmos o caminho mais direto em direção ao coração dos outros, o que não deveria negar, antes fundamentar, a fúria do cidadão, a utopia da justiça. Espalho os papéis sobre a mesa e encontro uma entrevista que ele concedeu ao meu amigo Silas Mortari. Ali o mago diz que sua ambição maior ao escrever *A sagração de Asmodeus* havia sido, simplesmente, a de expressar sua paixão pela escrita e pelas estruturas narrativas, tendo ele criado, para isso, uma fantasiosa alegoria sobre a arte do romance; mas o romance enquanto veículo de ressurreição do próprio autor, que renasce assim para sua própria vida através de sua obra. *Foi preciso,* ele explica, *uma história que evocasse mitos cosmogônicos e fosse relacionada, a um só tempo, com a arte de escrever e com a grande aventura humana que é a relação amorosa. A conjunção carnal se constitui, não raro, no fundamento do processo de criação artística. Vale lembrar o velho axioma hindu:* Não há perfeição sem o corpo; nem beatitude.

A papelada sobre a mesa de trabalho me faz lembrar, ato contínuo, do ensaio que Castor escreveu, e no qual fala das secretas conexões entre *A sagração de Asmodeus* e dois romances de um certo autor do início do século, revelação de uma paixão não declarada do Mago e uma intrincada e comovente homenagem ao companheiro de ofício morto tanto tempo antes em meio ao martírio de uma moléstia incurável. E essa lembrança me faz ir ao telefone para falar a Castor sobre o meu interesse em reler o ensaio, e ele me promete mandar uma cópia. Trocamos amabilidades, o que sempre acontece, e eu percebo mais uma vez em Castor uma espécie de irmão adotivo, alguém comprometido até o fundo da alma com a literatura, alguém isento de artifícios, vivendo sempre, parece, a plenitude de sua própria natureza, guardando apenas um ou outro mistério, protegendo-se um pouco, talvez. E foi bem isso que me fez ver nele, desde os primeiros encontros, um claro componente familiar, e me levou ao intercâmbio que acabou por mudar de certa forma o destino de meu romance; intercâmbio que incluiu cartas, como a que um dia lhe mandei, e que aqui transcrevo:

Transparências

Caro Castor, aqui estou mais uma vez em Ouriçanga, tentando encontrar o fio da meada de meu novo livro, com a grande diferença de que não há agora aquele interlocutor fundamental que foi Raul Kreisker, que tanto me instigou a que prosseguisse naquela lenta e penosa escavação que foi o projeto acerca de Judas; aqui estou, com uma certa sensação de orfandade. E, se falo em orfandade, fico pensando se não estou me referindo a algo do qual provim; a uma certa paternidade intelectual encontrada em Raul, e assim poderia começar a me intranquilizar com essa ainda incômoda ascendência. Imagino que devia haver algo nele que faltava em mim ou que eu não conseguira resolver interiormente. Por falar nisso, em O tarô e os arquétipos, *que estou terminando de ler, Margaret Mumford levanta, à luz dos ensinamentos junguianos, a tese de que os vinte e dois arcanos maiores do baralho divinatório são, em última instância, um complexo substrato arquetípico que vive adormecido em todo homem. A nossa paz interior depende em parte da boa relação existente entre tais arcanos. Se entendi bem o que ela disse, essas figuras arquetípicas têm que se relacionar entre si como as notas de uma bela frase musical. A diferença de um semitom pode acarretar resultados desagradáveis em nossa relação com os outros. A posição e o tempo de cada nota musical são importantíssimos para a boa configuração do conjunto. Muitas vezes, o temor inexplicável de algo ou alguma imprevista irritação diante de certas circunstâncias pode ter como fundamento alguma nota há muito tempo desafinada. Mumford chega a explicitar o que poderia ser a causa da exagerada irritação, por exemplo, que certas pessoas sentem diante desses andarilhos que perambulam pelos "melhores lugares" de nossas cidades, "enfeando-os"; ou diante dos vendedores ambulantes que vivem do comércio sem pagar impostos, como é exigido que façam as "pessoas de bem". Pode ser, explica Mumford, que haja, no caso, alguma nota desafinada, e ela pode muito bem estar relacionada com o Louco, único arcano sem número e que por ser assim, independente dos demais, pode ser usado como carta de substituição, simbolizando, ao mesmo tempo, o ser livre que invejamos e gostaríamos de ser. Explicação semelhante haveria também para as nossas infundadas obsessões. E lhe falo da senhora Mumford e de sua tese para afinal perguntar: em que desacerto arquetípico estaria baseada a minha conflituosa relação com Raul Kreisker? Percorro os trechos ano-tados de* O tarô e os *arquétipos e não consigo encontrar o fundamento desta minha nota desafinada. Sei, no entanto, que é nessa mesma tecla que venho batendo com insistência enquanto busco o caminho para a solução deste novo enigma chamado Ariel Pedro. Há muitos pontos de semelhança entre os dois personagens. Se Margaret Mumford estiver certa, deve haver mesmo algum arcano manifestando o seu desconforto, esse arcano com o qual me defronto pela segunda vez, encarnado agora na figura de Ariel. No entanto, há grandes diferenças entre a história de um e de outro personagem: Raul e a sua descida uniforme até a ruptura final; Ariel, com sua ascensão e a queda repentina que surpreendeu a todos. Para ele, este era o melhor dos mundos possíveis, apesar das vicissitudes. Ariel chegou a sonhar infundadamente que este mundo pudesse ser transformado, virado pelo avesso. Raul, ao contrário, foi um animal incrédulo, nascido para deplorar a própria existência, um* caimita nato: ele sempre pareceu compartilhar da velha ideia gnóstica de que o fato de um espírito ter que habitar um corpo material equivalia a uma queda, uma abjeção intolerável. Nada se podia fazer contra isso, nada se devia fazer.

Eram essas considerações que eu queria compartilhar com você e que me sobrevieram em meio a um certo encantamento que sinto diante destes primeiros dias estivais em Ouriçanga, com sua luz particularíssima e a sua contrapartida: as tempestades repentinas: os dois polos dessa unidade de tensões contrárias que servem neste momento para exaltar a harmonia oculta de tudo quanto é vivo. E esse sentimento que tenho a respeito das diferenças entre Raul e Ariel me veio a partir do lento exame dos originais que encontrei no arquivo do professor Temístocles. Há ali vestígios de alguém que deixou a cena repentinamente, sem nenhuma preparação, e não os rastros do suicida meticuloso que teria planejado a própria morte, com o rigor que seria esperado de Ariel Pedro.

Castor, a grande justiça que você poderia fazer quanto à extensão desta carta seria a de falar-me sobre o tema de Jó, que tanto o tem instigado. É literariamente bela e ao mesmo tempo repulsiva a tragédia desse personagem que é posto à prova justamente por se tratar de um homem justo e piedoso. Não sendo isento da culpa atávica de seu povo, ele deve ter vivido um conflito tremendo para ter aceitado com resignação tanta desgraça; e quando você interiorizar esse conflito na consciência de seu personagem terá por certo uma matriz poderosa para expor a dicotomia que vivemos entre a extrema materialização e a busca da transcendência, esta passagem dramática para a era sagrada profetizada pelo Mago. Fico imaginando como ficarão em seu livro fatos pungentes como o dos três amigos de Jó, que se deslocam de suas terras até Hus para compartilhar a sua dor, para consolá-lo, uma solidariedade que eles expressam ao paroxismo, rompendo em prantos, rasgando as próprias vestes, sentando-se depois no chão ao lado dele por sete dias e sete noites, sem proferir uma única palavra, um silêncio grandioso.

Fico me perguntando em que fatos da juventude em comum teria se sedimentado tal amizade, tal veneração.

Depois que você me falou de seu projeto, fiquei estimulado a reler o Livro de Jó, e o vi com "olhos de ver" pela primeira vez.

Com afeto,

Francisco
Ouriçanga, 10/11/1981

O Diário de Francisco
(Anotações remotas)
SP, 27/07/1982

Relendo a carta a Castor, sinto vontade de corrigi-la, de dizer com mais clareza algumas coisas que lhe disse meio impensadamente (rever, até mesmo, as minhas deduções, um tanto apressadas, sobre as ideias de Margareth Mumford), mas sei que isso seria uma traição. Não apenas a Castor, mas a meu passado. Seria o mesmo que mascará-lo, legando ao meu futuro uma pista falsa a respeito de um momento de crise.

6

TRANSPARÊNCIAS
(Do caderno espiral)

A carta que escrevi a Castor no verão de 1981 ganhou importância com o passar do tempo talvez porque não a corrigi, e está aí, gritando a sua existência, porque continuou sendo, assim, um documento autêntico, sem adulterações. Está para mim, agora, entre os traços de minha vida. E, quando pensei em adulterá-la, estava levando em conta aquilo que eu julgava trivial. No entanto, *mesmo as coisas triviais assumem uma luz diferente quando vistas de uma perspectiva própria*, como disse Henry Miller em uma carta a Durrell; *quero que meu texto contenha traços da vida. Se eles são de bom gosto, morais ou imorais, literatura ou apenas documento, pouco se me dá.*

É em grande parte por conter também esses "traços da vida" que *O príncipe das trevas* (que Durrell escreveria mais de vinte anos depois dessa carta) guarda o frescor da "verdade", por obra sobretudo dos erros e acertos de um de seus personagens: Robin Sutcliffe.

ANOTAÇÕES DE DÉDALO

Francisco amou Rob Sutcliffe como a uma pessoa viva, mais que tudo, talvez pelo fato de que ele havia tentado durante muito tempo, segundo a expressão de Durrell — que o disse por meio do seu interposto personagem

Blanford —, vários tons de voz sem encontrar nenhum que se enquadrasse em seu estado de espírito e em seu tema. E esse "não-encontrar--o-tom--adequado" de Sutcliffe gerava em Francisco um sentimento de solidão que o fazia ainda mais assemelhado àquele que na verdade deve ter sido uma projeção de Durrell ao viver uma das inúmeras crises de sua própria existência, nos tempos de sua maturidade, para a qual profetizara equivocadamente um estado de serenidade incompatível com a inquietação que gera e dá substância à verdadeira literatura, que é a inquietação do homem comum, fundada nos mistérios de nossas existências, mas que esse homem comum não consegue reelaborar senão na forma de fadigas e de outros desconfortos espirituais que podem muitas vezes ser mitigados quando ele os encontra, ainda que transfigurados, na aventura criada por algum escritor, a quem, sem saber conscientemente por quê, passa a ter como uma espécie de alma gêmea, alguém por quem passa a nutrir um incomum interesse, assim como acabou por ocorrer um dia com Francisco em relação a Durrell, por obra das confissões de um ser da fantasia chamado Robin Sutcliffe; por obra, mais especificamente, da solidão gerada por sua busca daquele "tom" que em algum momento chegou a julgar inatingível, o que o levou a pensar se o mais sensato não seria deixar de uma vez por todas a literatura para dedicar-se a si mesmo; a ganhar dinheiro com uma outra profissão, por exemplo; o que, de resto, temia que fosse uma incongruência.

E me lembro de Sutcliffe e de Blanford, que sobre ele escrevia, e de Durrell, criador de ambos, apenas porque lembrei-me, um pouco antes, como se me lembrasse de algo que tivesse ocorrido no dia anterior, de forma vividíssima, da tarde de um sábado em que estive com Francisco em sua casa, precisamente no "santuário", como Júlia batizara o seu escritório, e me deparei com seus papéis e sua busca de um tom adequado ao que necessitava dizer no âmbito do projeto de Ariel; projeto, assim dizia, pois ainda não ousava chamá-lo de romance. Mas caminhara longos passos desde a primeira vez em que eu o visitara, e esses passos referiam-se ao seu diário pessoal, que ele relutou em arrolar na história, mas que aqui está porque ele me investiu de um poder que acabou por sobrepor-se, afinal, à sua vontade; o diário que ele me mostrou em parte, lendo alguns trechos ao acaso, logo naquele segundo encontro, quando lançou ao ar uma teoria meio disparatada que elaborara sobre mitos e arquétipos, algo que eu talvez não tenha compreendido bem, que talvez não tenha assimilado por desinteresse, ou até mesmo porque me pareceu em alguns momentos não ter nem pé nem cabeça. O velho Fran mostrava-se mesmo um belo amante das teorias, preocupava-se proustianamente com esses vernizes pincelados entre as palavras de uma história. E como eu estava ali também para espicaçá-lo, arrancá-lo do marasmo em que se encontrava, porque ele me propusera isso, porque isso ia bem, ao mesmo tempo, com meu espírito, dava-me prazer, atirei-lhe a velha frase: Toda teoria é cinza, meu caro; verde e dourada é a árvore da vida. *Tratava-se da bela afirmação de Mefistófeles, amostra do brilho demoníaco que, no geral, costuma sustentar a boa literatura. E Francisco lembrou-se disso; da frase, quero dizer, da sua origem, e, como o álcool ainda não havia conseguido danificar a sua memória, pôde parafrasear o mestre que criara aquela sentença:* Não escrevo para ser popular. Escrevo para os meus semelhantes, *acrescentando algo próprio:* No entanto, faço isso não porque eu queira, mas por ser inevitável. *Disse, então, temer pelo pior: a confusão mental que aquelas superposições todas de fios narrativos e alter ego e personagens-narradores pudessem causar em seus futuros leitores.* Confesse isso, *eu lhe disse.* Você não almeja mesmo ser popular. *Mas o que ele almejava de fato, hoje penso, era criar uma situação de impasse que pudesse justificar a sua libertação do jugo de sua consciência, o abandono daquele projeto, para não fazer nada a não ser ler e gozar dos outros encantos todos da vida.*

7

ANOTAÇÕES DE DÉDALO

Desenvolvi, à parte a sugestão de Francisco, o sentimento de que não devo mesmo revelar por enquanto minha identidade, e nem sei se algum dia a revelarei. O importante é que se saiba que eu tenho, como ninguém, um acesso quase que irrestrito ao "santuário". Estou aqui, a uns quinze quarteirões de distância, mas posso, auxiliado pela memória e por algumas anotações (e um tanto de fantasia, claro), visitá-lo por essa espécie de dom da ubiquidade que a literatura pode nos proporcionar.

Entro e vejo os "ícones", como quer Júlia. É o que primeiro me chama a atenção. Colado na porta do armário, há o recorte com a foto de Kafka aos treze anos (um Franz Kafka que olha para um ponto logo à direita do fotógrafo — quem teria estado ali naquele momento?); *um Franz Kafka adolescente que ainda não imaginava por certo que seria mais tarde um escritor, e que diria uma frase destinada a ser recorrente na vida de Francisco:* Nós precisamos de livros que nos afetem como um desastre, que nos magoem como a morte de alguém a quem amávamos como a nós mesmos; devemos ler apenas aqueles livros que nos firam e nos trespassem; *fixados na porta do armário, há ainda cartões-postais: Proust, numa foto clássica, apoiando o queixo na mão da escrita, aquela mesma mão que deixaria o testemunho sobre outro quarto (um escritório, outro "santuário"):* meu quarto não era belo; estava cheio de coisas que não serviam para nada, coisas que

67

dissimulavam sem pudor e tornavam difícil o uso das outras que poderiam servir para algum propósito; *cartões-postais: ali também está a reprodução do* Homem com luvas *(de Ticiano), um jovem nobre, belo e elegante, que olha para um ponto logo à esquerda de onde teria estado o pintor (esse olhar e o de Kafka formam um ângulo, convergem para um mesmo ponto: aquele em que Proust lega à posteridade um cultivado ar blasé, desinteressado); os cartões-postais: posso ver também a mescla heterodoxa que envolve Marilyn Monroe, James Dean, Kafka outra vez, quando já escritor, Che Guevara, um display de uma livraria chamada Prairie Lights (suvenir de uma temporada de Francisco no Midwest, a convite de uma entidade de escritores), que, não obstante tal nome, traz como ilustração uma desoladora paisagem ao luar. Os "ícones", sinais de afeições adultas e juvenis disparatadas e de tempos diversos. Há outros mais nas paredes e em cima dos arquivos, mas minha atenção se volta para algo sobre a mesa de trabalho, em meio a uma infinidade de outros papéis e pequenos objetos: uma reprodução, em aquarela, feita por Francisco, de um labirinto circular particularmente complexo e que denota, pelo cuidado com que foi executado o desenho, o seu interesse por essa construção mitológica e também pelos personagens que a envolveram. Lê-se na legenda escrita a lápis:* Labirinto em baixo-relevo esculpido no pórtico do Duomo di San Martino, Lucca. *O papel fabriano foi usado na vertical. No lado direito, há a reprodução do que restou da inscrição em latim encontrada na parede do pórtico, ao lado da figura:* Hic qvem creticvs edit Daedalvs est Laberinthvs o nvllvs vadere fvit intus Theseus gratis Ariane stamine ivtvs.

O desenho, baseado em uma fotografia, foi copiado por Francisco em 7 de agosto de 1982. Trata-se de uma espécie de desagravo a Ariadne, injustamente abandonada por Teseu na Ilha de Naxos. No alto, acima do labirinto, um pouco à esquerda, em destaque, aquilo que pode ser o dado mais significativo: o lamento de Ariadne imaginado por Ovídio:

Esta mensagem que tu lês, Teseu,
envio-te daquela praia
de onde o vento levou teu barco,
quando o sono perverso me traiu,
sono do qual iniquamente te aproveitaste.

O DIÁRIO DE FRANCISCO
(Anotações remotas)
SP, 10/08/1982

Numa noite de sábado, aqui mesmo no "santuário", minha prima
Adriana me revelou o que eu durante tanto tempo suspeitara: o
verdadeiro teor de suas relações com Raul nos últimos tempos. E o
que disse aguçou os meus sentidos, e foi como uma senha para que
liberássemos nossos desejos. E havia, estranhamente, o consenso
de que aquela seria uma experiência única, irrepetível; mais que
um mero ato de prazer, um rito de passagem. E digo *consenso*, e
o tempo passou, alguns anos se passaram, e essa palavra, sinto,
parece ter perdido sua força; entre tantas outras coisas, porque
já não penso que as palavras que dispõem sobre a perenidade de
certas situações possam ter a força que eu pensava que tivessem;
assim como a palavra *nunca* não pode ser assim tão absoluta por
ser taxativa demais; ou, da mesma forma, a palavra *sempre* não
pode ser tão abrangente como parece; assim também a palavra
consenso, em seu estrito sentido, não é mais que um reflexo dessa
tendência que temos de impor limites a tudo o que vemos pela
nossa frente e em tudo o que sentimos. Não há consenso humano
possível, e, no entanto, eu disse: *Havia, estranhamente, o consenso
de que aquela seria uma experiência única, irrepetível;* e vejo agora
que o mais significativo que posso encontrar nessa frase é a palavra

estranhamente, que, de hábito, costuma ser pouco significativa por ser tão genérica.

E digo tudo isso e me acomete o desejo inevitável de saber o que possa estar se passando com Adriana depois de tanto tempo, um ano quase, desde o nosso último encontro. Almejo uma mensagem sua, receando não ter havido de fato o tal consenso.

SP, 14/08/1982

Passei a tarde do último sábado ampliando, passando para uma folha retangular de papel fabriano o belo e intrincado labirinto que fotografei há cerca de quatro anos em Lucca, numa das paredes do pórtico do Duomo di San Martino. E ao desenhá-lo descobri a maneira simples, quase sempre impensável, de se penetrar numa construção assim [se é que alguma coisa parecida foi construída algum dia (ali em Lucca, ela é apenas uma espécie de maquete esculpida na pedra; aparentemente, para intrigar os fiéis de todos os tempos)]; descobri, pois, a maneira de se entrar em tal construção e sair dela sem dificuldades. Creio que a chave seja a mesma que fornece a saída para qualquer labirinto. A questão está colocada sobre duas bases: não se deve procurar atalhos e não se pode ter pressa. Pode haver, talvez, atalhos (no de Lucca, não há atalho possível), mas, quando se começa a viagem, não há como sabê-lo. E, sobre a maneira de safar-se de tais armadilhas, devo dizer que cada pessoa deve guardar para si tal segredo, à semelhança de seus construtores, pois compreendo hoje, também, que o valor de se vencer um labirinto é um valor pessoal e intransferível. Ensinar o caminho equivaleria a anular a razão pela qual essas construções foram imaginadas. Só posso dizer que não é necessário nenhum artifício material, fios de lã, pedras atiradas ao solo, o que seja. É possível (e aconselhável) vencer o desafio de mãos limpas; o que é altamente significativo.

Com uma régua, um transferidor, um esquadro e um compasso, logrei reproduzi-lo, tarefa para a qual eu não julgava ter tanta paciência. Fiz o traçado a lápis, e o colori com aquarela violeta, e então fiquei sabendo o porquê de tanta aplicação, a razão inconsciente, digo, que me levara a empreender aquela tarefa tediosa: coloquei o desenho sobre a pequena mesa junto ao arquivo, em posição vertical, escorado na parede, e senti um prazer sereno em contemplá-lo a distância, e esse prazer se repetiu nos dias seguintes, até que senti que ali faltava algo, e isso me causou um certo desassossego. Havia a inscrição latina semidestruída que eu reproduzira na margem; havia embaixo a identificação do desenho, sua origem, mas havia também um grande e significativo espaço em branco no alto, à esquerda, e bastou olhá-lo com mais atenção para que me ocorressem os versos de Ovídio que eu encontrara meses antes num livro de psicanálise e que memorizara sem querer, e com os quais preenchi afinal o espaço que ficara em branco; isso que vale agora como uma senha perene, esse lamento de Ariadne, essa queixa de quem foi possuidora da intuição de que Teseu se serviu para levar a cabo o mais conhecido de seus feitos.

SP, 15/08/1982

Reexaminando o labirinto, acabei por lembrar-me intensamente de Adriana. Escrevi a ela a primeira carta em mais de um ano, sem ter tido, no entanto, até agora, a disposição necessária para colocá-la no correio, embora receie (ainda que deseje) receber dela alguma breve mas significativa carta, que até poderia começar, quem sabe?, pela frase ancestral: *Esta mensagem que tu lês, envio-te...*

Anotações de Dédalo

Vindo de uma família de camponeses que chegaram de Portugal no começo do século, tenho em mim introjetada essa origem, tendo aprendido a ver o mundo a partir desta perspectiva. Não consigo, nem quero, fazer os arranjos que Francisco faz, essa sua maneira de passar a limpo a realidade, dando aos fatos familiares pinceladas de um verniz bíblico, exaltando-os como parte de uma epopeia de conquistas ou de heroicas derrotas. Mesmo os fatos trágicos ou desabonadores, até os escandalosos, ganham assim uma dimensão transformadora, sob a tutela de patriarcas monumentais, mentores dos destinos de tudo e de todos. Pois, sim. Ele vê a aventura das famílias encavalada num pedestal, e a vê como um todo, como um agente fundamental da História. Eu não. Talvez me tenha tornado escritor para ver essa aventura não como a sua soma, mas a partir das misérias individuais. A miséria é que é a mentora deste mundo, e o egoísmo nato. Não há esperança de que isso mude. Nem mil evangelhos haveriam de mudar essa realidade intrínseca do coração do homem. Os fortes, como é natural, acabam sempre vencendo. E olhem que os evangelhos aceitos são apenas quatro e plenos de contradições. É corrente a crença de que as misérias vêm de fora, no entanto as engendramos dentro de nós, a partir da planta selvagem do jogo da sobrevivência. Se a personalidade de Judas tivesse prevalecido, então haveria esperança de algum triunfo do cristianismo (do verdadeiro cristianismo; não a falsificação que bem se conhece), uma vez que o sonho dele é que haveria de reverberar de fato no coração dos homens daquele tempo. Num mundo feito a partir do triunfo das individualidades, como crer num filho de Deus que se deixa crucificar por seres cruéis e primitivos? Vivo e triunfante, o Cristo teria sido a nossa valia, pois belo é o corpo de sua história ou de sua lenda, mas decepcionante e inverossímil é o seu final. Penso assim, e sei que Francisco execrará o que agora digo, e execrará também o juízo que faço de suas relações com sua prima Adriana e Raul Kreisker. Que belo trio formavam. Belo por fora, a carne fervendo por dentro, temores de toda espécie, a culpa permeando tudo, como se a natureza de Deus não estivesse também entre os nossos desejos, exaltando-os. Como disciplinar a carne, como amansá-la a não ser por esse equívoco que os três cometeram. E, no entanto, há nos textos de Francisco como que a exaltação da abstinência. Depois da certeza de que Adriana havia estado na cama com Raul, consumiu-se em desejos pela prima, mas antes de tocá-la procurou por todas as formas sacramentar aquele incesto (no seu entender), o ato para ele execrável de consumar relações físicas com quem havia partilhado, na infância, o mesmo teto, a casa do avô materno, e a quem aprendera a ver como uma irmã mais nova, a quem deveria na verdade proteger da sanha dos lobos. Quando ela afinal, depois da morte de Raul, confessou que havia sido possuída por ele, Francisco moveu o arcabouço de sua religião pessoal até encontrar a denominação conveniente para o seu "delito". Chamou-o de "rito de passagem". Ora vejam, que bela vacina esta contra a culpa. Com mil demônios, que droga de rito foi aquele? Fodeu-a, esta a verdade. Comeu-a de todas as formas possíveis, com base numa palavra sacramental: TUDO, que inventou para aquela espécie de liturgia que criou, com a consagração do vinho e aquele palavrório todo, para poder vencer a abjeção que teria sido a de possuir aquela entidade feminina, aquela espécie de Beatrizinha que ele havia criado em sua imaginação e santificado como a irmã perfeita. Conheciam-se, os três, desde a in-fância em Ouriçanga, quando Francisco e Adriana ainda viviam na casa do avô, mas só se aproximaram mais tarde, nos tempos de colégio, em Jaboticabal, uma cidade moralmente doentia (como, de resto, muitas do interior; ou todas), e daquela aproximação emergiu tudo aquilo que eles (com a exceção de Raul, talvez) até então tinham procurado subjugar: o desejo, a fúria do corpo, a perversão que nasce a partir dos rígidos códigos familiares; os episódios, enfim, que acabaram por transformar-se, muitos anos depois, no rosário de mistificações a que Francisco deu o título de O evangelho segundo Judas, *expondo, por essa via, o tamanho da culpa que vinha carregando. O pecador se confessava afinal, mas com uma humildade grandiosa; assim me pareceu. Exaltou o que pôde exaltar, o que necessitou exaltar à sua volta, e assim viu grandeza até mesmo na morte de Raul Kreisker. Ele suicidou-se no final do verão de 1976 em seu quarto pleno de reminiscências, e a inconformação de Adriana a levaria à busca de um "reencontro" e às sessões com um médium chamado Piero Carlisi. O vidente lhe afiançara a possibilidade de um "diálogo" com o amigo perdido. Acreditando à sua maneira no poder de Carlisi, de um ponto de vista pretensamente científico, Francisco deixara-se arrastar por Adriana àquela aventura que culminaria com a "aparição" de Raul. Aparição. Vieram com essa história. Que cena patética deve ter sido. Ora, ora. Safa. O que não se faz em nome do desejo.*

8

O DIÁRIO DE FRANCISCO
(Anotações tardias)
SP, 17/05/1986

Laura Stein quem descobriu: havia algo além dos seis volumes publicados em 1913. Dera-se conta do fato por acaso, no Rio, onde estivera pesquisando a vida de escritoras obscuras do século passado, movida mais talvez por um feminismo insensato (sem nada a ver com sua aguda lucidez) que por uma curiosidade intelectual verdadeira, por suas inquietações mais profundas, que manifestava aos quatro ventos, nos conquistando por sua absoluta falta de artifício (convivemos por pouco tempo com Laura, é preciso dizer; chegou à cidade, vinda do Sul, conquistou-nos e logo *nos deixou*, esse eufemismo que por um estranho ímpeto sou levado a usar; e isto justamente porque falo de Laura, a quem amamos de maneira incondicional). Havia as inquietações e todo aquele arsenal de seu temperamento que nos tomou de assalto, o humor cáustico, a rapidez de raciocínio, uma mistura de saber prático e de senso de oportunidade e uma ironia que nos divertiam, ela dominando assim, quando queria, as pequenas rodas que frequentávamos, subjugando aqueles a quem chamava de "infiéis", os detratores da boa literatura, como fizera certa vez com um tal de Antonelli, que ousara em sua presença dizer que Borges fazia uma literatura vagabunda (este o termo inesquecível que empregou) e que seus contos não podiam prestar porque eram propositadamente herméticos e conservadores. Laura o pressionou sem trégua até que ele acabou por confessar jamais ter lido um livro de Borges. Disse que lera um texto ou outro, e que isso bastara para que suas posições políticas ficassem claras. Antonelli devia estar lá pelo seu quarto uísque, o suficiente para que logo começasse a esmurrar a mesa e a chamar-nos de reacionários (a mim, a Laura e Júlia, também entrincheirada na defesa d'*El Brujo*, como o chamava), a lançar sobre nós a maldição do elitismo (isso que os stalinistas faziam sempre). Atirou ainda sobre nossas cabeças a danação eterna por estarmos, segundo ele, à semelhança de Borges, preocupados apenas com o nosso próprio umbigo, esse surrado lugar-comum.

Já havíamos tido esse mesmo Antonelli pela frente, só que a batalha girara em torno de Natalie Sarraute, em torno do *Infância*, que ele execrara, sem o ter lido, é possível; alimentado, decerto, pelos pretensos legisladores de nossas inquietações, que, ainda que despreparados, ocupavam as páginas dos jornais para dizer o que seria mais justo fazer em literatura, uma audácia que se agravara naqueles tempos e que suscitara uma série de artigos demolidores do Mago. *Segundo esse mesmo* establishment *cultural* — disse ele ao repórter de um jornal —, *toda obra literária de certa complexidade fica, em princípio, suspeita de compactuar com o poder, sendo portanto desprezível. Como todos nós, eles querem combater o conservadorismo, lutar pela liberdade, mas almejam ao mesmo tempo comandar nossas consciências.*

Mas, daquela vez em que Borges foi a vítima, Laura, tendo obtido de Antonelli a confissão de que na verdade ele não conhecia *El Brujo*, exigiu retratação, com um ar ironicamente agressivo, em voz alta, com escândalo, chamando a atenção de todo o restaurante em que estávamos havia horas martelando o mesmo assunto, acusando Antonelli de sofrer de uma grave enfermidade: a falta crônica de um alimento espiritual imprescindível: a própria leitura da obra de Borges, arrematando com uma citação (e um pequenino e malévolo acréscimo) que servira de abertura para *La casa de Astérion,* e que ela pronunciou num castelhano impecável: *Sé que me acusan de soberbia, y tal vez de misantropia, y tal vez de locura, y otras cosas más. Tales acusaciones (que yo castigaré a su debido tiempo) son irrisorias. És verdad que no salgo de mi casa, pero también es verdad que sus puertas están abiertas dia e noche a los hombres y también a los animales;* o que, diante da propriedade da citação para aquele momento e ainda pelo tom teatral empregado por Laura, provocou aplausos e acabou por derrotar aquele renitente profanador, que assim silenciou-se pelo resto da noite.

Laura. A Laura que nos "deixaria" para sempre, cerca de um ano depois. Enquanto polemizava, dispondo de tanta energia e vivacidade, um inimigo insidioso começara a escrever em suas entranhas a marcação das últimas cenas de sua vida, que, não obstante o sentido trágico com que aprendemos de maneira equivocada a ver a morte, não estariam isentas de um certo humor, eivadas de frases de espírito, de grandeza, o que faria com que uma amiga, também do Sul, "Lady L", como a chamávamos, dissesse em um poema póstumo: *Minha amiga tinha olhos imensos, e a cada encontro eram maiores. Só mais tarde entendi que ela os abria para encarar a morte.* Eu saberia mais tarde que havia estado lúcida até o último momento, sem ter nem uma vez lamentado o seu destino. Tinha ao seu lado o nosso Antonelli, por quem acabara por nutrir uma ternura incomum [haviam se apaixonado (tratava-se, afinal, da velha tensão do arco e das cordas da lira)], e a quem, pouco antes do ato extremo, pediu uma taça de champanhe (lembrando-se, é possível, do que Tchecov fizera no momento final), reclinando em seguida a cabeça no encosto da poltrona para entregar-se à grandeza da morte.

Em meio àquela pesquisa que de certo modo me desconcertava, pois eu não conseguia perceber o seu sentido mais profundo, Laura deparara com um volume inédito de Ariel: um pacote amarrado com barbante, ostentando a vaga identificação: *Ariel Alvarenga (notas íntimas) — Protocolo 19/52 — 15 de maio de 1952*. E o encontrara no arquivo particular de um certo professor Temístocles, no Rio, aonde fora em busca de documentos inéditos de Júlia Lopes de Almeida. Estava encantada, curiosamente, com o *Correio da roça*, e acreditava que, antecedendo a obra, ou ocultando-se por trás da obra, tivesse havido uma Júlia Lopes assoberbada por conflitos femininos, registrados talvez em algum diário ainda não encontrado. Laura estava motivada, portanto, por essa ideia improvável ao percorrer a estante indicada pelo professor Temístocles: Almeida, Fernando Mendes de; Almeida, José Américo de; Almeida, Júlia Lopes de (ali estava o material pelo qual abalara-se desde São Paulo: um monte de papéis de variada natureza, desde listas de compras, bilhetes, receitas culinárias, cartas; quer dizer, nada daquilo pelo que Laura tanto ansiava: as confissões secretas que haveriam de revelar, afinal, uma Júlia Lopes crítica com relação à condição da mulher em seu tempo, uma precursora: as confissões, enfim, que jamais provariam ter existido); Almeida, a "Júlia-Lopes-de" que (tendo como intermediária a professora Laura Stein, único PhD de nosso grupo) conduziu-me à descoberta da verdadeira vida de meu personagem; pois, logo ao lado, não havia a habitual pasta A-Z, mas o pacote relativo a Alvarenga, Ariel Pedro D'Ávila.

SP, 19/05/1986

Fui ao Rio na semana seguinte, e encontrei um professor Temístocles prestativo, exibindo o orgulho de quem conseguira evitar, de maneira proveitosa, o ócio da senilidade, cioso de seu mandato de guardião daqueles tesouros da inteligência como a cada minuto procurava exaltar; aquilo tudo que Laura, no entanto, classificara como *petite histoire* da literatura brasileira, aquelas coisas escondidinhas de segunda linha mas que constituem pequenos detalhes da vida, que, por serem mesmo detalhes, podem provocar o encantamento daqueles que, à diferença dos pesquisadores acadêmicos, não pretendem aplacar mas manter sempre acesa a chama da inquietação e do mistério.

Petite histoire. Foi essa expressão um tanto depreciativa usada por Laura o que mais me aguçou a curiosidade, e me fez partir o quanto antes ao encontro das "notas íntimas" de Ariel. Ela mal tocara o pacote com os manuscritos. Apenas o erguera para ler a identificação contida no sobrescrito. O professor Temístocles nada quis me adiantar sobre o conteúdo dos documentos; enigmaticamente, como a querer eximir-se de algum mal-entendido. Eu logo daria conta de que houvera como que uma conspiração de silêncio em torno daqueles papéis. O pacote estivera ali desde a data do protocolo. Fora recebido como doação e colocado na estante e ali permanecera até que Laura Stein o erguesse por um momento e o recolocasse em seguida em seu exato lugar. *La* Stein não o examinara, deliberadamente, para que apenas eu o fizesse, para que eu desatasse o pacote com toda a solenidade que tais descobertas mereciam, o gosto que tínhamos pelas celebrações. E foi uma atitude sábia a de Laura, não só pela celebração, mas pelo agradável espanto que a abertura do pacote me causou. Pensava encontrar ali cartas, pequenas anotações, esboços de algumas histórias talvez, miudezas variadas, à semelhança do que ocorrera com Laura e a sua Júlia-Lopes-de. Mas havia algo muito além do que seria comum esperar-se em espólios dessa natureza.

ANOTAÇÕES DE DÉDALO

A descoberta do diário de Ariel trouxe à tona um inesperado personagem, a quem, impensadamente, Francisco batizou de Teofrasto (Téo, depois, dada a natural familiaridade), e em quem ele haveria de encontrar uma reverberação fundamental do espírito de Ariel. Mais que um nome, aqui-lo me pareceu um palavrão. Custei a entender por que Francisco havia escolhido aquele nome, mais que bizarro, inverossímil (Júlia Zemmel, sempre atenta a esse tipo de pormenor, o execrara de pronto. Não seria mais belo Lorenzo?, *disse, procurando pronunciar com circunstância o nome verdadeiro do personagem); mas, por algum bom motivo, aquele pseudônimo disparatado sobreviera como uma rocha que tivesse caído à frente de Francisco, segundo seu posterior testemunho, pois, mais tarde, ele se daria conta de que se tratava de algo que sobrevivia ainda entre os resíduos dos tempos em que cursara o Clássico, em Jaboticabal. Um dia, folheando as apostilas que ainda guardava do* Breve curso de filosofia, *do Padre Alberto D'Agostini, ele deparou com a informação de que Teofrasto havia sido o nome de um dos mais aplicados discípulos de Aristóteles, e* um dos poucos, *como esclarecia o velho texto escolar,* a aceitar sem restrições as formulações do mestre em relação à meta-física, à fisiologia, à física, à zoologia, à ética, à botânica e à política, pretendendo reunir em um só corpo os elementos fundamentais do aristotelismo, *essa busca de síntese que parecia ter caracterizado, através dos tempos, os portadores de tal nome, como Francisco afinal concluiria.*

TRANSPARÊNCIAS
(Do caderno espiral)

Por uma boa razão me sobreviera aquele nome, e reencontrá-lo no contexto da obra despretensiosa do meu velho professor trouxe-me os cheiros e as cores da juventude; e muitas imagens, entre elas, as cenas idílicas que então imaginei, com Aristóteles ensinando enquanto caminhava pelas alamedas do Liceu, rodeado de seus alunos, o que me fizera então desejar ter vivido naquela Grécia que o professor D'Agostini nos ensinara a amar. Mais tarde, eu saberia algo mais ainda sobre a minha escolha inconsciente daquele nome. Ao repassar trechos do *Aion* sublinhados a lápis, reencontrei o que um dia eu lera, com surpresa: a exortação de outro Teofrasto feita, lá pelo ano 200, a um certo Monoimo, de quem Jung não fornecia maiores informações em seu ensaio fundamental sobre o mito cristão:

Busca-O dentro de ti, para saberes quem é Aquele que se apossa de tudo o que há em teu interior; para saberes a origem das aflições e da alegria, do amor e do ódio, da vigília e do sonho involuntários. Perscrutando-O com toda a entrega, tu O encontrarás dentro de ti como Uno e como Múltiplo, e encontrarás dentro de ti mesmo a passagem e a saída.

Téo chegou a exortar Ariel de forma semelhante; e, no momento em que releio a antiga marcação, o fio da memória reata-se mais uma vez, e eu me lembro de um Teofrasto mais: Philippus Aureolus Theophrastus Bombast von Hohenheim, o Paracelso, de quem eu lera, em 1976 (porque o recebera em meio ao espólio a mim legado por Raul Kreisker), o *Livro dos paradoxos;* Paracelso, aquele audacioso homem da Renascença de quem eu guardara um axioma definitivo: *A magia é a grande sabedoria oculta; a razão, a grande loucura declarada;* o Paracelso, segundo o qual a imaginação resoluta, mais que a racionalidade pura, podia conseguir tudo. Isto poderia me servir como um norte naquele preciso momento. Teofrasto. Pensei, afinal, naquele nome como um nome soberano e próprio. E posso ainda dizer que não deverá parecer estranho que eu comece por falar, não de Ariel Pedro Alvarenga propriamente, mas de Téo, pois, não tivesse ele existido, é certo que eu não estaria aqui neste momento procurando recompor a verdadeira vida de Ariel, para poder desvendar o segredo de sua morte ou pelo menos compreendê-la.

O DIÁRIO DE FRANCISCO
(Anotações tardias)
SP, 20/05/1986

Lembro-me daqueles dias em que toquei pela primeira vez os originais de Ariel como dias de uma inquieta felicidade (fui tomado então por um renovado entusiasmo pela vida, e é esse sentimento, mais que qualquer outro, que costumo chamar de felicidade; com seus diferentes qualificativos); não uma felicidade integral e descuidada, mas restrita por um certo excitamento a respeito das coisas inesperadas que poderiam acontecer nos tempos seguintes, assim como que com o receio do amante no começo da paixão, aquele amante um tanto temeroso de más surpresas por desconhecer em grande parte o objeto de suas atenções; esse subterfúgio que, contraditoriamente, excita a curiosidade e acaba por alicerçar o interesse (cujo combustível é de fato o mistério, as promessas do desconhecido) e propicia, por fim, aquilo a que se dá o nome de amor, mas que não passa de um jogo de interesses, de intenções ocultas e entrecruzadas. E, ainda que diante de emoções assim desencontradas, lembro-me daqueles dias também com um sentimento de nostalgia porque, embora meu interesse por Ariel continuasse a ter como base apenas o pressentimento de que eu haveria de descobrir, através de seus papéis, a sua identidade oculta, sentia a vibração de quem espera encontrar um semelhante, alguém em quem eu poderia ver refletidas minhas inquietações naquele momento e constatar que não estava sozinho com minhas fraquezas e meus temores, isso que, afinal de contas, no caso da relação amorosa, nos faz buscar no outro e não na felicidade do outro, a condição para a nossa felicidade pessoal, essa razão de choques futuros, de conflitos de interesses, que acabam por trazer, ao contrário da felicidade, o desgosto e por vezes o martírio. Era por essa tortuosa via que eu sabia muito bem que eram reflexos meus que eu buscava naquele autor a quem não admirava até então senão pelos seus enigmas, pela vida de contradições que a crônica havia deixado encoberta através de um véu de dissimulações, pelos disfarces que uma certa ingenuidade da época deixava evidentes. Sentia também algo que mais tarde encontraria expresso em um texto de Philippe Ariès em que ele tratava do hábito de dizer-se que o interesse pela árvore dificulta a visão da floresta, mas pode oferecer o mistério introdutório: o início do tempo gratificante da pesquisa, quando o estudioso está mal começando a vislumbrar o conjunto dos fenômenos e uma espécie de névoa encobre o horizonte. O pesquisador ainda não se afastou, não se colocou a distância dos pormenores dos documentos que examina, e eles constituem ainda matéria bruta, mas por isso mesmo conservam um delicioso frescor. E o que empolga então é ir buscando a melhor maneira de passar aos semelhantes as alegrias e os espantos das descobertas, com as cores e os perfumes das coisas desconhecidas. Mas o pesquisador sempre ambiciona, ao mesmo tempo, organizar todos os pormenores num sistema que facilite a compreensão do todo, e é muitas vezes penoso para ele desligar-se (emergir) do emaranhado das impressões que o assolam em sua aventura intelectual. Tratava-se no meu caso apenas de um projetado romance, mas Ariès, embora falasse diretamente ao meu coração, referia-se à pesquisa pura e arrematava, se me lembro bem, se não o traio de alguma maneira: *É sempre difícil conformá-la (a aventura intelectual) à álgebra no entanto necessária à construção de uma bela teoria.* Era essa a precisa dificuldade que eu via pela frente, apesar de não estar pretendendo construir nenhuma teoria, mas, como na álgebra, desvendar incógnitas para trazer à luz uma verdade oculta.

TRANSPARÊNCIAS
(Do caderno espiral)

Não fiz segredo ao professor Temístocles acerca de meu juízo literário sobre Ariel, e ele (com a condescendência dos que já viveram muito, a ponto de estarem habituados e já não se espantarem com as apreciações ligeiras dos mais jovens) censurou-me de uma forma benévola, advertindo-me sobre uma possível apressada leitura, principalmente com relação a *O passo Valdez: Você poderá encontrar tesouros ali, se ler o livro mais uma vez, com desprendimento.* Eu constataria, mais tarde, que ele tinha alguma razão. E, em meu caminho em direção ao espírito que animara Ariel, encontrei-me em meio ao caos de seus vestígios literários, e também, o que era inevitável, em meio ao meu próprio caos interior, minha — eterna, parecia — desarrumação mental. Havia, à parte *O passo Valdez* (que me enlevara na adolescência), algumas dezenas de contos díspares, quatro novelas inverossímeis, poemas plenos de preciosismos, publicados em livros e em alguns dos mais importantes jornais da época. E, por fim, o testemunho legado em seu diário:

as confissões dirigidas a Teofrasto acerca de seus "felizes tempos" e também das atribulações que naquele momento vivia. *(É preciso que me lembre, Téo, mais e mais, para retomar o fio da meada, de meus primeiros tempos, tão bem-sucedido, como me parecia, em disfarçar-me em criança, convencendo-me, algumas vezes, até a mim mesmo.);* o testemunho, enfim, que elaborou de maneira despretensiosa, sem as amarras formais que o haviam escravizado, e que por isso mesmo acabou por se elevar acima de tudo o mais que até então escrevera. No diário, ele registrou os eventos *impublicáveis* de sua intimidade, que apenas a Téo ousou confiar, temendo o juízo daqueles com quem convivia. *(É para que só tu o leias. Se possível, de uma vez, para que não o deixes, por distração, em algum sítio perigoso. É o testemunho de que também eu vivenciei o cone de sombra a que tu te referiste. Depois, queima tudo.)*

Como compreender que, bem naquele momento, quando começava a transpor o limiar daquela espécie de prisão intelectual, passando a viver afinal a sua verdadeira vida, Ariel pudesse ter-se encaminhado para a morte, logo quando começava a entregar-se ao império de uma nova paixão, esse sentimento que faz com que nos obstinemos em dar sentido às coisas mínimas.

A MÃO E A LUVA
(Sobre o diário de Ariel)

De parte da infância havia um reflexo fundamental no diário de Ariel: a vida escolar, desde o momento em que o pai o entregara ao reitor do Colégio Abílio; o velho reitor cujo nome ele não registra. Ali começava uma nova etapa de sua vida, lhe afiançara o pai, dizendo-lhe também que ele iria encontrar o *mundo pela frente;* usando, pois, uma das expressões óbvias que os pais costumavam empregar em situações semelhantes, à maneira de verdades transcendentais. Sim, o mundo pela frente; que ele tivesse, para tanto, muita coragem (o que ele ouviu num tom grandiloquente, próprio do espírito da época, e que deveria tê-lo encorajado, mas que gelou seu coração): o futuro: uma extensão infinita do tempo: a eternidade que teria diante de si, com os tons cinzentos com que a imaginação infantil costuma envolver expressões dessa natureza; futuro, esse nada que em breve se transformará em atos, sensações, acontecimentos que nos impelirão sempre para a frente, em direção a um ponto obscuro, para muito além daquele limite tão temido em que nos entregaremos à inevitabilidade da morte. E foi esse tempo enorme que o pensamento de Ariel percorreu naquele instante em que o pai, sem pensar em profundidade no que dizia, sentenciou: *Tens o mundo pela frente. Coragem.* E, ao percorrer os tempos que viriam, ao imaginá-los, Ariel pensou mais em coisas más que em coisas boas. Era pois uma dessas crianças que temem a vida; porém, mais que a vida, muito mais, temem a morte (que é por isso decerto que temem a vida), pois cada dia a mais é um dia a menos. São pálidas e pensam assim. Foi portanto com a angústia de crianças desse tipo, com uma onda de frio que subia do abdômen e gelava-lhe o coração, que Ariel transpôs aquela fronteira e colocou os pés no seu futuro.

9

Anotações de Dédalo

Francisco confia em que eu possa sair são e salvo desta tarefa: revelar o jogo ou pelo menos os bastidores do jogo, comentá-lo. Quer evitar, ao mesmo tempo, a intromissão do que chama de "consciência estranha". Tentou isso antes, sob este mesmo nome, Dédalo, durante a aventura em torno do mito de Judas, mas sucumbiu à sedução desse construtor cuja identidade quer agora que eu assuma. Disse-me que eu era a única pessoa a quem poderia confiar essa tarefa. Ouse, também disse. É o que tento fazer o tempo todo, ainda que um tanto temeroso das consequências deste envolvimento. Sabe como é; às vezes, eu fico meio assim, um tanto contido, e também, dependendo da situação, faço-me de contido. Minto.

É claro que sei que Dédalo simboliza o engenho e a arte prática. Construiu o labirinto, a prisão humana mais engenhosa (símbolo também de nossa confusão mental, cujos reflexos podem muito bem ser o caos de nossas melhores cidades, essas criações coletivas), mas construiu também as asas da imaginação, para si e para Ícaro, seu filho, mas o mesmo engenho que liberta pode nos elevar pelas asas da ambição sem fronteiras e conduzir-nos à catástrofe. Sei bem o que significa esse Ícaro para Francisco, e assim fico atento, para manter-me mesmo nesta perspectiva que é a de Dédalo, e também para poder ser, de fato, o contraponto do pretenso herói deste romance, dando valor à impiedade quando necessário, procurando demonstrar que nem só o amor constrói, vivenciando o outro lado da virtude que é a sua negação. Se você quer saber, meu caro Francisco, meu pretenso corruptor intelectual, se quer saber mesmo, a ética fundamental é a biológica, e não há como escapar disso, fique sabendo, e não venha querer amansar-me com seu catolicismo barato, com a clemência e a misericórdia. Saiba que li com a devida atenção aquele evangelho de Judas, e pude municiar-me para afrontar aquilo que você chama de fé. O último degrau da decadência, se você também quer saber, é a exaltação da piedade e o autossacrifício, que paralisam a vontade. E olhe que eu acho que foi porque penso assim que você me escolheu, me ungiu; para vergastar-me e para pôr à prova, ao mesmo tempo, o que pensa e o que sonha para si; e, como você é um dos seres mais contraditórios que conheço, quer ao mesmo tempo amarrar-me pela crença, pela contemplação da literatura; mas literatura é também orgia e pecado, meu caro, e para ela não pode haver fronteiras. Sei bem por que me escolheu para ser Dédalo, e sei também que você sabe que eu disponho das asas do prazer, e joga com o fato de que eu possa elevar-me para o alto e depois despencar de uma só vez, para exercer sobre mim, no final, a sua untuosa piedade. Vade retro. *Verdade das verdades, estamos é sublimando o tempo todo a fera sedenta que há dentro de nós.*

Lembrando-se dos dias em que tocou pela primeira vez os papéis de Ariel, Francisco fala de uma felicidade inquieta e do receio do amante no começo da paixão, cheio de temores quanto a possíveis más surpresas. Me chama mesmo a atenção esse "receio do amante". O que quererá dizer com isso? Pronuncia com frequência a palavra paixão que, segundo acredita, deve imperar sobre a razão por condizer com a linguagem da alma e não com a do espírito. No entanto, fala do jogo de interesses e intenções ocultas que no geral dão origem ao amor entre duas pessoas, e isso me remete logo àquela massa de livros que mantém mais próximos de si e com os quais pretende sempre municiar-se contra o mundo cartesiano, racionalista, que acredita em vias de desmoronamento. Há de tudo ali, desde Freud, Darwin e Barthes até algo como Animals In The Spirit World *(com a bizarra defesa do médium inglês Harold Sharp de que*

também os animais têm alma), passando por títulos de Fritjof Capra,
Garaudy, Schuré, Jung, Steiner, Paracelso e dezenas de outros autores
ainda menos ortodoxos, um belo "imbroglio", na verdade, o que não
o impede de deslizes como o do último sábado, quando, durante uma
reunião no "santuário", se contrapôs a Stella Gusmão e Júlia Zemmel,
esta colocada em armas na defesa do ciúme como prova de amor, uma
polêmica que envolveu a todos, uma mistura doida de política, sexo e
religião, uma zorra incendiada pela quantidade de uísque e vinho que
haviam tomado; eu, no meu canto, apenas observando, sorvendo (não
bebo álcool, não fumo) meu Almond sunset, *meu chá predileto, com o*
qual Francisco me brinda nessas ocasiões, assim como que para que eu
fique mesmo no meu canto, meio que de fora, justamente para observar
apenas. Entendam: eu, Dédalo.

E Francisco não resistiu à fácil sedução do cartesianismo para tentar
conter (era uma batalha, parecia) a investida zemmeliana. Saltou da
poltrona em direção a uma das estantes e tirou de lá aquela espécie de
metralhadora chamada As paixões da alma. Paixões, *ora, vejam. Fez*
com ela um disparo certeiro. E, como ele me deu uma cópia de sua chave e
abriu-me franco acesso ao "santuário", estou aqui de novo. Passaram-se
cinco dias. O escritório está vazio e silencioso, e estará silencioso neste fim
de semana. Desta vez, a reunião semanal será em casa de Belisa. Vou até
a mesma estante e tomo o volume manuseado por Francisco. Encontro
o trecho sublinhado e anoto-o e o releio em voz alta, fazendo-o ecoar
aqui dentro mais uma vez:

É hábito rir-se do avarento que tem ciúme de seu tesouro, e
que dele não se aparta com receio de que o roubem; e despreza-se
o homem que sente ciúme de sua mulher porque isso mostra que
não a ama de verdade e faz mau juízo dela. Se o seu amor fosse
verdadeiro, não teria desconfianças. Não é a ela que de fato ama,
mas ao prazer que desfruta com sua posse. Ele não temeria perder

esse bem caso se julgasse merecedor dele. Sua paixão tem a ver apenas com as suspeitas, e delas advém seu ciúme. Na verdade, não é a rigor ciumento aquele que se esforça para evitar uma perda quando tem motivo justo para receá-la.

Deixo o livro aberto no trecho sublinhado para que Francisco o encontre e o releia. Por certo, reconsiderará o que leu como se estivesse declamando um poema. O amor e o ódio são mesmo complexos, meu caro Fran, e não há retórica possível que os possa definir. São pessoais, característicos, e estão impressos de forma única em nosso ego, e cada qual os vivencia à sua maneira, dependendo das circunstâncias.

O Diário de Francisco
(Anotações remotas)
SP, 25/08/1982

Nos digladiamos no último sábado, eu enfurecido mais uma vez com a eterna tese de Júlia sobre a relação amorosa: a dialética do senhor e do escravo: *Alguém tem que sucumbir para que a vida em comum possa continuar; não há liberdade possível para ambos os amantes.* Ela defendeu irritantemente aquilo que em forma de parábola havia tentado demonstrar em tantas histórias que escrevera. Mas isso apenas até a sua última proeza que foi a de envolver Silas Mortari num virulento triângulo amoroso, completado por ela, através de seu *alter ego* literário, e um escritor português que aqui estivera e que não chegáramos a conhecer direito, senão através do testemunho desfavorável fornecido por Júlia. O repertório de pseudônimos não fora suficiente para que os três personagens permanecessem no anonimato, e aquela verdadeira batalha de egos nos sobreveio como uma bomba, não pelo escritor português, claro, nem tampouco por

Júlia, uma vez que se expusera, como de hábito, com toda a crueza e impiedade possíveis, mas por Silas. Júlia o tomara como modelo para o personagem através do qual destilou o fel de algumas de suas obsessões. Silas ficou reduzido a uma situação abjeta, e o mais grave não haviam sido os fatos relativos ao seu desempenho sexual, mas as referências ferinas a um de seus livros: um romance: uma ousada aventura amorosa, cujo fundamento, além da questão da arte, havia sido uma rigorosa disciplina, uma das marcas de Silas. O enredo minucioso e instigante tivera por base depoimentos de amigos, gravados em fitas cassete, e que, transformados em matéria literária, foram depois montados tendo por modelo a célebre partida de xadrez em que Tigran Pedrosyan vencera, em 1963, o gigante Mikhail Botvinnik. O embate tivera por desfecho uma jogada raríssima, possível apenas a grandes mestres. O que nos desgostou em tudo aquilo foi o fato de Júlia ter usado a história do triângulo amoroso como uma espécie de arma, com uma fúria que nos fez crer em preterição ou preterições (ela parecia ter sido duplamente repudiada). Golpeada pela reprovação unânime do "falanstério", sentiu-se injustiçada. Era tudo literatura, afinal, justificou-se. No entanto, pareceu ter-se rendido à condenação coletiva, e o sinal dessa capitulação não poderia ter sido mais significativo: o abandono (ou pretenso abandono) daquela espécie de guerrilheira de alcova, sua narradora, uma ruptura cuja gravidade só constataríamos mais tarde, ao percebermos que, com aquele fenômeno, se processara também a sua ruptura interior com uma das facetas (a mais desfavorável, embora a mais criativa) de sua personalidade [*Todo personagem é em certo sentido uma emanação de seu autor,* diz Dédalo em algum lugar destas páginas; *uma entidade que a um só tempo o representa e o trai* (nesta acepção, o personagem de Júlia era exemplar.)]. Tratava-se, no entanto, de uma tentativa não de conter ou subjugar aquele seu *alter ego* dentro da criação — como um demiurgo a serviço da literatura; não para contê-lo, mas para eliminá-lo de sua vida, como se isso fosse possível. A verdade é que aquele personagem, a pretensa guerrilheira de alcova, continuaria vivendo, em latência, dentro dela.

SP, 26/08/1982

Ontem, quando sentei-me aqui, pretendia apenas dar um jeito na citação cartesiana que pronunciei e cuja impropriedade não escapou à atenção de Dédalo, a quem franqueei estes originais e a quem permito que me incomode (em meu próprio interesse, claro) a ponto de fazer-me lembrar dessas coisas que digo sem pensar muito, mas que depois me parecem pedras de tropeço, excessivas. Li a anotação de Dédalo, e a formulação cartesiana me incomodou, ali como que mal acomodada no texto; mas, como pretendo ser fiel ao contraponto que estabelecemos, fiel aos meus "traços da vida", a citação fica ali mesmo onde está; ficará, mesmo que eu venha a tropeçar nela sabe lá Deus quantas vezes.

Pretendia apenas dar um jeito na citação, dizer talvez que aquele não era, a rigor, o meu ponto de vista; que não penso no amor como uma espécie de lei da oferta e da procura; que usei o conceito apenas para contra-atacar aquilo que Júlia afirmara; que creio no primado da paixão e em seus infinitos mistérios; mas assim estaria contrariando o jogo que propus a Dédalo: a proposta de deixar a nu tudo o que possa envolver, por dentro e por fora, esta *Investigação*.

E Dédalo esteve ali, na noite do sábado, o tempo todo a nos observar com um olharzinho em que muitas vezes reconheço uma complacência invulgar numa pessoa assim mais jovem, sorvendo pachorrentamente o chá que eu lhe servira, membro de uma nova raça, parece, já infensa ao álcool, necessitada de um outro tipo de delírio.

ANOTAÇÕES DE DÉDALO

Aconselhou-me estas intromissões, mas não deve ter avaliado as suas consequências. Confia no fato de que a minha admiração por ele foi a razão de eu ter aceitado este desafio; e, assim, pensa que o meu atrevimento possa ter um limite. Safa. Quero transformar isto aqui numa arena; não há harmonia possível entre duas consciências antagônicas, e isso é o que mais nos difere dos animais. Uma boa guerra santifica qualquer causa. Não há por que se ter ilusões. Temos uma alma divina, mas um coração selvagem e egoísta, e é isso o que nos faz seguir avante. Como amar verdadeiramente? Não há sentimento mais egoísta que o do amor, e mais violento, quando desprezado.

TRANSPARÊNCIAS
(Do caderno espiral)

Não me lembro da descrição que Laura Stein fez do arquivo do professor Temístocles; me lembro bem, isto sim, da imagem que logo fiz dele: um labirinto de estantes de madeira envidraçadas instaladas num cômodo qualquer de uma casa da *belle époque*, embolorado, com pouca luz, lâmpadas incandescentes pendendo do teto, papéis apodrecidos por todos os cantos, as traças roendo sem misericórdia um belo tanto dos livros e documentos. Mas não era assim. Tratava-se de uma sala grande, arejada e plena de luz, limpíssima, o assoalho brilhando, o cheiro de cera recente. Um passado iluminado. O cômodo havia sido originalmente a sala de visitas daquela casa ampla, de arquitetura eclética — herança familiar, eu logo saberia —, com um jardinzinho francês na frente, situada numa rua curta e silenciosa do Catete. Não havia o esperado mofo, mas aquele cheiro característico dos papéis velhos, e o cheiro desaparecia de quando em quando com as lufadas de vento que invadiam as janelas da frente e faziam as cortinas brancas de tecido leve esvoaçar numa dança que teve para mim o efeito de um sedativo. A agradável surpresa causada por aquele lugar acolhedor e a presença solícita do professor Temístocles me desarmaram afinal de um certo preconceito relativo aos hábitos da senilidade e às casas antigas. Me desarmei também de toda a ansiedade e lembro-me bem de que suspirei longamente, invadido por uma paz interior que me é raro sentir quando estou no Rio de Janeiro. Eu não havia feito — não me lembrava disto — uma imagem preconcebida do professor. Devia ter quase oitenta anos, tinha estatura média, era magro, grisalho, barba e bigode bem cuidados e vestia-se com elegância, mas de uma maneira um tanto anacrônica, como se tivesse emergido de repente da década de 20 ou antes até; mas acho que se tratava mais de uma sensação minha que de um fato em si; tanto que nem saberia descrever agora o seu modo de vestir-se. A verdade é que, no momento em que abriu a porta, pareceu-me ter emergido de um tempo que não era o nosso. E me detenho nessas considerações aparentemente dispensáveis porque algo estranho operou-se em mim algumas semanas depois daquela visita. A fisionomia do professor passou a confundir-se em minha memória com a de Piero Endríade Carlisi, o vidente espírita que um dia pretendera trazer à minha presença e à de minha prima Adriana o espírito de Raul Kreisker, cerca de seis meses depois de sua morte. Talvez nem fossem parecidos, sei lá. Estou certo, no entanto, de que essa fusão de imagens deve ter se processado por algum bom motivo; além, é claro, do fato de ambos terem sido, em tempos diferentes, intermediadores de mensagens fundamentais para minhas "investigações literárias", vamos dizer assim.

ANOTAÇÕES DE DÉDALO

Raul suicidou-se no verão de 76. Francisco e Adriana procuraram, nos meses seguintes, por caminhos diferentes, encontrar algo que justificasse aquela morte, e sabe-se que os prodígios só se revelam, de hábito, àqueles que por eles se interessam; ou que deles necessitam, eu diria como o mais certo. Senão, vejam: procuravam na verdade a negação daquela morte inaceitável e então surgiu, como que vindo de alguma dimensão perdida do tempo e do espaço, esse personagem de almanaque, esse Carlisi que, três anos depois, pareceu ressurgir, reencarnado na figura de um velhinho solícito, colecionador de fatos da — como quer Francisco —"petite histoire"da literatura brasileira.

Adriana soubera de Carlisi através de um colega de trabalho e procurara o médium crendo na possibilidade de um "contato" com o espírito de Raul. Ela estava ansiosa acerca da possibilidade de transpor a barreira que nos separa daquilo que certas pessoas chamam de Além. Francisco, a princípio, achou absurda a ideia, mas tratou logo de munir-se de alguma teoria para poder deixar-se levar pela priminha à presença do bruxo. Era absurdo, mas ele foi até a casa daquela espécie de guru kardecista acreditando, segundo argumentou, na escavação da memória, na possibilidade de o tal Carlisi ler o seu passado perdido, recuperar os sedimentos mais profundos de sua memória inconsciente; algo assim, aquilo que se registra e se esquece, e só se recupera através de algum poderoso estímulo. Inventou, portanto, toda uma teoria para deixar-se arrastar pela prima assolada pela inconformação.

10

Anotações de Dédalo

Seja frio e calculista, também me disse Francisco; seja sempre Dédalo. *É essa ideia que ele tem de Dédalo, como protótipo de um semideus do cálculo e do raciocínio, isento de paixão, como se de fato tivesse existido tal matriz em algum tempo. Ele queria sobrepor-se ao que chama de consciência estranha, espécie de entidade que muitas vezes se apossa do escritor quando este sucumbe ao domínio da primeira pessoa do singular, não se reconhecendo nela, às vezes, não reconhecendo a própria escrita, como se uma mão misteriosa, movida por estranhas energias, a tivesse executado. Francisco queria, portanto, controlar, submeter ao seu jugo leonino, esse instrumento fundamental. No entanto, sem tal subterfúgio literário, um romance que tivesse por base a vida do narrador acabaria não sendo, de fato, um romance, mas uma despropositada autobiografia, sem o interesse que a imaginação pode proporcionar à vida mais comezinha.*

O Fio de Ariadne
(Sobre a Investigação)

Quando ambos se conheceram, Francisco já havia encontrado os manuscritos de Ariel, o que dera consistência à ideia que vinha tendo de escrever um romance sobre ele. No entanto, a verdade encontrada naqueles textos era, por assim dizer, tão real que parecia não se enquadrar de forma alguma no plano da ficção. A Dédalo caberia, nos tempos seguintes, a tentativa de solucionar tal impasse, e os diálogos que ambos então mantiveram, alguns deles transcritos literalmente na *Investigação sobre Ariel*, e as anotações de ambos e as ideias disparatadas que tinham a cada momento e os embates inevitáveis que travaram e os textos afinal redigidos como que para permanecerem no corpo da história, muitos deles depois descartados e atirados fora; todo aquele emaranhado, enfim, constituído pela realidade e a fantasia que os envolveram naqueles dias, restaria na memória de Francisco como uma espécie de sonho antigo, algo que, às vezes, lhe custaria acreditar que tivesse acontecido, de tal modo que, quando pensava na história toda do livro, não conseguia lembrar-se do que havia ou não permanecido em seu texto. Punha-se a folhear então as suas páginas já impressas para se certificar se uma certa impropriedade de que se lembrara havia sido de fato excluída do texto final, por ele ou por seu parceiro. Muitas das dúvidas que haviam permanecido eram relativas ao momento em que Ariel Pedro e Téo, recém-chegado da Itália, haviam se conhecido. Movido pelo mito da selva, Téo logo se engajaria na expedição do geógrafo Henri Coudreau ao rio Tapajós, único evento que se pode comprovar naquela história toda.

ANOTAÇÕES DE DÉDALO

Os textos descobertos, embora destinados a Téo, logo me pareceram discursos de Ariel dirigidos a si mesmo, monólogos sobre fatos e descobertas pessoais. Pelas reminiscências, fica-se sabendo que Ariel foi camarada de turma de Raul Pompeia e aparece sob pseudônimo em O Ateneu. *Descobrira-se retratado num dos personagens que se aproximavam mais intimamente do herói do romance.* [(...) É um novo caminho esse que o Pompeia abriu, meu caro Téo, uma linguagem toda nova, e o que me espanta é que, apesar de o terem chamado de *bilioso e nevrótico,* incensem-no como um *poeta pletórico e audacioso,* isso que li não sei onde, pois muito se fala dele desde que publicou o romance. Teve coragem mesmo esse Pompeia ao revelar certos fatos da infância, uma coragem que eu jamais haveria de ter. Pôs-me em pânico quando me reconheci num dos personagens, ainda que oculto sob um nome um tanto extravagante, acrescentando-me certos caracteres e certos atos que me causaram enorme espanto e me fizeram pensar se eu não estaria amalgamado a algum outro personagem da vida real. O fato é que estou lá, perdido dentro de mim mesmo, e, se me esforço por restabelecer o que então aconteceu comigo, uma criança ainda indefesa, posso ver do meu ponto de vista o que Raul relatou com tanta propriedade e audácia. (...)]

TRANSPARÊNCIAS
(Do caderno espiral)

Não havia pó acumulado sobre o pacote, ao contrário do que eu havia imaginado. Ele fora retirado dali tantas vezes quantas haviam sido necessárias para a limpeza da estante, mas voltara sempre ao mesmo lugar, desde 1952, quando o professor Temístocles o recebera como doação de um velho crítico literário que se retirara da vida jornalística décadas antes, *vencido pelo esclerosamento de sua restrita visão naturalística da literatura,* segundo o professor, referindo-se à moda literária que grassara pelo país na passagem do século. O professor Temístocles informou ainda que o doador falecera cerca de dois anos depois de encaminhar os originais ao arquivo do Catete, e estranhamente se recusara a revelar como os textos haviam chegado às suas mãos.

Eu talvez não tenha ficado mais que duas horas na casa do professor, mas a lembrança que me vem sempre é a de um longo dia, o que me faz crer que o tempo não seja mesmo senão uma dimensão psicológica, como querem os hinduístas. Ele tratou-me com uma ternura paternal, discordando em muitos pontos da opinião então cristalizada que eu tinha a respeito de Ariel e sua obra desigual.

Ainda que o professor pudesse ter cem anos, não poderia ter sido contemporâneo de Ariel, e, no entanto, ele expressava-se como se tivesse privado de sua intimidade. Pode ser também que aquilo não se tratasse senão de um recurso para sustentar sua retórica, um mecanismo que o ajudava, é possível, a lembrar-se dos fatos de que tomara conhecimento: *Embora tenha feito com distinção a escola de Direito, Ariel não devotou nenhum entusiasmo à advocacia. O pai, que havia sido juiz, era dotado de uma personalidade árida, vendo a vida correr ao seu redor com um perene desencanto.*

O relato do professor foi linear, cronológico, organizado e, em certos momentos, minucioso; destinado, parecia, a fornecer-me a base para a minha compreensão do real valor e do sentido da obra de Ariel Pedro. Fiquei sabendo, então, que Clarice Alvarenga havia sido uma mãe peculiar de seu tempo, e elegera o filho mais novo como o predileto, cercando-o de zelos exagerados, para melhor prepará-lo, segundo imaginava, em sua missão de perpetuar o nome e as tradições da família. Duas irmãs desveladas completavam o ambiente doméstico. Ariel, presença obrigatória nos principais jornais, abolicionista, republicano exacerbado, positivista, era a única razão pela qual aquela família podia ser notável. O doutor Ramiro Alvarenga, que se opunha, com ferocidade, às novas ideias, não deixava sequer que as filhas assomassem às janelas da rua das Laranjeiras, onde moravam. Nada de passeios ou relações estreitas de amizade, nem com as moças da vizinhança. Só o casamento haveria de libertá-las, talvez, daquele cárcere privado. Assim, era na atenção que lhes devotava Ariel que as duas moças encontravam um lenitivo para a desesperante clausura. Por ele é que chegavam até a casa as notícias das ruas. Como seria natural, aquela situação intolerável e a sua cristalização através do tempo acabaram transformando o amor que devotavam a Ariel numa espécie de culto familiar. Recortavam e colavam num álbum o que de melhor encontravam sobre o irmão nos jornais e revistas. Faziam também pequenas anotações, em preciosa caligrafia escolar, e assim foram, pouco a pouco, compondo uma biografia precoce e exaltada do irmão mais novo.

A MÃO E A LUVA
(O diário de Ariel)

[...]

Uma vez que os jornais não pagavam quase nada, como ainda não pagam, tive, desde os começos, que escolher entre duas humilhações: depender das boas graças de meu pai ou adaptar-me a um emprego público. Como a primeira possibilidade haver-me-ia de ser insuportável, escolhi a segunda; e, digo-te, sem muito drama de consciência, e isso porque o fiz em nome do jornalismo. Quer dizer, de minhas ideias e também de minha literatura. Da morte de meu pai, resultou-me um pecúlio que, se não me deixou abastado, deu-me pelo menos um certo desafogo e alguma liberdade. Pude, assim, morar por conta própria, ainda que a mãezinha e as manas tivessem deplorado a minha decisão. É mesmo inusitado ir morar por conta própria, tendo assim, a pouca distância, um lar bem formado, mas senti uma voz imperiosa que me aconselhava a entregar-me a mim mesmo, aos meus próprios cuidados.

Esforcei-me por concluir o curso de Direito para satisfazer aos desejos da mãezinha. Ela queria que eu repetisse o que fizera meu pai, mas é o jornal que, à parte a literatura, tem sido o sal de minha vida e deu-me a chance de conviver com gente com quem muito aprendi e a quem muito estimo, como o velho Capistrano, o Araripe, o Toledo, gente que precisarias conhecer.

[...]

TRANSPARÊNCIAS
(Do caderno espiral)

Ariel Pedro tecia o melhor de sua obra com uma paixão meticulosa, disse ainda o professor. Escrevia, remendava, acrescentava, subtraía, atirando fora muitas vezes o trabalho de dias. A familiaridade com os parnasianos franceses não mudara suas ideias, mas tornara seu estilo severo.

A MÃO E A LUVA
(O diário de Ariel)

[...]

Como é inevitável, os franceses fazem época por aqui, tu sabes, com esse Mallarmé na vanguarda. Mas eu quero manter-me fiel a mim mesmo, à minha alma, àquilo tudo sobre o que falamos e ao que tu me falaste com tanta eloquência. Quero ficar à parte desses modismos todos, simbolismo, naturalismo, realismo, o que quer que seja. Quero sentar-me e escrever o que me vier à cabeça, ainda que apenas para mim mesmo, ainda que, por alguma desgraça, nem tu venhas a ler estas páginas que sou levado nestes dias a preencher a esmo. Poucos são os que respeito de verdade, e um deles é o velho Machado de quem tanto lhe falei, e, entre *tantas outras coisas, pela sua peremptória negação ao convencional e à* *moda, pela sua ironia impiedosa. Saiba que com sua obra aprendi que os* *contrários podem conviver numa mesma unidade, sem que isso configure* *uma contradição, algo que, com outras palavras, tu também disseste.*

Com receio de maus julgamentos, acabei por expurgar de O passo Valdez *grande parte da história de minha infância. Não tive coragem,* *então, de expor a minha passagem pelo* Colégio Abílio, *e só agora vejo* *como é importante ver, sob a ótica de hoje, aqueles tempos em que me* *senti tão desvalido, só, diante de um mundo de perversões e de lascívia.*

E é então que, dizendo-te o que digo, entro a lembrar-me de que, *pouco antes de entregar-me aos cuidados do velho reitor, meu pai me disse* *que ali começava uma nova etapa de minha vida; e disse-me ainda,* *usando aquela que deve ter julgado uma grande frase para o momento:* Tens o mundo pela frente; coragem. *Isto que disse para prevenir-me,* *talvez para tranquilizar-me, mas que fez com que eu me preocupasse* *já com os momentos seguintes. Atravessei, pois, o saguão de entrada do* *colégio sentindo como se a alma estivesse gelada dentro de mim. Mas nada* *disse. Podia ter dito alguma coisa, podia ter manifestado aquele meu* *sentimento, mas aprendera já que há certas coisas que, ainda que pareçam* *importantes, não devem ser ditas porque são de todo incompreensíveis* *aos outros por não dizerem respeito à ordem prática da vida, e também* *porque não se imagina que uma criança deva comportar dentro de si* *tal classe de sentimentos. Desse modo, quando somos pequenos, vivemos* *nos disfarçando em criança para corresponder ao que esperam de nós os* *adultos. Então eu já sabia que aquilo que meu pai estava dizendo, o* mundo pela frente, *tinha tanto sentido quanto um pastel de vento, mas* *a ele passei a impressão de que, como bom filho, me compenetrava de seu* *conselho. Eu vivia já o embrião do personagem que me acompanharia* *por toda a vida. E o que meu pai talvez quisesse dizer e não disse ou* *não soube como traduzir em palavras era que eu estava transpondo uma fronteira e que era um ato de transformação aquele de ele entregar-me aos cuidados do velho reitor. Eu, de minha parte, temia o futuro e suas interrogações, tinha certeza de que muitas desventuras adviriam, mas sabia também que não havia outro caminho possível; imaginava, pelo menos, que não houvesse; esse equívoco generalizado. O mundo na verdade tem muitas portas, e é preciso escolhê-las com cuidado. "Tens o mundo pela frente", disse meu pai. "Coragem." Mas não precisava ter dito nada porque ainda assim eu atravessaria, como que resoluto, aquele umbral, como se ele fosse a única passagem possível para mim naquele momento; e é por isso que hoje sou quem sou, e também porque, em cada momento crucial, acabei vendo sempre uma e uma só porta, como se não houvesse escolha possível, até o impasse final, quando alguém tentou escancarar diante de mim as variadas alternativas que há sempre para o mundo futuro de cada ser humano. Lembro-me, por isso, com uma ternura crescente da manhã em que deparei contigo pela primeira vez.*

[...]

11

Anotações de Dédalo

Tive receio o tempo todo que Francisco dissesse que eu não passava de uma invenção sua, repetindo aquele impasse criado por Durrell para colocar em choque os seus caros personagens: Blanford havia criado Sutcliffe ou Sutcliffe havia criado Blanford? Eram ambos, afinal, criaturas de Durrell, projeções de sua consciência em crise, e, no entanto, ali, no contexto de O príncipe das trevas, *digladiavam-se como se fossem de corpo e alma, e escancaravam, com mais verdade, por certo, que Durrell em sua própria vida, os seus conflitos amorosos: os desastres das paixões que, ao mesmo tempo que punham a nu uma doentia e generalizada mesquinhez, tornavam-nos grandiosos à medida que revelavam, sem a mínima autocomplacência, as suas fraquezas. Assim, aquele Durrell que jamais conseguira entender, é possível, a sua dependência infantil do amor, tendo-a ocultado durante toda a juventude, via-se diante de suas criaturas em permanente conflito, e devia invejar seus personagens por aquela exemplar capacidade que possuíam em desnudarem-se, em exporem-se às perigosas armadilhas do amor e ao juízo alheio, ainda que tivessem, e com razão, o receio de serem desprezados, pisados sem piedade pelos outros; sobretudo pelas mulheres.*

Eu lera, por sugestão de Francisco, aquele decantado O príncipe das trevas *com a aplicação daqueles alunos que sentam na primeira fila da classe, e que, de hábito, são malvistos por todos os outros e, em particular, desprezados por aqueles que costumam ficar lá pelo fundo das salas. Confesso que li o romance como um dever indispensável, mas logo me entusiasmei pelo seu amplo espectro narrativo, a selva selvagem, áspera e forte, que Durrell engendrara e que ali aparecia como uma reprodução de sua mente gestáltica, veículo de seu complexo pensamento literário (seu pensamento não racional, ainda que isso possa parecer uma impropriedade). Embora o pensamento de Durrell não estivesse ali explícito, era possível absorvê-lo através daquele límpido processo narrativo, daqueles teoremas compostos a partir das visões angulares dos três narradores contrapostos uns aos outros, em uma luta de vida ou de morte: Durrell e suas duas criaturas: Aubrey Blanford e Robin Sutcliffe.*

E, então, lendo o romance com a atenção que a situação (o nosso confronto) exigia, percebi que havia uma diferença fundamental entre a vida que Blanford e Rob haviam compartilhado com seu criador, e a vida que vivíamos Francisco, Castor e eu, que era o fato de sermos todos de carne e osso, expondo no papel nossa própria vida, embora alterando, com frequência, a escala dos fenômenos, sempre que nos convinha. E ainda: agíamos todos, pelo menos até então parecia, como se estivéssemos a dançar temerariamente em torno do túmulo de um suicida. Estávamos, afinal, nos atolando naquelas "investigações". E aqui, como se estivesse na primeira fila de uma velha e tradicional sala de aula, continuo a desempenhar esta parte do papel que também me cabe: repito a velha frase de Téo: É uma cidade bela e sombria, *disse ele, ou teria dito, segundo o testemunho de Ariel, a respeito do Rio de Janeiro. Trata-se de uma das poucas sentenças transcritas literalmente, pois quase tudo quanto foi dito por Téo só nos chegou através da sua reelaboração encontrada nos textos de Ariel Pedro.*

A MÃO E A LUVA
(O diário de Ariel)

[...]

Continua enferma a cidade, tal como a encontraste. Nem a brisa do mar, nem o sol, que deveriam purificá-la, podem livrar os cidadãos da ameaça que paira sobre suas vidas: Stegomya fasciata; este nome revela o quão frágil é a vida, o quão delicada é a nossa existência diante das forças da natureza. Basta uma só picada desse inseto de aparência insignificante, para que o desastre sobrevenha em poucos dias; primeiro a febre, depois a cefalalgia, a vermelhidão do rosto, os olhos lacrimejantes, um abatimento geral. Às vezes, sabe-se lá por quê, os sintomas desaparecem e vem o alívio. Mesmo os depressivos experimentam, assim, motivo para alegrarem-se com a vida que lhes é possível. No entanto, não raro, a febre volta. O enfermo move-se sem parar de um lado a outro, sem achar lugar onde tenha descanso, angustia-se, vomita um vômito negro e começa a verter sangue pelas gengivas e pelos orifícios do corpo; sobrevém a icterícia, o delírio e por fim a prostração e a morte. Assim se vão mais de setenta pessoas por dia, sem que se cuide da origem do mal, mas apenas do destino dos cadáveres, para os quais teve que se construir, à pressa, um crematório. Impossível sepultar-se de forma cristã os mortos sem que haja risco de contaminação. No entanto, tendo-te por interlocutor, sinto um ânimo renovado para seguir escrevendo. Apesar do transe por que passa a cidade e do pesar que sinto, é estranho que me encontre revitalizado, como se só agora eu tivesse começado a viver minha verdadeira natureza.

12

TRANSPARÊNCIAS
(Do caderno espiral)

A selva. Foi Castor quem me chamou a atenção para o significado profundo da escolha de Téo: a condição sagrada da floresta, o fato de os *sannyasin* indianos a escolherem sempre como local de retiro, e ainda o seu significado materno e seu caráter de representação do inconsciente.

Conheci Castor cerca de um ano antes de Dédalo. Ele publicara um ensaio sobre o Mago, e o interesse pela obra do mestre nos aproximou. Tínhamos em comum, também, o entusiasmo juvenil pela obra de Durrell.

A HISTÓRIA DE LARRY
(Os apontamentos de Castor)

Larry qualificava O quarteto de Alexandria *como um romance europeu, enquanto* O quinteto de Avignon *havia sido concebido, segundo dizia, como um romance tibetano, formado por histórias geometricamente dispostas; simples como uma novela de* Agatha Christie, *chegou a resumir, para não afugentar, talvez, os seus futuros leitores:* O príncipe das trevas, Lívia, Constance, Sebastian *e* Quinx. *Enfim, uma grande e minuciosa mandala, sua obra final, cuja contemplação, à semelhança do que ocorre com o diagrama tântrico, haveria de inspirar serenidade e o sentimento de que a vida teria reencontrado o seu sentido, a sua verdadeira ordem; o que, no caso de Durrell, no entanto, não abateria as dúvidas e inquietações que o haviam impelido, desde a juventude, em direção à literatura, requerendo dele, sempre, uma entrega irrestrita.*

Como muitos relatos de iniciação, O quinteto de Avignon é pleno de enigmas filosóficos, mas o que move de início o romance é a história da busca de um tesouro: o legendário legado da Ordem dos Templários. Implantada à margem do Ródano, Avignon é ao mesmo tempo palco e personagem da ação. No entanto, as histórias desse intrincado quincunce literário se ramificam por Veneza, Paris, Genebra, Viena e o deserto Egípcio, formando um claustro de múltiplas e sombrias passagens. Transitando por essa extravagante construção literária, Bruce, Sylvie, Piers, Tobby, Constance, Lívia e os narradores Robin Sutcliffe e Aubrey Blanford, entre outros, lutam por conformar as suas naturezas às suas paixões, tornando-se, inapelavelmente, vítimas das obsessões por elas geradas.

O Diário de Francisco
(Anotações tardias)
SP, 30/05/1986

No sábado em que me mostrou aquela primeira nota sobre Durrell, Castor leu, também, alguns trechos recentes do romance que estava escrevendo, e, vendo-o ali, correndo resolutamente os olhos por aquele discurso sôfrego, cadenciado, próprio dos que trilham um caminho certo e sabem disso; entusiasmado por ter-se deparado com um tema que lhe batia fundo no coração; e, observando-o ali em seu pequenino estúdio, o seu reino, foi como se eu estivesse me vendo a mim mesmo oito anos antes, que era essa a diferença de idade que me separava dele, e dei-me conta de que o que antes me parecera apenas um lapso, aqueles oito anos, era na verdade um período enorme, pois se tratava de um lapso que representava simplesmente um quarto de minha vida, o que costuma determinar grandes diferenças entre as pessoas, muito mais quando são jovens, pois afinal eu estava ainda para completar meus trinta e três anos. Pensava nisso e ao mesmo tempo me comovia vendo Castor gesticulando com um ardor quase juvenil, defendendo seus pontos de vista com a mesma fé na literatura que eu havia possuído quando tinha a idade dele; e, pensando nas nossas diferenças e nossas identificações, imergi em tais considerações e em meu passado, acabando por distrair-me, deixando assim de ouvi--lo, só despertando daquele estado de consciência ao ser golpeado por uma frase pronunciada num tom mais alto: *Não mentir jamais, mas sim trapacear com toda a liberdade.* Emergi de volta àquela tarde ensolarada de sábado, percebi outra vez a luz intensa que vinha da janela, e deparei-me com o vigor e a juventude de Castor, e logo me lembrei de que a frase que ele proferira havia sido enunciada pelo Mago ao referir-se aos narradores que montavam cenários como se estivessem preparando o ambiente para uma peça de teatro. Lembro-me, agora, da entrevista concedida por ele há quase dez anos, vou até o arquivo, e recupero um dos trechos que sublinhei:

Há autores que, de hábito, criam cenários na tentativa de passar uma certa atmosfera ao leitor. Mas há a grande variante em que o cenário aparece visto da perspectiva dos personagens, como parte de suas reações, servindo para caracterizar sua personalidade. No primeiro caso, os personagens são conduzidos à vista dos leitores, enquanto no segundo essas criaturas atuam a partir de si mesmas, e procedem, assim, a uma prospecção mais profunda.

O FIO DE ARIADNE
(Sobre a Investigação)

Os trechos do romance sobre Jó lidos por Castor, ainda naquele sábado, forneceram a Francisco a ideia de que ele transitava mesmo sobre um tema profundo: as razões fundamentais pelas quais Jó, um justo, havia sido ferido pelo demônio com a aquiescência de Deus; esse modelo através do qual Castor começava a examinar, com personagens de nosso tempo, de que maneira uma pessoa educada no cristianismo se comporta diante da perda de toda a sua fortuna material e espiritual, da dissolução da família, do ataque de moléstias malignas, crendo que isso faça parte dos desígnios de Deus (que se torna assim um subversor de sua própria criação), não se rebelando contra a displicência divina, contra o Iavé que permite a Satanás atormentar de forma tão caprichosa os seres humanos; e ainda: o que é que faz com que alguém necessite acreditar que exista um Deus assim, e ainda repita resignado o grito: *Nu saí do ventre de minha mãe e nu voltarei para lá; Iavé o deu, Iavé o tirou. Bendito seja o nome de Iavé.*

13

DIÁRIO DE FRANCISCO
(Anotações tardias)
SP, 01/06/1986

Se é de um cenário que você precisa, se isso é mesmo importante, aqui está o planeta de Ariel, disse-me Castor, brandindo no ar o exemplar das *Cenas do Brasil,* de Karl von Köster. Ele encontrara o livro num sebo do centro velho da cidade. Ali estava, em detalhes, o Rio de Janeiro em que Ariel vivera seus últimos dias, a descrição de muitos dos lugares por onde passara; o mundo afinal que Ariel Pedro vira mas não descrevera: *O verão e o outono são designações, parece, vazias de sentido. Tomei um* chopp *na Müller & Ptzold, em frente à Bolsa,* escrevera Köster. Isso me pareceu irrelevante, a princípio. Mas estávamos ali, eu e Castor, com toda aquela tarde de sábado pela frente, cogitando sobre o "planeta" em que Ariel vivera, e então eu achei importantíssimo saber que só na *Müller & Ptzold* se servia na temperatura exata a cerveja *Culmbacher* de tonel algumas vezes citada nas crônicas que Ariel publicara na *Gazeta de Notícias.* Esse pequeno detalhe fez com que o que antes era preto e branco, até sombrio, em minha imaginação sobre tal passado, ganhasse as primeiras cores, a partir do amarelo irradiante da caneca de cerveja que se ergue movida pela mão de Ariel *(grande, com longos dedos nodosos, unhas planas como espátulas),* que é erguida até que a espuma branca toque os lábios finos e deixe vestígios no bigode;

a caneca que, em seguida, desce até a superfície da mesa, com o amarelo intenso refletindo-se nos óculos redondos. Castor lia em voz alta o trecho em que Köster falava de um de seus primeiros passeios pela cidade, mas era Ariel Pedro quem me aparecia na consciência, como se eu o estivesse vendo, rompendo as barreiras do tempo e do espaço. A imagem que me veio da caneca refletida nas lentes redondas foi tão vívida que chegou a me causar um arrepio intenso, a mesma sensação que me vinha às vezes na presença do professor Carlisi, quatro anos antes, quando Efraim, seu guia no "outro mundo", garantia-me estar diante do espírito de Raul Kreisker, ou o que Carlisi acreditava ser o espírito dele, mas que para mim não passava da imagem de Raul captada pelo professor em minha consciência ou em minha memória. E mais uma vez me perguntei em que raiz arquetípica estaria baseada a possível identificação entre Raul e Ariel. Pensei nisso, recordando-me em seguida da longa dissertação em que Margaret Mumford defendia a ideia de que os vinte e dois arcanos maiores do tarô poderiam fornecer uma espécie de mapa de nosso inconsciente. Haveria em Raul e Ariel a mesma nota desafinada?; a desacomodação ou o desconforto de um mesmo arcano?; o semitom? Cerca de um mês antes da tarde de sábado que passei com Castor falando sobre Jó e sobre o "planeta" de Ariel, eu tivera uma daquelas intermináveis conversas telefônicas com Júlia Zemmel, e ela me acenara com a possibilidade de que a mensagem secreta talvez estivesse no *Carro*, o arcano sete, que exprime, no mundo espiritual, a dominação do espírito sobre a natureza. Júlia lançou-se às elucubrações habituais a respeito do fato de que nada acontecia por acaso, que havia uma matriz antiga manifestando-se em meio a tudo o que escrevíamos; mas, de tudo quanto disse, o que mais me golpeou foi a sugestão de que, isento de quaisquer prevenções, eu examinasse com cuidado a figura do *Carro* e procurasse fazer uma leitura atenta de seus elementos. Não decodifiquei de pronto, é claro, a imagem enigmática encontrada no tarô de Marselha, mas percebi que havia nela dados a serem levados em conta. Me detive, inicialmente, em dois deles, que julguei os mais importantes a serem anotados naquele momento, para posteriores considerações: o número sete, ligando o *Carro* ao destino e à transformação, e a parelha de cavalos a movimentá-lo; um deles, vermelho; e o outro, azul; símbolos, segundo Mumford, da polaridade de tudo quanto existe. Tratava-se da única indicação do duplo naquela figura tão rica de sugestões. Pensei em Raul e Ariel e na necessidade de refletir-me neles; pensei que talvez pudessem representar as duas faces de uma mesma unidade, a unidade daquele ponto do futuro em direção ao qual eu me dirigia, tendo por veículo a literatura, naquela segunda etapa de uma viagem iniciada com a tentativa de escrever o romance sobre Judas, que afinal derivara — ainda que contra isso eu tivesse lutado — para uma aventura pessoal que culminara na descoberta do desejo que senti por minha prima Adriana, desejo que eu trouxera oculto dentro de mim desde os dias remotos da infância. Pensei, também, mais uma vez, na outra matriz, a do labirinto; pensei na trindade Teseu-Ariadne-Minotauro, a chave com que Silas Mortari escancarara o significado ancestral do meu romance num artigo para um jornal do Rio; pensei, com uma irremediável sensação de perda, na longa noite em que eu tivera Adriana para mim e em que ela também me tivera, e a mesma sequência de pensamentos encadeou-se mais uma vez, pois pensei também, em seguida, no labirinto que eu encontrara no Duomo di San Martino e que depois reproduzira numa folha de papel fabriano, ao lado do qual anotara o lamento de Ariadne; e me vieram, como num sonho antiquíssimo, as imagens do barco levado pelo vento, e a praia de Naxos em que Ariadne foi abandonada enquanto dormia o *sono perverso* do qual Teseu se aproveitara para voltar livre à casa paterna. E, empunhando de novo a carta do tarô, senti um certo desconforto ao pensar que devia examinar o quanto antes o passageiro do carro conduzido pela parelha de cavalos — meu Deus, aquilo começava a fazer sentido —, pois talvez estivesse ali a chave principal do enigma; não o de Ariel ou Raul, mas o meu, o enigma de minhas buscas reiteradas; essa ideia, essa sensação que me sobreveio a partir de associações inesperadas: alguém viajava, ainda que não pelo mar, como Teseu, mas num carro, resolutamente, como que em direção a algo já previsto, o eterno retorno ao ponto de partida, a vida eternamente feita de círculos e repetições infinitas que levaram Margaret Mumford a relacionar a imagem disposta na carta sete com a canção inglesa tão antiga: *Venha de mansinho, doce carro, não sacuda; venha. Venha levar-me de volta à minha casa.*

SP, 03/06/1986

A lembrança daquela tarde inteira de sábado que passei com Castor me acomete sempre como a lembrança de uma tarde muito longa, dada talvez a intensidade com que especulamos sobre os mitos, sobre Jó, sobre Judas; além de tudo o que cogitamos acerca de Ariel, do Mago e do papel de Dédalo; Dédalo, a entidade que eu pretendia, agora concluo, que incorporasse, na verdade, a minha consciência estranha, um outro eu, minha criatura e meu criador ou o pretenso corruptor de minha consciência.

14

ANOTAÇÕES DE DÉDALO

Não seria disparatado imaginar que, do outro lado, em seu pequeno estúdio, seu cubículo, Castor arme também as minúcias de seu contraponto, em benefício próprio, uma repetição de certa forma daquilo que ocorreu entre Francisco e Júlia Zemmel, quando ela lutava ainda por construir o romance sobre Caim. Andam todos em círculos e comprazem-se com isso, e acabam sempre tirando algum proveito dessas situações.

O FIO DE ARIADNE
(Sobre a Investigação)

O entusiasmo com que Francisco examinou pela primeira vez o livro de Köster causou em Castor um indisfarçável orgulho. Afinal, ele havia trazido uma significativa contribuição para o projeto em andamento. Aqueles relatos, além das imagens minuciosas que traziam do cotidiano que havia cercado a vida de Ariel, guardavam um inesperado ponto de intersecção com o seu diário: o dia 12 de abril de 1896, por volta do meio-dia. O local é o refeitório do Hotel Vista Alegre, no morro de Santa Teresa. Köster, o primeiro a chegar, senta-se à mesa de sempre, num dos ângulos do salão, onde de hábito aguarda um estranho personagem: Ferdinand Schmidt, poeta suíço, correspondente, como ele, do *Allgemeine Zeitung*, e que, segundo Köster, *chegou a desfrutar de notoriedade europeia.* Chegam outros hóspedes, o salão fica repleto. Há várias mesas ocupadas pelos mesmos jovens pálidos de sempre. São poetas e jornalistas: *Jornalista é o que não falta no Rio de Janeiro,* diz Köster. *Ter o nome estampado em uma das gazetas da cidade parece ser o sonho de cada bacharel recém-formado, e bacharel é o que também não falta nesta cidade. Como sempre, há muitos comerciantes portugueses, que costumam falar alto e comer ruidosamente. Há também uma notável presença. Entre os hóspedes mais recentes conta-se um certo Henri Coudreau, que organiza uma expedição ao alto Tapajós, a convite do governador do Grão Pará, que quer ver definidos, com rigor, os limites de seu estado com os de Goiás, motivo de constantes querelas.*

A MÃO E A LUVA
(O diário de Ariel)

[...]

Sabes agora como sou, meu caro Téo. Conheceste-me e as minhas reservas e bem podes avaliar que foi mesmo uma decisão impensada, misteriosa, a de, por sugestão do maître, aceitar dividir aquela mesa com um estranho, e logo naquele dia em que queria estar apenas comigo mesmo. Almejava passar a limpo o que me estava acontecendo, e eis que, ao me apontar a tua mesa, o homem procedeu, sem o saber, a um gesto mágico, com a impecável luva branca, pois olhei a mão e me virei na direção apontada e te vi. Tive logo a intuição de que me aproximava de um semelhante. E posso dizer também que, ao seguir aquele homem, não me pareceu que eu estivesse caminhando em tua direção, antes que a tua imagem ia crescendo e crescendo diante de meus olhos.

E de pronto me disseste que, até então, também tu te recusaras a ter companheiros à mesa porque o que via à tua volta não era mais que um bando de tagarelas que se compraziam em difamar uma cidade tão bela e ao mesmo tempo tão enferma, transformando-a numa espécie de deusa sórdida e devoradora, como se o transe por que passava não tivesse nada a ver com a corrupção patrocinada pelos estrangeiros e seus parceiros de cá. Disseste-me então que sabias de antemão que tipo de pessoa eu era, pois já receberas, um átimo antes, informações do maître, que, em seguida, partira, à pressa, para buscar-me na sala de espera. Nada pensei. O salão estava mesmo repleto, e eu aceitei dividir a tua mesa despertado pela curiosidade. Já sabias que eu era ali um tanto malvisto, o que naquele meio podia ser um bom predicado; já sabias que eu havia afrontado até mesmo o velho Imperador, sabendo também que eu havia sido um adepto entusiasmado do marechal Floriano. E outras coisas sabias, que já pudemos em pouquíssimo tempo falar daquilo que era essencial, aquelas palavras que me foram tão reveladoras e que me levaram a repensar toda a minha vida, e me levaram, de resto, a sentar-me aqui e a preencher, dia após dia, estas páginas que pretendo legar-te como um testemunho de minha transformação.

[...]

TRANSPARÊNCIAS
(Do caderno espiral)

Köster, embora não tenha mencionado Téo ou Ariel, testemunhou por certo o encontro, pois, mais tarde, recordando-se do fato, Ariel se referiria, em seus diários, *à figura germânica gigantesca, o sangue afogueando-lhe as faces*, e à maneira aplicada com que fazia, durante a refeição, suas anotações, e ao seu olhar insistente, que chegou a lhe causar desconforto.

15

A História de Larry
(Os apontamentos de Castor)

Testemunhando aquele interminável debate entre Francisco e Dédalo acerca de O príncipe das trevas *fiquei com receio de entediar-me com a possível complexidade do romance. No entanto, a história que envolvia num triângulo amoroso Bruce Drexel, Sylvie de Nogaret, sua namorada, e o irmão dela, Piers, parecia um tanto simples. O misterioso assassinato de Piers introduz o ponto inicial de tensão do romance, e as suspeitas sobre a autoria do crime apontam para o seu envolvimento com seitas gnósticas egípcias, suas ligações com a Ordem dos Templários e os fatos lendários acerca das tentativas de revivê-la.*

No entanto, o que tornava O príncipe das trevas *um romance mais interessante do que eu havia pressuposto era o fato de a história daquele triângulo não ser mais que o tema do romance interno que Robin Sutcliffe procurava escrever, fracassando sempre em sua tentativa de encontrar o tom adequado que se enquadrasse em seu estado de espírito e em seu tema. Sutcliffe, enquanto isso, era parte também de um outro triângulo amoroso, que se completava com Pia, sua mulher, e Trash, a amante dela. Mas, Sutcliffe, mais que criador, era criatura, um personagem de Blanford, que Lawrence Durrell criara para que o romance inteiro fosse possível. Aí então já não se poderia dizer que se tratasse de um romance simples, mas da projeção da mandala interior de Durrell: o seu complexo pensamento subjetivo.*

Anotações de Dédalo

Há ainda algo que calou fundo no coração de Francisco: a contradição que havia permeado a elaboração da última obra de Durrell segundo suas próprias confissões: Por um estranho paradoxo que talvez seja comum a toda a literatura, passei a ter certeza de que os trechos verdadeiros do que eu estava naquele momento escrevendo haveriam de ser considerados teatrais ou irreais; o restante, a parte realmente inventada, haveria de parecer autêntica.

Encontrei o registro naquilo que Francisco chamou de anotações tardias. Ele franqueou-me o seu diário à medida que o escrevia, e imagino que o seu ato de abrir-me assim, sem restrições, esse flanco tão sensível aos escritores tenha tido como inspiração básica o reencontro dos personagens Torlay e Ottoni em A sagração de Asmodeus, *no bar sórdido em que se embriagam e fazem o pacto sem o qual o Mago jamais teria concluído o livro. Torlay expressa então ao amigo o mesmo paradoxo de Durrell. Ottoni considera a questão irrelevante, mistificação (é o que diz) entre as mais abomináveis em toda a literatura:* Se você considera importante aquilo que os leitores vão pensar a respeito do que escreve, então não está se entregando a si mesmo, nem à sua consciência. É assim que a literatura se torna, não uma recriação da vida, mas uma falsificação.

Transparências
(Do caderno espiral)

O aparecimento de Ottoni, disse o Mago em um de seus depoimentos a Silas, *foi essencial para que eu pudesse deixar clara a minha posição com relação à arte, o que teria sido impossível através de Torlay.*

Permanecendo isento, Ottoni cria um contraponto que acaba por fazer de A sagração *dois romances ao mesmo tempo. Precisei usar um processo quase que totalmente racional para criá-lo, e foi a primeira vez que isso me aconteceu. A arte é, por natureza, subjetiva, mas não tive outra maneira para compor o meu personagem senão por via das minhas necessidades naquele momento. Eu precisava de alguém que tivesse desfrutado de prestígio e que afinal tivesse fracassado, entregando-se à dissipação. Para acentuar esse tipo de desastre, para torná-lo de fato um grande desastre, nada melhor que o alcoolismo. É assim que Torlay reencontra Ottoni, já em meio à decadência, em um bar sórdido de uma área deteriorada do centro da cidade. Ainda que eu tivesse sempre abominado os cenários construídos como se fossem destinados a uma peça de teatro, precisei criar quase que artificialmente as condições e o local em que Torlay propõe a Ottoni uma parceria no romance que há anos vem escrevendo. O recurso para livrar-me desse tropeço foi relatar os fatos a partir de sua recuperação na memória dos personagens. Ottoni passa a dizer então tudo aquilo que Torlay não consegue dizer, acometido por uma entidade que se apossa dele toda vez que se coloca junto à mesa de trabalho, impedindo-o de expressar-se como pessoa, como cidadão, o cidadão que, embora sendo escritor, sente uma necessidade irrealizável de arrolar no romance a história de sua própria vida, com os necessários efeitos literários. Embora concorde que a arte no fundo é uma mentira que revela a verdade, Torlay conclui que (no seu caso, pelo menos) a literatura e a vida fazem parte de uma unidade indissolúvel (explicam-se mutuamente) e que sem a expressão de tal unidade, naquele momento, o seu romance não terá valor algum. Enquanto Torlay tece tais considerações, a trama por ele criada vai sendo pouco a pouco envolvida pela narrativa de Ottoni, que copia e recria os seus melhores efeitos, dando-lhe uma solução, como se, na verdade, tivesse havido em todo o tempo um autor apenas: ele, Ottoni.*

ANOTAÇÕES DE DÉDALO

É a decadência de Ottoni que lhe dá grandeza como o personagem que, pela sua paixão pela criação literária, vence temporariamente o vício, até terminar as cento e cinquenta páginas que compreendem a quarta e última parte do livro, até tornar-se, passo a passo, a contraface de Torlay, até tornar-se seu imprescindível contraponto, sua salvação, morrendo logo depois de tê-lo livrado do fracasso.

Posso então dizer que o grande motivo de minha presença aqui é não permitir a repetição do jogo estabelecido pelo Mago. Também posso dizer que há algo que me faz bem diferente de Ottoni: a questão moral. A ligação entre fracasso literário e decadência é uma antiga fraude, uma mentira que não tem tamanho. Ainda que um dia eu fracassasse nesta profissão, me manteria fiel aos meus princípios. Sou um tanto irônico, quando necessário, quando tentam me afrontar ou menosprezar, e meus nervos podem também, eventualmente, ficar à flor da pele, dependendo de quem estiver no meu caminho, obstando-me. No entanto, no dia a dia, quando me desincumbo de minhas tarefas, sou cioso da saúde de meu corpo, cumpridor dos preceitos do iogue Ramacháraca. Esforço-me, a cada dia, para superar-me e para desenvolver o melhor que possa o meu trabalho, e é assim que me imbuo, no momento, do papel de autor deste inusitado contraponto, tendo a noção de que também de meu lado posso estar construindo um universo próprio; o que talvez seja inevitável, faça parte de meu destino, independa de minha vontade, porque não há como conter-me dentro deste laço de fatalidade que, mais que a amizade, me une a Francisco e repercute intensamente em minha vida. Tudo tem um preço, e desse modo não consigo deixar que os textos que manuseio pelo menos uma vez por semana invadam isto que agora escrevo. Há outra grande diferença entre mim e Ottoni; eu não morri, não morrerei, é certo, em seguida a esta experiência e por causa desta experiência (que é o que suspeito que tenha acontecido com Ottoni). O fato é que Ottoni entregou-se, logo depois, de corpo e alma, aos deuses da dissipação e morreu na cama de uma espelunca, sem ter emergido de sua última bebedeira. Não morri, e assim posso prosseguir em meu trabalho *(obra, se diz). Posso ir além do que de início me foi proposto como tarefa mínima porque Francisco me disse:* Ouse; seja frio e calculista. *E mais tarde me diria também o que afinal torna lícita minha liberdade:* Não tenha receio de magoar-me, pois eu te batizo, Dédalo, em nome do Pai, do Filho, do Espírito Santo e de todas as entidades das profundezas *(estávamos no "santuário", numa sexta-feira, já tarde da noite; ele umedeceu ligeiramente as pontas dos dedos no uísque de seu copo e salpicou minúsculas gotas sobre mim, com um risinho de sarcasmo, fazendo aquilo que, sóbrio, não teria tido coragem de fazer: sagrar-me seu escudeiro, com toda a implicação que aquilo poderia ter no sentido literário)*; eu te batizo e te libero a um só tempo, para que tenhas autonomia, para que me traias se isso resultar em algum benefício para a nossa aventura, para que saias pregando ainda que te tornes um apóstata, um herege, um agressor do Cordeiro, para que saias pregando segundo a tua própria fé, assim como tenho tentado fazer segundo a fé que posso desfrutar e os princípios que em vão e a tanto custo tenho perseguido. *Isso que Francisco disse, com sua retórica peculiar, com ironia, depois de algumas alentadas doses da bebida, mas que mesmo assim era um produto oriundo de uma camada profunda de sua alma; isso que disse tendo por testemunhas Stella, Belisa, Marchetto e Flávio; enfim, os "devotos do falanstério"; e, mais grave, isso que disse em presença de Júlia, que, ao sinal daquela intimidade, daquilo que ela pressentiu como sinal de algo secreto, de uma aliança da qual estava excluída, sentiu-se rejeitada, espécie de rainha deposta, uma vez que se julgava a favorita no coração daquele a quem chegava a chamar de "irmãozinho". Com os olhos saltados pelo rancor, e a censura submersa na quantidade de álcool que havia bebido, passou a agredir-me com insinuações, as mais variadas, usando a reiterada expressão "ligações perigosas", com uma clara conotação maliciosa, sem a coragem necessária para agredir Francisco (que era a ele, claro, que estava dirigida a sua fúria, como depois confessaria em suas reconsiderações, suas reincidentes reconsiderações, suas patéticas cenas de arrependimento), a quem julgava, de certa forma, um personagem cativo de seu feudo intelectual, de suas carências, de suas fantasias.*

TRANSPARÊNCIAS
(Do caderno espiral)

Era certo que aquele escândalo, ou aquilo que para Júlia poderia constituir-se em escândalo, não ficaria restrito ao âmbito do "falanstério", pois fazia parte de seu processo mental, em situações semelhantes, ampliar as escalas dos acontecimentos até a sua exacerbação, o que levou Dédalo a preocupar-se com o resultado daquele barulho todo no futuro de nossas relações. Ele pensava nos possíveis danos que a maledicência de Júlia pudesse causar no andamento das *Investigações*. Mas eu lhe fiz logo ver que, embora a calúnia por hábito sobrevivesse por transmissão, necessitava sempre de terreno propício para alojar-se. *O pior solo para essa praga é o silêncio*, também lhe disse. Além do quê, o material de que dispúnhamos acerca de Ariel indicava um ponto do futuro do qual dificilmente nos desviaríamos, ainda que não soubéssemos o que na verdade nos aguardava. E quando eu disse isso estava pensando nos manuscritos de Ariel. À parte o seu conteúdo ficcional, eles traziam para o nosso projeto uma sólida consistência moral.

A MÃO E A LUVA
(O diário de Ariel)

[...]

Meu pai, procurando dar-me alento acerca do futuro, dirigiu-me ainda meia dúzia de frases que eu já não podia escutar, uma vez que me concentrara em mim mesmo, na angústia daquele momento. E do que me lembro acerca do momento seguinte, estando eu ainda na reitoria, à espera de que o camareiro me conduzisse ao meu lugar no dormitório, é a imagem do velho Ramiro, que vislumbrei através da vidraça, indo embora, cruzando o jardim e o portal do colégio; a visão que tive de alguém que voltava não para casa, mas para o seu tempo, de onde jamais poderia retornar. Dei-me conta então do vozerio dos outros sentenciados, o sinal de uma euforia que não se espera de seres em clausura. Logo depois, lá de cima, através de uma outra vidraça, eu veria o pátio e testemunharia a algazarra de um início de viagem, o ano letivo, que eu não imaginava que fosse apresentar tantas surpresas. Vistos assim, de longe, pareciam felizes os meus futuros camaradas. E o que logo sentiria no meu porvir seria a falta da autoridade de meu pai, que antes me avassalara e fora causa de tantas infelicidades. Vê, Téo, como era uno e indivisível aquele mundo anterior em que eu vivera, com suas desgraças e suas venturas; um mundo do qual eu passaria a sentir falta por inteiro, incluindo até mesmo a prepotência de meu pai. E, pior que isso, da faca aguda e brilhante que me golpeava com constância o coração e me lançava ao desamparo, que era aquela arma que eu via em sua frieza e no seu, pelo menos aparente, desinteresse por mim. Afogado no desvelo materno, eu não sabia quase nada deste mundo em que hoje vivo, e é ao meu pai que devo fundamentalmente aquilo que sou. É estranho isto que sinto ímpeto de dizer-te, sem querer avaliar se se trata de incoerência. Ao velho Ramiro eu devo tudo aquilo que me tem acontecido de bom e de mau. Ele me aparelhou, sem o saber, para viver a vida inteira em choque com o mundo e comigo mesmo. Sem isso eu não seria nada. Estaria talvez casado, cuidando dos proventos de um lar comum, aguardando o dia de levar pela mão meus filhos, para entregá-los a um velho reitor, entregá-los ao mundo, dizendo-lhes: "Tende coragem."

Foi como se eu tivesse dado início à nova etapa de uma grande obra sua (que era a educação que eu vinha recebendo) que meu pai me falou que eu tinha a vida pela frente, que tivesse coragem. E aquilo que me deveria ter dado alento, antes, gelou-me o coração, pois o que imaginei mesmo foi um futuro cinzento. E ao percorrer os tempos que viriam, ao imaginá-los, pensei mais em coisas más que em coisas boas. Eu era, pois, uma dessas crianças que temem a vida; mais que a vida, temem a morte, que é por isso talvez que temam a vida. Afinal, cada dia a mais é um dia a menos. Como celebrar o momento que passa? Desse modo é que deixei o casulo de afeições que havia sido o regaço de minha mãe, para chocar-me com um mundo tão diverso, e para mais tarde, muito mais tarde, constatar que não havia sido o desvelo da terna Clarice que havia forjado minha têmpera, mas o gênio frio de meu pai, e ainda abençoaria os meus infortúnios, pois sem eles eu não seria o mesmo, e hoje eu quero continuar sendo quem sou, com tudo o que me está a acontecer de bom e de mau, uma vez que estou aqui a escrever estas coisas, e se o mundo tivesse sido para mim um pouco diferente, um mínimo, eu talvez estivesse num outro lugar, e nisso não quero nem pensar. Talvez não estivesse escrevendo nada do que tenho escrito nesses últimos dias. Escrevendo o que escrevo, é como se um sol nascesse dentro de mim.

E, acerca de meu pai e da forja em que me criei, tu haverás de contestar-me na tua volta, eu sei; quase certo estou disso. Mas o que te quero dizer é que ele, a minha relação com ele, não foi o todo, mas foi uma espécie de seta apontada para o futuro, e o que de mais angustiante me lembro dos tenros anos é isto. Demais, havia o regaço quente de minha mãe, clara, Clarice, meu sol de todos os dias, o beijo matinal que me despertava e o outro beijo, que me fazia depois, à noite, mergulhar no sono, delimitando, no começo e no fim, todas as minhas vigílias, e que hoje, não obstante a adaga brilhante de meu pai, faz com que me lembre de tudo e suspire e diga: "felizes tempos", embora no fundo não tenham sido felizes de fato; trata-se da recordação que reforma para nós o mundo de nossa memória. Assim; como se as incertezas e a angústia inseparável não me tivessem golpeado. Felizes tempos. Sabemos que estamos sendo hipócritas, e seguimos nessa ilusão. É que necessitamos desse engano, talvez, e assim, com empenho, o procuramos e o aceitamos como um valor inalienável de nossa natureza. Também, é que a memória seletiva vem em nosso auxílio e só nos lembramos do cheiro dos temperos, do calor do fogo na cozinha recendente, das azáfamas que precediam as refeições; do canto das negras, estranhamente felizes (ou não?); o aroma do café matinal que já de meu quarto eu sentia. Visto assim, era mesmo belo o mundo do Imperador; não haveria república ou o que fosse que me pudesse fazer mais feliz. E, no entanto, tornei-me um republicano. [...]

16

TRANSPARÊNCIAS
(Do caderno espiral)

Defrontava-me a cada dia com a questão levantada pelo Blanford de Durrell: *Até que ponto a realidade é real?;* uma pergunta que Blanford dirige significativamente a um ser do mundo da irracionalidade: o seu gato. Por uma estranha contradição (própria, é possível, de toda a literatura, como pondera o ser onisciente — Durrell? — que está a contar o que estava acontecendo a Blanford no momento em que este escrevia *O príncipe das trevas*), os efeitos que haveriam de ser considerados, segundo imaginava, irreais ou teatrais, eram os verdadeiros, a vida de fato vivida, sendo que o restante, que haveria de parecer mais autêntico, era pura invenção.

Dédalo lera com uma atenção minuciosa aquele romance que, se não fosse pela minha presença em sua vida, talvez jamais tivesse lido, o que pareceu constituir-se, assim, numa árdua tarefa. E aquele esforço, aquela disponibilidade vinda de uma pessoa assim tão jovem, com tanta vida pela frente e, nessa vida, tantas possibilidades de prazer e realizações, me comoveu. Senti por ele naquele momento, por causa daquela dedicação irrestrita, a ternura que sentiria por um irmão mais jovem que estivesse desabrochando com vigor no caminho dessa grande aventura que é a de vivenciar através da palavra [e assim celebrá-los (sem decifrá-los, de modo algum)] os mistérios da vida.

Anotações de Dédalo

Até que ponto a realidade é real? *Era espantoso que, tendo publicado os livros que publicara, Francisco ainda repetisse reiteradamente a mesma irrelevante pergunta. A frase escancarava uma contradição básica, uma vez que ele costumava lembrar-se também com frequência daquilo que o Mago dissera em um artigo de jornal:* Como examinar apenas com a razão algo tão imponderável quanto a criação literária? Onde poderá estar o limite entre a vida e a sua recriação? A verdade é que toda autêntica ficção brota do fundo do inconsciente. Stendhal, Flaubert, Ibsen já afirmaram isso, cada qual à sua maneira. Quem escreve obedecendo a uma necessidade interior e compulsiva, como que para não perecer, tem essa mesma certeza. Creio que foi Dostoievski quem disse que a alma do homem é disputada tanto por Deus quanto pelo Demônio, e o terreno desse combate é o coração. Ali surgem as criaturas mais estranhas ou monstruosas, sempre contraditórias entre si, e, nesse confronto, o escritor muitas vezes não é mais que um mero espectador.

Até que ponto a realidade é real? *Na verdade, a questão que para mim se impõe é bem outra: que importância haverá em se estabelecer, no caso, o limite entre o real e o imaginário?; que diferença haveria para nossa Investigação em saber, por exemplo, o que havia de verdade e invenção nos manuscritos de Ariel?; o que ganharíamos com isso?*

A MÃO E A LUVA
(O diário de Ariel)

[...]

Não há o rigor do inverno em nossas lembranças. A infância acaba sendo feita, quase toda, de dias tépidos e luminosos. É necessário que seja assim. Senão, como haveríamos de encará-la mais tarde como uma perda; essa necessidade, parece, que temos de lembrá-la desse modo, para podermos, sem receios, privilegiar o passado, em detrimento de nosso presente inaceitável, dando uma pista falsa para os nossos infortúnios. A verdade das verdades é que a infância é um tempo sobremodo infeliz e desvalido.

Quando voltares, quando leres isto que escrevo para que saibas quem sou e também para que eu próprio através da escrita organize ao mínimo este turbilhão que me veio à cabeça depois que partiste; quando manuseares estas páginas, farei ao mesmo tempo com que te lembres do Pompeia de que te falei e da autobiografia dele feita romance, que há uns pares de anos a Gazeta de Notícias *publicou em capítulos. Pois esse Pompeia diz em seu livro coisas parecidas quanto à infância e faz depois um retrato do colégio, em que posso ver transfiguradas muitas cenas que presenciei.*

Coragem teve ele, é preciso dizer; muita coragem, mesmo. Uma audácia. Está ali, nua e crua, a vida do colégio, embora sem nenhum termo vulgar, isso não; o colégio e aquela vida toda plena de sedução e perversão, a verdade oculta aos pais, o universo que os criados da reitoria e o próprio reitor souberam cobrir muito bem com o véu das dissimulações. Tira, aos doze anos, um pequeno dos braços de sua mãe e do calor do lar paterno, e junta-o, por alguns anos, a uma multidão de outros órfãos temporários, que foi o que de fato nos aconteceu (que outra maneira há de expressar-se isto?), e verás o quadro que, já aos primeiros dias de aula, Sérgio, um camarada de minha sala, pintou para mim. Lá

*no colégio, era preciso a força dos cotovelos para se vencer, me disse logo
à primeira conversa. Mas vencer o quê?, perguntei-me a mim mesmo,
ainda tímido estava, sem coragem de lhe fazer tal pergunta, como se já
devesse de antemão saber o significado do que me dizia. Disse-me algo
também que até então jamais me havia passado pela cabeça. Disse que
o grande risco que eu corria como novato era o de ver-me constrangido
ou convencido a portar-me como menina, o que me fez vir à boca um
amargor, um gosto de susto e excitação pela aterrorizante afirmativa, e
causou-me um bater descompassado do coração. Ah, que susto levei, e que
mórbida curiosidade dali a pouco tive, eu, preservado por tantos anos do
pecado, circunscrito ao mundo imaculado, segundo pensava, da soleira
do reino de meu pai. Disse-me Sérgio que ali se faziam os "dois sexos",
sendo comum ali, segundo ele, "formarem-se casais". Os mais retraídos
eram logo constrangidos, com energia ou através do lento e gradual jogo
da sedução, a um triste papel contrário à natureza. Advertiu-me que
me fizesse homem desde o início, que era melhor que me bastasse a mim
mesmo. Mais tarde, no roupeiro, me mostraria o livrinho recheado de
gravuras do qual se servia, disse, para bastar-se a si mesmo. Um remédio de uso diário. E, ao ver a luxúria ali exposta, o bando de homens e
mulheres como que se devorando entre si da forma mais horrenda, como
então me pareceu, veio-me de novo o mesmo amargor na boca, o mesmo
misto de sentimentos disparatados, repulsa e curiosidade, o coração aos
saltos, sentimentos que se repetiriam assim mesclados, depois, pela minha
vida afora, em situações semelhantes. Calou-me fundo, então, mais que
tudo quanto ele disse, a máxima que ecoaria em minha consciência pelo
resto de meus dias de colégio: que eu não admitisse protetores. E, isso que
disse, disse-o para prevenir-me dos perniciosos, mas era tão ampla, tão
avassaladora a emoção que eu sentia ante a revelação daquele mundo
até então desconhecido, que tomei-a como uma advertência que abrangia
um mundo bem maior, senão o mundo mesmo, dominado pela lei em
vigor para além da soleira da porta da casa de meu pai e que eu já, com*

o custo de muita amargura, começava a conhecer. *Que eu não admitisse protetores*, disse mais uma vez o que me pareceu no momento a chave de meu destino e a condição para que eu não perecesse em meio ao caminho que mal iniciava. Saberia depois, por experiência própria, que só a vontade consciente é pouca para que possamos trilhar o caminho reto e nos desviar das influências dessa espécie de reencarnados de Sodoma, almas sobreviventes do fogo e da ira de Deus. [...]

17

ANOTAÇÕES DE DÉDALO

As nossas relações seriam marcadas o tempo todo pela ambiguidade: pela tensão do arco e das cordas da lira, para usar essa expressão tão cara ao meu pretenso criador, uma contraposição constante entre o afeto e a ira, a compaixão e o egoísmo, e as concepções inconciliáveis acerca da razão de ser da literatura e das questões da fé. O fato é que amamos sempre nos outros aquilo que nos agrada em nós mesmos, e nos incomodamos quando vemos, como que refletido num espelho de carne e osso, aquilo que julgamos abominável. Tenho que reconhecer que aquela pretensa fé de Francisco estragava-me o humor. E havia nele também um tanto de coisas que estimulavam o meu contraponto, davam base moral ao meu personagem-romancista, sobretudo aquela sua obsessiva atenção para com as relações familiares e a sacralização do que chamava de o espírito do clã, que abriam um vasto campo para minha crítica. Apesar de toda a ambiguidade e dos inevitáveis conflitos, consegui chamar aquilo de amizade. Tratava-se de uma espécie de guerra amistosa. No fim, ambos sobreviveríamos.

Recorro, a propósito, ao que então escrevi:

Ele continua necessitando, percebo bem, de uma relação afetiva assim neste momento; não para si, mas para a entidade que dele se apossa no momento em que escreve e que, por sua vez, necessita de um parceiro para poder dar conta de seus projetos, como este agora, cujo epicentro é, ou ele julga ser, Ariel Pedro D'Ávila Alvarenga. Admira minha disciplina e a ordem com que mantenho minhas coisas, meus instrumentos de trabalho, minha correspondência, e ainda a parcimônia e o cuidado com que me alimento e trato de meu corpo. Não bebo, não fumo, levanto-me e deito-me cedo, exceto quando sou convidado para as reuniões dos "devotos" ou quando sou convocado (soam-me assim seus convites, no caso) por ele ao "santuário". Almeja para si um estado semelhante, algo a ver com os seus irrealizáveis anseios místicos, embora nada faça para atingi-lo. Pensa, equivocadamente, que é pela literatura que vivo assim, ainda que eu lhe diga que se trata de minha libertação pessoal. Digo-lhe que o que tento fazer é dominar o meu corpo, como ensina o iogue Ramacháraca, não deixando que ele me domine. Apenas isso. Mas tenho sempre que reiterar que não se trata de uma pacificação de minha carne e da fúria do meu corpo, mas uma submissão à sua natureza, satisfazendo da maneira mais apropriada possível as suas necessidades, para que o meu desejo, meu fogo interior, seja adequadamente alimentado.

Francisco, à minha diferença, pensa em libertar-se através da literatura, como se isso fosse possível. À medida que mergulha no projeto de Ariel, tenta envolver-me nas inúmeras armadilhas do livro em construção. Ele esteve aqui há poucos dias e propôs-me algo até mais radical: que eu ousasse ainda mais, pensando até mesmo num romance paralelo. Vi naquilo uma maneira inconsciente de preparar o terreno para, no futuro, livrar-se de mim, tornar lícita a sua traição final. Escrever esse imaginado contrarromance seria o mesmo que me retirar do romance dele num determinado momento, viagem de volta à minha própria vida literária, recolhendo a bagagem destas anotações.

À semelhança de Ottoni, examino de fora a construção do romance. Ultrapasso, às vezes, uma certa fronteira e chego a um território novo em que logro reconhecer também em mim aquilo que Francisco insiste em chamar de consciência estranha, o que acontece quando digo, por exemplo: Gostaria de escrever neste momento alguma coisa que me afetasse como um desastre. *Francisco repete reiteradamente a frase, ainda não refeito de sua viagem anterior: o romance sobre Judas, e se lança ao encontro de outro suicida.*

O DIÁRIO DE FRANCISCO
(Anotações remotas)
SP, 28/08/1982

Continuo a pretender a mesma coisa: escrever algo que me afete como um desastre. Repetida com frequência agora por Dédalo, a frase de Kafka pronunciada por Raul algumas semanas antes de sua morte se sobrepõe a tudo quanto tenho a pretensão de escrever: *O que nós precisamos mesmo é de livros que nos magoem como a morte de alguém a quem amamos como a nós mesmos.* É como se, ao acatar há tantos anos a velha sentença enunciada por Raul, eu me tenha imposto um compromisso inalienável: ser fiel a mim mesmo até as últimas consequências, não importando o quanto isso possa ferir-me. Senão, como poderia fazer justiça à admiração que eu esperava que ele tivesse por mim. Vitimado por tal compromisso, descobri, depois da morte de Raul, um sentido novo para o romance sobre Judas, e mergulhei, sem vacilações, nos meus enigmas pessoais. Voltei, *para o bem ou para o mal* (foi o que disse a mim mesmo), ao universo de minhas origens. Passei, então, longos períodos em Ouriçanga, sem temer, como antes, o tédio ou as mazelas familiares que passaria, dali em diante, a exumar.

TRANSPARÊNCIAS

Querida Adriana, esta temporada em Ouriçanga tem sido especialmente produtiva. Tenho conseguido o necessário equilíbrio entre a tarefa de escrever e o desempenho físico propriamente dito. Acordo bem cedo, tomo o café e trabalho até a hora do almoço, tentando dar a melhor ordem possível à minha papelada, agora com um ímpeto redobrado, pois tenho consciência de que, do ponto de vista pessoal, o romance é algo muito mais grave do que eu estava imaginando (o conteúdo, quero dizer), confundindo-se com a minha própria vida. Quando resolvi ir até as últimas consequências, relatando o que acontecera conosco no final de tudo, é que percebi o quanto os fatos da vida real se enredavam na vida de meu personagem central, ambos os planos justificando-se mutuamente, surgindo afinal a coerência que eu tanto havia buscado. Era óbvio o que eu tinha que fazer para chegar a isso, mas eu estava na verdade me recusando a ver que havia um fio a unir a face e a contraface do romance: a crônica (que outro nome dar?) dos acontecimentos posteriores à morte de Raul: o fio que daria um sentido ao restante da história, e me forneceria a chave que abriria para mim a porta de saída dessa espécie de labirinto, e fecharia o livro.

À tarde, saio para o quintal, para estes três mil metros quadrados de vegetação, e sinto como é bom estar aqui neste preciso momento e lidar, ainda que apenas como passatempo, como exercício, com esta terra que nos deu tanto e que tem para mim um forte cheiro de infância.

Judite, mais que a caseira exemplar de sempre, continua sendo a fiel escudeira que você bem conhece, impecável quanto ao senso de oportunidade: não vem para estes lados do escritório senão quando paro de bater à máquina; e, nesse momento, uma da tarde, o almoço está sempre pronto. Ela sabe então que pode expandir-se, e liga o seu rádio e desloca-se com ele por toda a casa, cumprindo suas tarefas. De quando em quando, lembra-se de algo que tenha acontecido na cidade, e me conta; assim, sentindo-se, parece, um elo indispensável entre mim e o mundo para além do muro da frente.

Quanto ao fato de o romance "confundir-se com nossa própria vida" (refiro-me à sua penúltima carta), posso já lhe dizer: nunca é difícil desfazerem-se as pistas, e impossibilitar assim as indesejáveis identificações. O que faço agora é apenas a "montagem" desta papelada toda; mais tarde, quando se tratar do texto do romance propriamente dito, é que virão as necessárias transfigurações, os inevitáveis artifícios; aí então você poderá avaliar o quanto ficou irreconhecível...

18

A MÃO E A LUVA
(O diário de Ariel)

[...]

Falaste-me de uma certa "voz" interior que te impeliu a cruzar pela primeira vez o oceano e a seguir viagem depois até aquela Chicago em que haverias de iniciar a tua transformação; a mesma voz interior que te aconselhou, mais tarde, a que viesses ter a este país tão novo e tão corrompido. Pois quero que saibas que também eu passei a ouvir uma voz semelhante, mas a mim ela me impele a sentar-me diariamente aqui, para registrar tudo o que possa me lembrar de nossas conversações, e a falar-te de fatos de minha vida que jamais ousaria tratar com outra pessoa.

[...]

O FIO DE ARIADNE
(Sobre a Investigação)

Francisco começou então a examinar com frequência um grande livro ilustrado pleno de fotografias e depoimentos sobre a imigração. Estavam ali expostas as tragédias e as esperanças muitas vezes infundadas sobre uma nova pátria e uma vida de liberdade e de fartura. Para dar peso àqueles relatos despretensiosos, havia ali também crônicas de Sciascia, Cassola e Saverio Strati. *Partono i bastimenti,* este o título. Os navios, *i bastimenti,* estão ali documentados, e também as condições desumanas que ofereciam aos seus passageiros, bem como as suas histórias muitas vezes trágicas e as mortes em meio ao oceano e as desgraças das separações e os lamentos registrados depois em tantas cartas familiares. Se esses documentos antes comoviam Francisco porque encerravam parte da saga dos Rovelli, de seus sonhos e vicissitudes, do rompimento com as antigas raízes para que uma nova vida fosse possível; se antes ele manuseara aquele livro em busca de vestígios da epopeia de seus antepassados, passou então a manuseá-lo para imaginar se ali entre os grupos muitas vezes perfilados para as fotografias não haveria de estar o Téo que, quase noventa anos depois, cruzaria em espírito o seu caminho por via do diário de Ariel.

Francisco, assolado por suas fantasias, dizia ter a sensação, muitas vezes, de que Téo estava mesmo ali em algumas das centenas de fotografias que o livro ostentava; e, muitas vezes, ao virar alguma página, quase que o "reconhecia" em um ou outro semblante anônimo; e, isso, sempre que a expressão de um rosto jovial afetasse uma infundada serenidade em meio à apreensão generalizada. Que reflexões o teriam levado, em sua primeira viagem, a furtar-se ao destino comum dos outros passageiros; o ímpeto que o levou a romper com a situação encontrada naquele barco: a entrega a um destino novo que se abre assim que ele desembarca, a partir de um cartaz singelo colado num muro, dando conta de um acontecimento sem precedentes, o *Parlamento Mundial das Religiões,* que logo aconteceria em Chicago, algo que jamais seria repetido, e que mudaria de vez seu destino. Dias depois, ele conheceria um homem chamado Narendranath Datta, o Swami Vivekananda, de quem aprenderia a verdade simples de que tudo o que existe é sagrado e que a busca da suprema liberdade é o que constitui a religião toda.

TRANSPARÊNCIAS
(Do caderno espiral)

Se aceito a hipótese de Dédalo de que Téo não seja senão uma criatura de Ariel Pedro, como imaginar a maneira pela qual ele teria tido conhecimento da existência de Vivekananda, do Parlamento das Religiões e de tudo o mais?

O DIÁRIO DE FRANCISCO
(Anotações tardias)
SP, 07/06/1986

Já na primeira vez que Dédalo me procurou, no dia imediato ao do fatídico coquetel em que o conheci, eu logo lhe falei do pudor que estava tendo em arrolar em meu futuro romance as anotações que havia feito sobre a vida de Ariel; ou seja, a vida de fato vivida. Disse-lhe também que eu não estava preocupado com a verdade, mas com a verossimilhança. Eu achava, então, extravagante pensar que Ariel tivesse tido contato, em sua época, com o pensamento hinduísta. E, no entanto, por via indireta, ele tivera acesso aos ensinamentos de Vivekananda. Se eu examinasse tudo o que já havia escrito, sentia mais desconforto diante daquilo que era de fato real, a vida vivida, do que diante dos arranjos feitos para que essa realidade se tornasse literatura. Não conseguia escrever uma linha sequer que me pudesse convencer de que estava no caminho certo. O real na vida nunca é o real da literatura. A literatura tem as suas verdades intrínsecas, e sem elas ninguém vai acreditar que o autor esteja dizendo a "verdade"; muito menos, ele mesmo.

O FIO DE ARIADNE
(Sobre a Investigação)

Francisco começou a achar então que havia demasiadas coincidências naquelas histórias todas que haviam começado a entrecruzar-se desde o dia em que ele manuseara pela primeira vez os originais de Ariel, e dera-se conta das considerações ali contidas acerca dos textos do apóstolo Paulo e dos ensinamentos de Vivekananda, assuntos que vinham se tornando recorrentes em sua vida nos anos precedentes. E o que mais o intrigava era o fato de que também Dédalo tivera acesso, em tempos recentes, aos textos do Swami. Quando ambos se conheceram em um certo coquetel, no início do verão de 1980, Dédalo já havia lido *A conquista da natureza interior.* Francisco passaria a acreditar, mais tarde, que não havia apenas o acaso a determinar aqueles acontecimentos, tendo certo para si que se dirigira a Dédalo naquela noite (e o escolhera entre as muitas pessoas presentes e o convidara à sua casa) por fortes razões inconscientes. Principalmente, porque ele talvez fosse o único ali a ter ouvido falar de Vivekananda. *Nada acontece por acaso,* disse a si mesmo. É que lera, afinal, por sugestão de seu amigo Roberto Marchetto, um pequeno grande livro chamado *Sincronicidade,* e anotara, entre tantas outras afirmações de Jung ali contidas, a seguinte:

Custa-nos, eventualmente, evitar a impressão de que haja uma espécie de pré-conhecimento acerca de acontecimentos futuros. Tal sensação torna-se irresistível quando julgamos ter encontrado, andando pela rua, um velho conhecido, que na verdade logo constatamos ser um estranho. Então, seguimos em frente, viramos a primeira esquina e lá está ele, o nosso verdadeiro amigo. Que alegria. Devo dizer que, quanto mais se acumulam os detalhes previstos de um acontecimento, mais impróprio se torna dar a isso o nome de acaso.

19

Anotações de Dédalo

Os preceitos de Ramacháraca me fortalecem, me ensinam a viver com mais plenitude a vida. Não a vida com sua aparente placidez, como aos outros possa parecer. Não, isso não. A quem não conhece em profundidade fenômenos assim, pode soar contraditório o que digo: lendo Ramacháraca senti pela primeira vez uma imperiosa vontade de viver a minha verdadeira vida, de guerrear, de empenhar-me na causa de minha própria existência, liberto, em certo sentido, do jugo da razão, em favor da libertação de meus instintos, de minha intuição.

É curioso perceber como havia algo pré-traçado, um desenho do porvir fazendo com que o meu destino e o de meu pretenso Torlay convergissem: tive acesso ao primeiro livro de Ramacháraca antes de conhecer Francisco. Antes, portanto, que qualquer linha destas tivesse sido escrita ou imaginada. Nos tempos do limbo que precedeu este duelo, eu já estava, sem o saber, me preparando para enfrentá-lo; e meu preparo prévio é hoje minha fortaleza, me salva de um destino de subserviência; estava aprendendo que a questão fundamental de nossas existências não está em desprezar-se o corpo físico que habitamos, mas em tratá-lo como se deve tratar bem uma casa, para que a sua má conservação não seja um empecilho à nossa libertação interior, ao nosso desejo de lutar pela felicidade e o prazer. E, porque alguém um dia me ofereceu o primeiro livro de Ramacháraca, encontrei-me depois, em sucessivas e encadeadas leituras, com os ensinamentos do Swami Vivekananda. Ele foi o pontífice, em 1893, das memoráveis jornadas de Chicago, erguendo-se majestoso entre representantes de todas as religiões e entre desorientados de toda espécie; sete mil ao todo, é o que se registrou; entre eles (se é que existiu), um cristão perplexo que, muitos anos mais tarde, seria rebatizado por Francisco Rovelli com o nome intolerável de Teofrasto.

A MÃO E A LUVA
(O diário de Ariel)

[...]

Quão diverso do meu mundo é aquele de que me falaste. Fico a me sentir como que à margem da verdadeira vida, habitando uma província remota e antiquada, e começo a achar que o universo que me cerca é muito pequeno, que a vida aqui é pequena, com essas iaiás que não leem senão o doutor Macedo e suas histórias inofensivas, esse Joaquim Manuel ao qual já me referi. Leem, quando muito, o velho Alencar; assim mesmo, apenas as histórias mais românticas, pois há um romance dele, por título "Senhora", que evitam ler, pois fala da vida que aí está, e elas preferem as fantasias. As iaiás não foram preparadas para ver o mundo de frente, assim como as manas lá de casa, que se defendem o quanto podem do desconhecido, preferindo as infelicidades a que estão habituadas à felicidade possível. Devem dar graças aos céus que os romances do Azevedo tenham sido proibidos por meu pai, proibidos até mesmo de serem mencionados em nossa casa, uma proibição que minha mãe manteve depois da morte dele. O velho Ramiro anunciara o seu veto com solenidade, certa vez, à mesa do jantar, emitindo o seu libelo com voz poderosa, enumerando em seguida alguns títulos de seu índex pessoal, reportando-se a seguir à influência nefasta de Zola, que nunca lera e jamais leria, conhecendo sobre ele apenas aquilo que se escrevera em contrário, aquele Zola e o seu "vocabulário porco", segundo ele, suas cenas escabrosas, sua cantárida corrosiva. Cantárida corrosiva. Santo Deus, de onde teria tirado tal expressão? Anos depois desse pronunciamento de meu pai à mesa do jantar, o Pompeia publicaria na Gazeta as suas memórias da vida no Colégio Abílio, e o velho Ramiro, não tendo lido um capítulo sequer, saberia pela velha Clarice de minha presença naquela história, eu entre os jovenzinhos, pois minha mãe não sei por que meios o soubera; eu entre as vítimas indefesas daquele inexorável sistema de corrupção; e, então, mais que um juízo de Ramiro Alvarenga sobre aquela obra que devia considerar abominável, pesaria sobre mim o seu silêncio, a rocha de sua mudez. Nada disse a ninguém, como se aquilo não fosse escândalo para ele; não diria nada nem a favor nem contra, sequer faria algum comentário à minha mãe, ela tão pesarosa acerca de minha atitude, magoada mesmo por eu nada ter dito previamente, pois sabia que eu tivera, em todo o tempo, conhecimento em detalhes daquela obra que Raul tecera, na verdade, para nos redimir a todos; nós, os seus companheiros de infortúnio; algo que a doce Clarice não poderia de modo algum entender. Meu pai nem mesmo lamentou ter-me um dia entregue ao reitor do colégio, dizendo-me coragem, aí tens o mundo pela frente; não lamentou, e o seu silêncio foi, mais avassalador que a fúria que eu secretamente esperava dele, o seu discurso moralista acerca de meus amigos, da minha gente. Eu almejava, agora sei, algo que rompesse a pasmaceira de nossas relações. Aquele silêncio foi o último legado do velho Ramiro.

[...]

TRANSPARÊNCIAS
(Do caderno espiral)

Li para Castor o trecho do diário em que Ariel fazia comentários sobre as tendências literárias de seu tempo, declarando-se imune aos modismos que agitavam então o Rio de Janeiro. *Ele conseguia ter uma visão literária e um senso crítico incomum,* disse Castor. *Não seria despropositado imaginar que tenha conscientemente buscado estabelecer a unidade entre as suas confissões e o romance que vinha escrevendo.* Castor não achava desprovida de senso a tese de Dédalo nesse sentido. O *Diário* podia muito bem ter-se constituído num artifício literário, não sendo Téo não mais que um personagem.

Foi nessa mesma ocasião que Castor leu para mim mais uma de suas anotações.

A HISTÓRIA DE LARRY
(Os apontamentos de Castor)

Larry desprezava os críticos, os pretensos legisladores da consciência alheia, e disse uma vez que, se fosse dar ouvido a eles, teria que parar de escrever. E entre as infinitas lições que deixou, exemplificadas por suas intrincadas criações, eis o que primeiro me lembro:

A impressão que tenho é a de que o sistema linear acabou. Eu lutei por construir minhas histórias a partir de perspectivas de fato novas, abrindo aqui e ali veredas para jovens entusiasmos.

Tal como Einstein, Larry proclamava que a imaginação estava acima do conhecimento, não existindo outro caminho possível para a descoberta das leis elementares do universo que não o da intuição.

TRANSPARÊNCIAS
(Do caderno espiral)

Castor comprazia-se em afetar intimidade com a obra e o pensamento de Durrell, a ponto de chamá-lo de Larry (de quem lera, quatro vezes, *O quarteto de Alexandria*). Larry. Dédalo irritava-se com isso, com o que considerava um sinal de infantilidade.

A impressão que tenho é a de que o sistema linear acabou. Castor repetiu a frase para me dizer que, em certo sentido, havia em Ariel um exemplo da quebra dessa linearidade, mas isso, advertiu, se de fato juntássemos, num só romance, os fios separados de seu diário e a novela a que dera o título de *A vida é um sonho. Sem falar,* disse ainda, *que ele está também lá dentro de um outro romance, dentro do romance de Raul Pompeia, vida real e narrada entrecruzando-se. Se releio* O Ateneu, *vejo que Ariel está lá dentro, e de lá sai e cria uma nova narrativa que, por sua vez, acaba servindo como uma capa da outra.*

20

O DIÁRIO DE FRANCISCO
(Anotações remotas)
SP, 03/09/1982

A arte serve apenas para lembrar. De quem eu teria ouvido a frase? Onde a teria lido? Parece uma frase proustiana, mas imagino que não seja de Proust. No entanto, como ele, penso que o lembrar, quando se fala de arte, será sempre mais dilacerante quanto mais livre for a lembrança, quanto mais o lembrar for um lembrar-por--lembrar. E essa desatenção que é apenas lembrar-se por lembrar gerou, no caso daquela sua busca do tempo perdido, uma torrente que veio demonstrar, entre tantas outras coisas, o fato prosaico de que nada acontece por acaso, uma coisa puxa a outra, a vida é assim, o que se há de fazer, como popularmente se diz; veio demonstrar-me o que eu já sabia desde a infância, pois ouvira tais afirmativas no painel narrativo de Otília Rovelli, minha tia, enquanto tecia suas lembranças, recordando por recordar, relatando tudo sem nada julgar ou selecionar para a posteridade, trazendo até os nossos dias aquela herança que os historiadores tinham por norma descartar segundo o conceito das inutilidades. E pairava sobre tudo a "desatenção" que não pressupunha nenhum juízo, deixando livre de qualquer censura a memória, para que ela assim tecesse o passado como um todo, o texto, que, sem o saber, sem ter consciência das filigranas da literatura, Otília Rovelli tomava, com a grandeza que lhe era peculiar, no seu mais remoto e verdadeiro sentido: o texto: aquilo que se tece. Daí advinha a importância de seus relatos a respeito dos fatos mínimos que, afinal de contas, legariam à minha geração o sentido mais profundo dos eventos familiares. Era assim Otília Rovelli mergulhada em seu passado, bastando um cheiro, uma pequenina menção, um certo sabor que a fizesse lembrar do que havia experimentado muitos anos antes (quando imersa ainda em sua sagrada infância) para que a circunstância vivida se reavivasse, com o quê, o ato e o seu entorno eram então recuperados, e ainda o que se havia dito na ocasião, os gestos, as roupas, a temperatura, o murmúrio da folharada no quintal, tudo como antes, mas numa escala nova que ampliava, por assim dizer, a dimensão dos fenômenos, dignificados pelo tempo que havia passado; e também porque, pela própria natureza disso que chamamos "tempo", os fatos são limitados enquanto os estamos vivendo, aprisionados, parece, pela consciência, enquanto os acontecimentos lembrados não pressupõem limites. Trata-se afinal do *edifício imenso da recordação*.

O fato é que estamos sempre buscando a eternidade dos fatos transitórios, mesmo aqueles que nos feriram e nos trespassaram e que foram reformados pela memória e passaram a fazer parte do ser em que acabamos nos tornando. Sem eles, o que seríamos? Vistos segundo as perspectivas da causalidade, mesmo os mais insignificantes de nossos atos fazem parte do arcabouço de nossos destinos, e nos mudaram e mudaram de alguma forma nossas vidas, e é por isso que a literatura não se atreve a desprezar as coisas mínimas; antes, costuma estar sempre atenta àqueles *sinais desconhecidos* que Proust mencionou, constantes daquilo que chamou de *livro subjetivo*. Não seria então impróprio dizer que mesmo os fatos mais importantes de nossas existências não são mais que a consequência de ações triviais de que dificilmente ou jamais nos lembramos.

ANOTAÇÕES DE DÉDALO

O edifício imenso da recordação. Pois sim. A eternidade relativa. Que diabo, para que serve isso afinal? Dou-me por satisfeito quando me engajo no meu próprio corpo, no meu momento, quando dou conta de meus instintos mais básicos. Aqui, à sombra do edifício imenso da recordação, cabe-me, então, a banalidade de recolher uma nota mais prosaica que Francisco escreveu, e que dá conta do francesismo que marcava a vida à volta de Ariel. Havia o naturalismo e o seu contraponto, a vaga simbolista. Nunca entendi direito nem uma coisa nem outra. Escolas literárias, períodos, fases, a eterna tentativa de enquadrar a livre expressão em um determinado espaço de tempo. Devia haver muitas coisas boas e más para serem lidas na época de Ariel, e há uma lista de autores que Francisco anotou no caderninho de que se muniu quando esteve no Catete com o professor Temístocles: Zola, claro, Verlaine, Mallarmé, René Ghil, Baudelaire, mas o importante é que, segundo o professor, Ariel Pedro esteve entre os poucos que haviam permanecido fiéis a si mesmos; quer dizer, errando por conta própria ou acertando sem ter ninguém que lhe ensinasse nada. Era um sujeitinho atrevido, e levou algumas vantagens com isso.

A MÃO E A LUVA
(O diário de Ariel)

[...]

Acompanho-te a distância. Os despachos que a cada semana chegam à Gazeta dão-me conta de teu paradeiro. É uma espécie de diário não se sabe por quem escrito, um relatório de bordo da Expedição Coudreau, e, lendo-o, fico a imaginar esse cenário grandioso que atravessas, o rio imenso e a floresta que ainda conserva, por certo, o frescor virginal das primitivas eras, esse paraíso de índios e de feras. O último despacho dá conta de uma geografia deslumbrante, os canais inumeráveis, esse jardim selvagem e portentoso, e dá conta também dos locais de parada e os seus nomes tão sonoros: Pucuruí, Tapacurá, Jariparu, Paranaquara, Tapará. Que Brasil grande esse, que belo país poderá ser.

Imagino que, ao passar por esse cenário esplêndido, tenhas lembrado, em algum momento, do que me disseste acerca de tua vida pregressa, de quando conheceste o Swami, e de quando, depois de tê-lo ouvido durante as jornadas de Chicago, concluíste que nada mais tinhas a fazer lá. Então, voltaste à tua casa, ao ventre de pedra de onde havias saído, e isso poderia ter sido o início de uma viagem para dentro de ti mesmo, segundo pensavas motivado por tudo quanto ouviras. Mas o fato é que não voltaste para o teu interior. Não que tivesses tido medo diante do que poderias encontrar dentro de ti, mas porque te sentiste, mais uma vez, o mesmo irremediável abúlico de sempre, avassalado pelo mesmo tédio que te fizera vir para a América tendo como motivação a impressão apenas de que haverias simplesmente de integrar-te aos acontecimentos, de deixar-te levar pela torrente daqueles que desciam as montanhas e partiam para o Novo Mundo, esta América que em nada te modificou por si mesma, à qual voltaste agora mais uma vez.

Muito aprendi contigo, e agora tenho uma sensação nova de que posso avaliar melhor a falsa sabedoria daqueles com quem há tanto tempo convivia e que, pela postura e pelo que afetam saber, parecem ter sido os únicos seres humanos feitos de fato à semelhança de Deus, pretensos detentores do monopólio da espiritualidade e do verbo e, desse modo, da verdadeira expressão do pensamento e da língua, a cuja culminância o restante dos mortais não pode jamais aspirar.

Estivemos todos, ombro a ombro, na luta contra a servidão e a monarquia, com o entusiasmo de quem imaginava que o mundo pudesse ser virado pelo avesso, e agora sinto um gosto amargo na boca, e uma espécie de ressaca mental, um cansaço, como se houvéssemos estado numa festa, alcoolizados e cheios de belas ideias, acordando depois num mundo idêntico ao do dia anterior. Talvez nem Floriano, caso tivesse decidido permanecer no poder, teria dado um jeito nisso.

Estivemos o tempo todo lutando pela liberdade e continuamos nos sentindo prisioneiros de nós mesmos. Se penso mais, fico achando que entendi e não entendi ao mesmo tempo tudo o que me disseste, mas o fato é que me desassosseguei de uma forma diferente agora, e há então um não sei quê de novo nesta inconformação a respeito da vida que levo. Não, não estou feliz; mas, não sei, sinto-me mais consistente, mais apto a conviver com o mundo e comigo mesmo.

Deixei de vez de ir à Confeitaria Cailteau e já nem desejo que venham à minha casa os amigos, nem a mãe nem as manas, a quem digo que prefiro estar só comigo mesmo, pois descobri afinal que isso me faz bem, ainda que viva em meio ao constante desassossego de que te falo, sendo que elas não compreendem este meu estado de humor e preocupam-se, e então vou à casa da mãe e das manas, para que não pensem que as abandonei, para que não pensem que é mau para mim estar assim como estou agora, horas e horas, em meio à solidão que me faz pensar em coisas nunca antes por mim pensadas e nas quais jamais haveria de pensar se não tivesse um dia te encontrado. Sim, tudo isto me inquieta, mas sinto que desfruto hoje de uma existência mais plena. Só agora sei o quanto era insatisfatória, infeliz mesmo, a minha vida anterior.

[...]

21

Anotações de Dédalo

Fui lendo o Diário de Ariel à medida que Francisco me liberava, um a um, os seus fragmentos, o que, segundo ele, estimularia minhas especulações e a minha imaginação. Não o contestei, pois, desde o início, houve uma espécie de divisão de territórios, e a ele coube administrar com exclusividade aquela seara constituída pelo espólio de Ariel. Tratava-se de uma ração que ele me oferecia, periodicamente, na forma de laudas passadas a limpo. Penso agora, no entanto, que o verdadeiro escopo de tal procedimento (ainda que ele mesmo me tivesse dito: Ouse, conferindo-me amplos poderes sobre sua obra) não foi senão essa imperiosa necessidade que Francisco sempre tem de tentar dominar tudo e todos que estejam à sua volta; e isso me faz lembrar daquelas observações que Júlia lhe fizera a respeito do Carro, a sétima carta do tarô. E é só observar o velho arcano para se ver o tamanho da pretensão de meu desafeto. Júlia Zemmel acenara com a possibilidade de que talvez houvesse para ele uma mensagem secreta naquela carta de baralho, que exprimia, segundo ela, a dominação do espírito sobre a natureza. Claro que o velho Fran foi logo examinar a figurinha, e não deu outra: lá estava ele triunfante, a cabeça leonina coroada, trepado naquela carroça toda enfeitada. E ali estavam também os dois cavalinhos, puxando o reizinho em sua glória. Francisco deve ter gostado muito da carta, mas logo botou a máscara da humildade para esconder a face de Narciso; para assegurar, vejam só: alguém viajava em direção a algo já previsto, a vida eternamente feita de círculos e repetições infinitas que talvez tenham feito Margaret Mumford relacionar a carta sete com a canção inglesa tão antiga: Venha de mansinho, doce carro, não sacuda, venha me levar de volta à minha casa.

Veio, pois, com a tal cançãozinha. Mas a verdade das verdades é que ali está ele querendo, de fato, situar-se no centro de tudo, a cabeça engalanada como que para ilustrar, como ensina a simbologia, que está começando a ter domínio de suas ambivalências (safa), conquistando, assim, a unidade propícia para superar seus conflitos interiores. Os cavalos que arrastam a carroça não têm rédeas visíveis, um é azul e o outro é vermelho, e parecem estar puxando cada qual para o seu lado. Entre eles, há as iniciais S e M, os símbolos do enxofre e do mercúrio, componentes de base da Grande Obra, segundo a Alquimia: a transmutação dos dois elementos em ouro. A Grande Obra, ora, ora; é o senhor dela, é o pretenso senhor deste romance, o que ali está, com os dois cavalinhos a puxá-lo, os potrinhos. Francamente, veja se esta não é a metáfora própria para esta Investigação, meu caro Francisco; e você ainda me vem com essa história do carrinho que o leva, de mansinho, para casa. Com mil demônios, veja bem se é isso o que lhe serve. Não posso crer.

A MÃO E A LUVA
(O diário de Ariel)

[...]

O despacho desta semana dá conta de que a expedição chegou à Vila de Gurupá, e todos puderam caminhar pela mata ao redor, cortada por trilhas atapetadas de licopódias e animadas pela presença de bandos de borboletas azuis. Ainda que singelo, o texto soou-me poético, e ao referir-me a ele vem-me outra vez a sensação de proximidade, a sensação de que podes até me ouvir se leio em voz alta o que escrevo.

[...]

Anotações de Dédalo

A parte mais complicada dos diários de Ariel; quer dizer, a mais difícil de ser engolida, e, no entanto, a que mais impressionara Francisco, era aquela em que Ariel tentava reproduzir o discurso de Téo sobre seu improvável encontro com o Swami Vivekananda. Havia ali, me pareceu, um belo tanto de artificialidade, o que me fazia lembrar da estranha contradição um dia apontada por Aubrey Blanford, a sua advertência de que a realidade da vida vivida não se constituía, necessariamente, na verdade da literatura. O esforço de Ariel por tornar verdadeira a presença Téo em sua própria vida me havia provocado um efeito paradoxal: Até que ponto a realidade real?, *repeti para mim mesmo a velha pergunta de Blanford.*

22

O FIO DE ARIADNE
(Sobre a Investigação)

Logo que o conheci, lá pelos dias do Gênesis, hoje me parece, Francisco falou-me longamente de sua vida e de suas crenças; expressou-se, em particular, acerca de um cristianismo no qual se mantinham ainda vivas, segundo ele, certas raízes hinduístas, o que me pareceu uma extravagância. Ele defendia uma espécie de tese cuja chave estava em Paulo, na Primeira Carta aos Coríntios, na qual o apóstolo chama atenção para o fato de que há entre os homens uma diversidade infinita de dons, mas o Espírito é o mesmo; há diversos modos de ação, mas é o mesmo Espírito que realiza tudo em todos e em todas as coisas. Todo homem traz consigo o dom de manifestar o Espírito, ou pela sabedoria ou pela ciência ou pela fé, mas é único o Espírito que tudo realiza. Tratava-se de uma espécie de alma coletiva, o que logo me pareceu o self junguiano, o inconsciente coletivo, algo assim, mas eu não tinha certeza.

Dédalo releu o que escrevera e viu que aquilo não era bom (ao contrário de Deus, no momento em que *a terra produziu verdura*). Pudera. Era preciso muito tutano para que aquele parágrafo pudesse resumir, com clareza, a "arenga rovelliana", segundo suas próprias conclusões. No entanto, ele guardou o que escrevera, pensando que o melhor mesmo seria tratar do assunto mais tarde. Temia, sobretudo, ter cometido alguma impropriedade.

Francisco, numa das vezes em que voltou ao assunto, citou textualmente o apóstolo: *Todos bebemos de um só Espírito.* E acrescentou: *A concepção de Atmã que se pode encontrar nos Vedas ou nos Upanishades é a mesma: "Por trás de todas as aparências do corpo está Atmã." Atmã é a alma toda do homem, una e indivisível, tanto quanto o Espírito. São nomes diferentes para uma mesma entidade. Acima do Espírito e de tudo o mais, só Deus, que não é senão o mistério absoluto. É o mesmo que dizer: Por trás das aparências do corpo, Atmã; e, por trás de todas as aparências do mundo todo, Bramã; ou Deus, se quisermos chamá-lo assim. O Espírito ou Atmã é aquilo que de mais profundo pode existir no ser e na consciência do homem.*

Mais tarde, Dédalo, lembrando-se disto, escreveria: *Fiquei então em silêncio, não só porque não tinha nenhuma ideia que se contrapusesse àquelas exóticas afirmações, mas também porque aquilo, para mim, para a minha vida, não tinha a menor importância. Foi um silêncio que deve ter parecido longo demais e denotava o meu desinteresse. Naquele momento, Francisco deve ter se lembrado, é possível, do ceticismo com que Ottoni encarava os assuntos da fé, e era de um personagem assim que Francisco então necessitava. Sorvi mais um gole de meu chá, e ele, um gole mais de seu terceiro ou quarto uísque. Eu teria dado o meu reino para saber o que ele estava pensando naquele momento, pois foi decerto a partir daquele pensamento que disse algo que me desconcertou e intrigou ao mesmo tempo, e contraditoriamente me desvaneceu:* Você está me saindo o tipo do irmão mais novo que eu sempre quis ter e não tive, e que talvez me tenha feito falta. Lembre-se, só tive irmãos mais velhos. *Eu podia ter-lhe perguntado por que dissera aquilo, mas, não sei, me senti pela primeira vez acanhado diante dele, sem as defesas habituais próprias daquele personagem que eu procurava encarnar.*

Nos tempos seguintes, Dédalo procurou ver a história toda de Ariel a partir de um ponto de vista pessoal estrito; isto é, agindo como se Téo tivesse sido, de fato, apenas um personagem literário, mas não resistiu à tentação de proceder a algumas imitações, como aquela de ancorar a sua narrativa, à semelhança de Francisco, numa bibliografia um tanto heterodoxa. No entremeio, havia algo realmente original: a fraude: não é certo que tenha lido com a devida atenção os textos daquele guru providencial chamado Ramacháraca. Deve ter folheado algum de seus livros com base no índice remissivo, subtraindo dali as armas necessárias ao seu personagem narrador, adulterando o que fosse preciso; utilizando-se, pois, da mesma técnica adotada (com um certo brilho, há que se reconhecer) por Júlia Zemmel quando procurava tecer suas histórias, por assim dizer, mais "intelectualizadas".

Dédalo absorvera também de Francisco, por outro lado, o receio de desfazer-se de suas anotações, mesmo aquelas que não lhe agradavam, imaginando que um dia, reescritas, lhe poderiam ser úteis, o que denotava uma certa avareza, um ímpeto de acumulação. Foi o que ocorreu com relação ao seu comentário sobre aquela inesperada confissão de Francisco, que Dédalo conservou ainda que o incomodasse:

Havia uma diferença de apenas seis anos entre mim e ele, quase sete, mas eu senti um quê de autoridade paterna no velho Fran, uma sensação que se tornaria recorrente e que teria sido um tanto intolerável se tivesse vindo de qualquer outra pessoa. Senti, então, orgulho por estar executando a contento a parte que me tocava naquela história toda, como um discípulo aplicado; o que também teria sido intolerável em qualquer outra situação, com quem quer que fosse.

Os Apontamentos de Castor

O que acontecia, na verdade, era que Dédalo e Francisco andavam em círculos assolados pela velha questão levantada por Larry Durrell: no contexto de um romance, a realidade dificilmente parece real. Enquanto Francisco acreditava em Téo como coisa real por dentro, Dédalo não conseguia nele acreditar senão como coisa real por fora. As relações entre ambos foram marcadas o tempo todo por essa discordância. Convergiam, no entanto, em um ponto: era mesmo muito difícil expor com a necessária eficiência literária aquela espécie de doutrina que Ariel procurava engendrar a partir de seu interposto personagem. Ele parecia estar tentando sistematizar num só corpo conceitos que recolhera de fontes diversas, para assim aplacar alguma necessidade pessoal naquele momento de crise. Sintomaticamente, retornava com frequência aos mesmos temas de sempre, a partir das inquietações que Téo havia semeado em seu espírito.

O Fio de Ariadne
(Sobre a Investigação)

Não há nos papéis encontrados por Francisco no arquivo do Catete nenhum testemunho do que ocorreu depois do primeiro encontro no refeitório do hotel de Santa Teresa. Não há nenhuma menção acerca dos locais que Téo e Ariel frequentaram a seguir. Há a sensação recorrente de que Ariel procurou preservar o amigo da curiosidade alheia. Ninguém o menciona, nem mesmo os amigos mais próximos de Ariel. *Vi afinal refletida em ti a minha sombra, ele disse uma vez.* Que intimidade teria possibilitado, em tão poucos dias, uma semana se tanto, tal constatação?

Anotações de Dédalo

Francisco continuou repelindo a ideia de que Téo não havia sido mais que uma criatura de Ariel. Por alguma razão oculta, ele não conseguia aceitar o que me parecia evidente, argumentando que os artifícios literários engendrados por Ariel estavam muito adiante de seu tempo. Onde ele teria ido buscar, perguntou uma vez, as informações todas acerca de Vivekananda e do Parlamento das Religiões e tudo o mais. Lembrei-o, então, do surto de orientalismo que grassava, na época, em Paris, um modismo espiritualista que misturava tudo, desde a Doutrina secreta de Helena Blavatsky e as suas bases hinduístas, até o Tratado elementar do doutor Papus, que havia sido prefaciado por Anatole France. Não seria de se estranhar que livros sobre esses assuntos acabassem chegando ao Brasil, a reboque da literatura francesa.

23

Anotações de Dédalo

Quando nos conhecemos, Francisco já havia encontrado os manuscritos de Ariel, o que dera afinal consistência à ideia que vinha tendo de escrever um romance sobre ele. No entanto, a verdade encontrada naqueles textos era, por assim dizer, tão real que parecia não se enquadrar de forma alguma no plano da ficção, e ele havia empacado diante das páginas em branco e começava a achar que jamais conseguiria levar a cabo aquele projeto; pior, começava a achar que jamais voltaria a escrever. Era mesmo um ser dramático e predisposto ao infortúnio. Ele empacara porque estava mesmo disperso. Tivera em dias recentes um reencontro com a priminha dele, aquela Adriana diáfana e magricela com quem ele havia ido para a cama, anos antes, vencendo a custo o enorme sentimento de culpa que isso lhe poderia causar; ah, a culpa, a surrada pedra angular de que tanto falava, não se insurgindo contra ela, não se libertando; antes, sacralizando-a como uma peça de estimação, parte do patrimônio familiar moldador de caracteres, uma herança inalienável daquela sua tribo italiana de exploradores do trabalho alheio e mistificadores das paixões amorosas, se não é isso, pelos demônios, o que está evidente naquele Evangelho segundo Judas. Safa. Empacara, e eu imagino também por quê: além daquela reaparição intempestiva de Adriana, ele vinha vivendo uma experiência que o colocava de costas contra a parede: em seus trinta e três aninhos, encontrara uma frangota de dezoito, quando muito, com toda a energia deste mundo, que lhe escancarou as portas da luxúria de uma maneira tal que não haveria culpa suficiente que o fizesse resistir àquela possibilidade de pecar à vontade, e não haveria punição bastante para tanta sacanagem senão a de tomar os porres que passou a tomar com frequência. Mas o fato é que empacara, e foi mesmo diante de uma anotação feita a partir dos documentos de Ariel encontrados no arquivo do Catete, pelos quais se podia saber que ao fim da expedição de Henri Coudreau, que durara cerca de seis meses, Ariel já estava morto. O quarto alugado da rua São Clemente já devia estar vazio quando Téo ali chegou e teve conhecimento da morte do amigo (se é que esse Téo existiu — sempre repetirei —, pois a única coisa de que estou certo é sobre a Expedição Coudreau, que de fato aconteceu; mas, se tenho que admitir, como quer Francisco, que ele tenha mesmo existido, só pode ter chegado de volta ao Rio cerca de uma semana depois da morte de Ariel, que é a data em que o navio de Coudreau aportou de volta à cidade). Tratava-se de uma repetição do que ocorrera com Raul Pompeia, a quem Ariel velara um ano antes. Eu não compartilhava das suspeitas de Francisco de que Ariel tivesse sido assassinado; antes, que fora compelido a imitar o gesto do amigo, por encontrar-se em meio a um mesmo estado de angústia.

TRANSPARÊNCIAS
(Do caderno espiral)

Deixando os aposentos abandonados de Ariel, Téo deve ter ido à rua das Laranjeiras, onde encontrou a mãe e as irmãs do amigo ainda em estado de choque. A mãe deve ter-lhe mostrado os manuscritos nos quais Ariel trabalhara naqueles últimos meses, deve ter-lhe dito que lhe pertenciam, e pode ser que Téo os tenha lido, sem julgar-se, contudo, no direito de apropriar-se daquele espólio, devolvendo-o a Clarice Alvarenga, o que permitiu que, quase sessenta anos depois, ele chegasse às mãos do professor Temístocles.

A MÃO E A LUVA
(O diário de Ariel)

[...]

Através de uma das vidraças do andar de cima, vi, pois, meu pai deixando o colégio, cruzando o jardim fronteiro, transpondo o umbral, voltando para casa, para o seu tempo, para o seu mundo e suas leis definitivas, eternas. Dirigi-me então ao salão azul, que era o dormitório dos alunos de média idade, e ali encontrei a minha cama. Não tinha coragem de enfrentar o movimento do pátio. Observava lá de cima os futuros companheiros, aos grupos, em meio à algazarra, assolados ainda pelas naturais novidades daquele início de ano letivo. Mais tarde tive necessariamente de ir ter com eles. A hora adiantara-se, chegava o momento do que chamavam de aula inaugural, que na verdade não era aula nenhuma, mas uma longa e minuciosa arenga proferida pelo reitor. Acerquei-me de um dos grupos, e ali estava um tal de Rebelo proferindo o seu discurso, lançando ao ar suas imprecações contra a vida escolar, arvorando-se, com orgulho, parecia, em rebelde. Interessei-me logo por ele, encontrando em si, mais que a pretensa virulência, uma certa recôndita doçura. Fazia-se de rebelde. Pouco depois, tendo percebido meu interesse, já estávamos à parte, ele vociferando contra a corja que era aquela sociedade de reclusos, reputando como uma desgraça ter que viver com uma gente como aquela, alertou-me com gravidade acerca das mesmas ameaças que Sérgio Paranhos, também de minha sala, mencionaria dias depois. A perversão, a tônica de sempre, assegurou-me Rebelo. Pecadores todos, com mais pecados do que um confessor poderia suportar em seus ouvidos. Apontava-me cada camarada. Um deles, oriundo de família militar, contava, para seus abusos, com os ouvidos moucos dos bedéis. Um outro, que passou por nós, de nome Plácido, tinha jeitinho de mulher. "Não percebes?" Estava sempre, segundo Rebelo, com um aspectozinho de quem acaba de acordar. Cruzamos então com o Ribas, dito o Manso, destaque do orfeão do colégio, um timbrezinho de menina. "Isto aqui mais parece uma escola mista", meu caro. "Sei mesmo ver o que esta escola é na realidade. Não sou parvo nem nada. Observo, sigo passos, tenho experiência. Pois, te garanto, é, na prática, escola mista. É como se aqui existissem os dois sexos." Fez-me então a estarrecedora confissão de que os mais novos e mais inocentes eram, pouco a pouco, compelidos a portarem-se como meninas, e às vezes parecia que se convenciam de que de fato eram. Garantiu Rebelo que acabavam mesmo dominados e constrangidos a fazer tudo o que os protetores desejavam.

A eloquência com que Rebelo me disse essas coisas me encheu de horror, e muito mais a sentença que proferiu, sílaba por sílaba, com ênfase: "Aqui é preciso ser homem", meu caro. "O que primeiro tens a fazer é não aceitar que te venham dar proteção. Fica distante dos protetores." Disse, portanto, quase que exatamente aquilo que Sérgio diria alguns dias depois, convencendo-me do tamanho da ameaça que pairava sobre mim.

[...]

24

O DIÁRIO DE FRANCISCO
(Anotações tardias)
SP, 11/06/1986

Eu lera *O passo Valdez* no verão de 1967, e pela primeira vez pensara: eis aí o que eu talvez possa fazer, já com a consciência da inutilidade de meus versos juvenis. Eis uma forma que eu talvez possa usar com proveito, foi o que disse a mim mesmo, inoculado já por um vírus de ação lentíssima, de longa progressão, causador de uma "moléstia" cuja gravidade só começaria a perceber muitos anos depois: o vírus que se contrai no exato momento em que alguém se dá conta de qual é, de fato, a função da literatura, e por que ela é necessária ainda que não nos ensine nada, não nos especialize; ao contrário, nos inquiete, nos aguce a fome do mistério e da paixão: o vírus que se contrai, precisamente, no momento em que esse mesmo alguém, ao concluir uma frase escrita, num certo dia, surpreende-se porque a escreveu quase que sem pensar, e que, mesmo assim, ela lhe serve e lhe causa uma alegria nova por expressar um sentimento até então desconhecido, ou melhor, que ele até então jamais conseguira expressar; e assim, por força dela, dessa frase, esse alguém adentra, afinal, essa que é a vida mais rica de episódios, a mais excitante; talvez, a mais interessante de ser vivida: a vida literária.

Eu tinha, portanto, uma vida pregressa que me fizera iden-
tificar-me com uma certa entidade que se apossara de Ariel, uma
entidade chamada Camilo, o personagem-narrador que o levara
a elaborar aquele testemunho: a história a que dera o nome enigmático de *O passo Valdez*, um título que não tinha nada a ver com
o que vinha dentro: as confissões de um adolescente, que Ariel
escrevera aos vinte anos. Não há em toda a história uma única
menção ao chamado *passo Valdez*, nem mesmo a algum passo ou
de travessia de algum rio, nem desfiladeiro, como explicam os
dicionários. No entanto, tratava-se da história de uma passagem,
e sua narrativa era singela, mas serviu para enlevar o meu espírito
nos dias provincianos e solitários de minha adolescência.

*No dia em que Camilo Gouveia completava catorze anos, sua mãe
morreu.* Este o começo da "passagem"; este possivelmente o *passo
Valdez.* Foi pelo menos o que imaginei. Mais que passagem, a
despedida do mundo da inocência. Eu estava então prestes a
proceder à mesma passagem. Pensei nisso; mentalizei aquele
título que em minha imaginação principiava a transformar-se
num código. Talvez, já na época da leitura daquele romance,
Ariel estivesse me enviando, em espírito, algum sinal, as suas in-
cipientes mensagens, e digo isso porque, muitos anos mais tarde,
examinando o mapa astral de Ariel, Júlia Zemmel descobriria
que ali a posição da lua com relação ao sol era oposta à que havia
em meu próprio mapa; assim, como se diante de uma imagem
houvesse um espelho, um eu ao contrário. *Se fôssemos espíritas,*
sentenciou Júlia, *poderíamos dizer que ele já tentou ou tentará, em
breve, entrar em contato com você.* Eu continuava devotando a esse
assunto o mesmo ceticismo de sempre, ainda que ele estimulasse
a minha imaginação. Embora visse naquele tipo de informação
mais uma manifestação das elaboradas fantasias de Júlia, ela

serviu para me ajudar a mergulhar ainda mais fundo no universo de Ariel, tal como ocorrera cerca de quatro anos antes com relação a Raul Kreisker.

Castor, de sua parte, tentava, naqueles mesmos dias, compreender o incompreensível: o porquê [o motivo oculto, segundo ele, e não a razão declarada (a perda do tom)] de minha identificação com Robin Sutcliffe, uma vez que ele me julgava um narrador mais aparentado a Aubrey Blanford, criador de Rob.

A HISTÓRIA DE LARRY
(Os apontamentos de Castor)

No último capítulo de O príncipe das trevas *revela-se que Blanford considerava-se, sem razão, apenas um escritor vaidoso e pouco inteligente, sem a coragem necessária para expor o lado mais desfavorável de sua existência, polindo-a das mais diversas maneiras, mascarando até mesmo os momentos mais cruciais, elevando-os, afinal, a uma condição verdadeiramente romanesca. Esquecia-se de que aquele era na verdade um processo generalizado entre escritores e talvez a pedra fundamental da maioria das narrativas literárias. No contexto daquele seu intrincado romance, apenas Robin Sutcliffe mostrava-se isento de tais vícios, e no entanto fora condenado (por Blanford? por Durrell?) a um triste destino. Fracassara quanto a dois aspectos essenciais de sua existência: perdera (para seu desespero) o amor de Pia e com isso a capacidade de criar novas histórias. Descuidara-se de seu próprio asseio e passara a perambular sem rumo pelas ruas de Avignon. Ao término do livro, continuava vivo, mas havia um precedente que deixava aberta a chave de seu destino: o Sutcliffe real, o ser vivo que havia inspirado o Sutcliffe daquela história infeliz, suicidara-se.*

Falei com Francisco, é claro, acerca de sua incongruente atração por aquele escritor imaginário e perdido no labirinto de suas desgraças, mas ele afiançou-me mais uma vez que o que na verdade tornava Sutcliffe sedutor como personagem era o fato fundamental de ter perdido o tom, aquele registro mais alto que antes possuíra. Não tivesse ele perdido tal registro, a defecção de Pia teria sido, no médio prazo, absorvida.

O DIÁRIO DE FRANCISCO
(Anotações tardias)
SP, 13/06/1986

Júlia desistira do projeto de *Caim*. *Não é uma tarefa para mim,* disse, *mas para você, que ainda acredita no poder dos arquétipos, nessa fatalidade. Eu já não desfruto dessa fé.* Lembrei-me, então, dos embates que havíamos tido durante todo o tempo em que ela preenchera, à mão, um caderno de notas a que dera o nome de *Os dias de Caim, anotações para um romance,* com alguns trechos já acabados, dentro do necessário tom, e que ela lia com acentos dramáticos, chegando às vezes às lágrimas, procurando convencer-me de algo do qual eu já estava convencido mesmo antes de ela ter-me feito qualquer referência acerca daquele personagem trágico e belo ao mesmo tempo, procurando convencer-me de que se tratava talvez do mais bem acabado herói das aventuras bíblicas: o primeiro filho, o primeiro lavrador, o primeiro assassino, o primeiro ser humano a defrontar-se com a face da morte, o primeiro migrante, o primeiro fundador de cidades, o primeiro homem a virar as costas a Deus e a entregar-se a si mesmo e à própria sorte: o Caim que, por isso, tornou-se o melhor símbolo da responsabilidade humana. Eu o admirava quase tanto quanto havia admirado o meu Judas Iscariotes, e tanto isso é verdade que, quando desliguei o telefone, repensei naquele modelo humano do duplo que se repete infinitamente, a disputa de irmão contra irmão, Caim e Abel, Esaú e Jacó, o George Colwan e seu irmão bastardo, Robert Wringhim, das estarrecedoras *Confissões,* de James Hogg, e tantos outros; o antagonismo que se repete para todo o sempre como uma fatalidade divina: as duas partes daquilo que deveria ser visto como um todo: aquilo que no plano religioso configurou-se no Cristo e no seu contrário complementar, o Anticristo, segundo os gnósticos, a luz e a sombra, o Anticristo anunciado por João, com a consequente dificuldade, a intransponível dificuldade em aceitar-se esse poder excessivo que uma vez foi conferido a essa sombra, poder semelhante ao do seu contrário, instrumentalizando-a para o confronto eterno; essa sombra que pode significar o revide de Satanás diante da encarnação de Deus no homem, esse mesmo Satanás que só atingiu sua plena essência em sua contraposição ao Cristo; esse mesmo Satanás tão íntimo do Senhor a ponto de ter obtido dele permissão para infligir tantas flagelações a Jó, que era o justo entre os justos; esse Satanás ainda a cuja *"mansão"* o Cristo desceu depois da morte, para só então ressurgir, subir aos céus e sentar-se à mão direita do Pai; esse ato indispensável à redenção, essa deferência ao poder do qual emana a sombra que paira sobre nós, que está em nós. O duplo; pensava, pois, nisso ao desligar o telefone, depois de ter ouvido Júlia referir-se enfaticamente a Caim, disparando contra mim aquela inesperada seta: *Não é tarefa para mim, mas para você.* E continuei pensando no duplo a repetir-se por todo o sempre, e lembrei-me da presença terrível de Franz Kromer, a sombra personificada que se interpõe entre Emil Sinclair e a sua verdadeira vida, e o caminho que só a intervenção de Max Demian permite que se abra, para que Sinclair possa seguir o seu real destino, que viva a vida à qual estava de início destinado;

lembrei-me, pois, mais uma vez, comovido como em tantas outras vezes, da grande parábola de Hermann Hesse, que permeara uma boa parte de meu último romance, sendo que eu lera em dias recentes a correspondência trocada entre Hesse e Mann, em que este classificava *Demian* como um romance poético único *em sua pureza e interesse, um paradoxo dos mais fascinantes;* e fui levado então a pensar na sombra que se projetava sempre sobre histórias desse tipo, a partir de um dos personagens, a mesma sombra, pensei também, indestrutível, com a qual temos que conviver com resignação e que nos assedia dentro e fora das fábulas que muitas vezes são criadas na vã tentativa de exorcizá-la, a mesma sombra que se havia interposto, muitos anos antes, na forma de uma má tradução que me vedou, por um bom tempo, o acesso àquele texto poético que tanto impressionara Thomas Mann. E me lembro de Sinclair e de Demian, e da interpretação deste a respeito do sinal de Caim, a marca, segundo ele, de uma distinção; e, ao lembrar-me disso, do diálogo travado ao longo do segundo capítulo; da surpresa de Sinclair, que ouve com pasmo o companheiro defender a integridade moral de Caim; ao recordar-me disso tudo que então recordei ao desligar o telefone, dou-me conta dessa sucessão interminável de fatos unidos uns aos outros como elos de uma mesma corrente, assim como se nada acontecesse por acaso e sim como parte de uma mesma história que se ramifica, cresce e se junta outra vez, para depois ramificar-se de novo e mais uma vez juntar-se, unindo-nos a tudo o mais, como se fôssemos parte de uma entidade única, luz e sombra a um só tempo, filhos, por assim dizer, de Deus e do Demônio, movidos por seus insondáveis caprichos e os consequentes desatinos que cometem, como o arranjo que fazem para afligir até mesmo um homem íntegro como Jó.

SP, 14/06/1986

Ao abdicar de Caim, ao abandonar o seu projeto, Júlia deixara para trás a entidade literária que a animara durante exatos três anos e dera encanto e substância às nossas conversações; deixou para trás temas que nos haviam sido tão caros e nos haviam comovido, como o exame da malignidade que se abatera sobre Caim ao ver subestimada a sua oferenda e valorizada a de seu irmão mais novo; a sombra depois manifestando-se nele, para desgraça de Abel, que paga assim o alto preço de ter-se tornado o predileto de Deus, o mesmo Deus que assiste ao crime impassível, sem surpresa, dada a sua onisciência, dada a previsibilidade para ele de tudo o que ocorre e ocorrerá sempre; e sempre haverá um Caim lavrador, dedicado à mãe terra, e um Abel nascido depois e que se tornará pastor de ovelhas e que tentará multiplicá-las, e haverá o conflito e a necessária ruptura que leva ao distanciamento da casa paterna, como tantos de nós fizemos, ao abandonarmos o calor do casulo doméstico; pois, como Caim, haverá sempre, repetindo-o, aquele que se entregará ao seu próprio destino, sem medir esforços em seu propósito, tendo antes oferecido em oblação ao Senhor os frutos colhidos, e sempre haverá, por trás de tudo, antecedendo tudo, o grande acervo lendário, as tragédias guardadas no inconsciente, as suas eternas reverberações e o Deus costumeiro, que se agradará, por alguma razão insondável, com a oferenda de Abel, as primícias e a gordura de seu rebanho, ignorando as dádivas da terra.

O conflito entre Caim e Abel foi o primeiro conflito entre dois homens, entre dois irmãos. E há o mais velho que, embora primogênito, vê recusada a oblata de seu esforço, e que, se não amasse Iavé, não teria sofrido com sua recusa o quanto sofreu, a ponto de eliminar, por esse motivo, o irmão mais novo, sendo que tampouco essa prova truculenta de amor agrada a Iavé, que o priva do solo onde cultivava, para torná-lo *um fugitivo errante sobre a terra* e pai de todos os homens, o fugitivo que, em seu último diálogo com Iavé, pondera: *Minha culpa é muito pesada para que eu possa suportá-la. Vê, hoje Tu me banes do solo fértil, e terei de ocultar-me longe de tua face, e o primeiro que me encontrar me matará.* No entanto, enigmaticamente, o Senhor lhe outorga uma poderosa proteção (é preciso que Caim sobreviva a todo custo e cumpra o seu destino): *Quem te matar será vingado sete vezes.* Dito isso, Iavé lhe coloca um sinal a fim de que não seja morto por quem o encontre. Caim retira-se da presença de Iavé e vai morar na terra de Nod, a leste do Éden. E isso tudo aconteceu, no solo fértil dos mitos, para que tantas outras coisas acontecessem mais tarde, a vida toda de todos, tudo, inclusive isto que escrevo; e para que também, um dia, um personagem chamado Maximilian Demian viesse a dissertar para um outro, o terno Sinclair, sobre a marca impressa por Deus em Caim, abrindo assim para o amigo, a partir de então, uma perspectiva espiritual nova, a perspectiva dos que insistem em atravessar resolutamente a soleira da casa paterna, trazendo em si, por certo, as reservas de energia daquele primeiro revolucionário ao qual a divindade, reconhecendo-lhe o caráter forte, impele em direção à verdadeira vida, ao mundo e às suas contradições: privado daquilo que lhe era mais caro — o solo fértil onde plantava a boa semente — Caim, assolado pela culpa, parte para longe da face de Deus, e só assim pode dar conta da amplidão do mundo por Ele criado.

OS APONTAMENTOS DE CASTOR

Tendo lido a longa defesa de Francisco, não resisti a um acréscimo oportuno: a exaltação de Ardengo Soffici, em seu Giornale di bordo: O primeiro homem verdadeiro foi Caim. Foi com ele que a paixão chegou ao mundo, e ainda a coragem, a tragédia, a beleza e a vida verdadeira. Oh, Caim, pai de todos os poetas, de todos os violentos, pai de todos nós.

25

A MÃO E A LUVA
(O diário de Ariel)

[...]

Muito necessito falar-te deste remoinho que me assolou após a tua partida, em circunstância daquilo que me expuseste a respeito de Deus e da unidade do Espírito, isso tudo enfim que eu precisava ouvir para que sentimentos novos viessem estremecer-me. No entanto, há outros fatos que me sucedem, graves, gravíssimos para a minha vida terrena, e deles não posso tratar senão contigo, certo estou de que ninguém me compreenderia.

Na semana seguinte à tua partida, cravou-se em mim agudo punhal na forma de um telegrama que anunciava a volta ao Rio de um antigo companheiro de juventude, Trajano Gonçalves. Podia ter-me alegrado com a notícia, mas o que me sobreveio mesmo foi um mau pressentimento. Haveria eu de ter razão porque bem cedo saberia o motivo pelo qual a consciência nada soube, mas a alma de imediato apreendeu. Trajano voltava ao Rio para estabelecer-se em definitivo; razão de júbilo, assim deveria ser, uma vez que eu gostara muito dele e idolatrara um dia esse Trajano e a força que parecia irradiar. Trajano fora o meu modelo, aquilo que eu quisera ter sido. Devia ter-me alegrado a volta do paradigma no qual pretendera um dia espelhar-me. Mas não. Veio-me um temor aparentemente infundado cuja razão eu logo compreenderia. O Trajano que eu conhecera era sólido, empertigado, orgulhoso de si na justa medida, tinha consciência de si mesmo, e mostrava-se satisfeito com aquilo que era, isso que eu jamais pensara de mim. Não que me desprezasse a mim mesmo, isso não. O que eu queria era ser também, por acréscimo, como Trajano; continuar sendo Ariel Pedro, mas tendo claras para mim as dimensões do mundo e aquela certeza das coisas que Trajano parecia ter. "Serei magistrado", disse ele, ainda um pirralho, quando nos conhecemos no Colégio Abílio. E disse também que seria umas tantas outras coisas, com o olhar voltado para o futuro como se o estivesse antevendo, e acabou sendo tudo o que disse que haveria de ser; e eu, que não sabia nem mesmo o que quereria ser no dia seguinte, ainda aparvalhado com o mundo, como se entrado nele tivesse um momento antes, maravilhava-me com aquela segurança toda. Por Deus, como quis ser Trajano. Mas claro que sei que, se o tivesse sido, minha vida teria se constituído num desastre, ainda que não viesse a ter consciência desse desastre, tornando-me assim um desastrado feliz, ou manso, como Trajano, quando o destino se consumou verdadeiramente. Foi nisso tudo que pensei, o telegrama ainda nas mãos, para depois mentalizar o restante da realidade que era a vida que acontecera à volta de meu paradigma, incluindo o casamento recente em Itaboraí, onde ocupara o cargo de magistrado por dois anos, posto que resolveu afinal abandonar, para estabelecer-se no Rio como advogado. Ah, o casamento. Lembrei-me de que ele voltava casado. Lembrei-me de Beatriz e da imagem que esse nome me sugerira desde a chegada do convite das bodas ao qual eu não pudera atender por ter-me acometido um não sei quê de desassossego tão logo terminei de lê-lo; os terrores masculinos, talvez, acerca do casamento, foi o que tive para comigo naquele instante, a antevisão dessa coisa que em dado momento, como dita a cultura do país, vê-se como desastrosa e que depois se aceita como o paraíso da comodidade. E, com o telegrama na mão, pensei em como qualificar o sentimento estranho, o desassossego que me acometia, e foi assim como se tivesse preferido concluir: "Graças aos céus que não me tornei nem um pouco esse Trajano, com sua Itaboraí, sua magistratura, seu casamento, sua vida tediosa e tudo o mais, pois decerto não estaria neste momento segurando este telegrama nem seria quem sou." *Assim, posso hoje repetir graças aos céus, pois, se o meu destino tivesse se consumado de alguma outra forma, também não se teria aberto para mim esta janela que há pouco tempo se abriu, um mundo novo com seus polos, seus opostos, suas contraditórias riquezas. Então, dei comigo a repetir para mim mesmo graças aos céus, havendo, no entanto, algo muito grave revelado na imagem insistente que me veio de Beatriz naquele momento; melhor, a imagem imaginada de Beatriz, já que ainda não a conhecia; uma figura insistente de mulher que me vinha à mente em vez da imagem de Trajano; e a visão antecipada daquela mulher desde logo causou-me a um só tempo fascínio e temor. Vi-a como bela e pura, mas postada para além de um abismo. E, se eu recobrava o senso do momento presente, via-me ainda a segurar o telegrama, e então lembrava-me daquela imagem feminina como se houvesse recém-acordado de um sonho. Era um presságio, agora sei, um malíssimo presságio. Por Deus que não premeditei o que depois aconteceu.*

Conheci Trajano no Colégio Abílio, embora não tenha ocorrido ali a nossa aproximação. Dir-me-ia bem depois que tentara aproximar-se e que eu o repelira, do que já não me lembrava. Repelira-o, "se esse termo não é um tanto forte", disse-me, movido por aquela peculiar necessidade de expressar-se com exatidão, tentando sempre medir os sentimentos, que esta é na verdade uma maneira de contê-los. Era todo contido Trajano, reservado, sério, compenetrado, isso que eu talvez tenha confundido com autossuficiência. "Estavas assoberbado", continuou, "envolvido com gente como o Amoedo, o Rodrigo e, mais, o Pompeia, a quem admiravas com certo fervor, e hoje vejo que com razão". O Pompeia já havia então publicado as suas memórias; havia-se desnudado. E fizera sucesso. E, por mais estranho que possa parecer, as revelações da vida íntima entre os meninos do Colégio Abílio parecia não ter escandalizado ninguém.

Gabou-se o estilo, a linguagem transparente, as nervuras, a sinfonia sintática; mas, quanto aos temas da sensualidade, nem uma palavra, como se isso não tivesse sido tratado no romance.

Só me aproximei de Trajano mais tarde, no Colégio Imperial. "Era como se eu tivesse esperado o tempo todo por ti", dir-me-ia muito tempo depois, "sabendo que um dia me haverias de notar. Escrevias para o nosso jornaleco, e isso para mim era um feito possível apenas aos iluminados. Admirava-te por isso, por um dom que eu não possuía. E, ainda mais, entendias de política, no que eu era mesmo um fracasso".

Trajano disse-me tais coisas quando já éramos moços feitos, ele entrando para a carreira de magistrado, eu tendo escrito os primeiros contos, sobrevivendo como funcionário público e com os minguados proventos d'A Gazeta. E então lamentei não ter-me aproximado dele antes. Depois, pensei que, se o tivesse conhecido tão cedo, não teria desfrutado da emoção de achegar-me a ele na adolescência, aquela estátua empertigada que se dignou a mover-se em minha direção. A partir do primeiro ano do colégio, eu passei a admirá-lo, talvez não tanto pelo porte, mas por aquela segurança mesma que afetava, por aquele silêncio que dava a impressão de que ele pairava acima dos mortais restantes. Não me disse então que me admirava ou que me admirara, o que teria sido o meu refrigério. Mansamente, aproximou-se usando de subterfúgios, uma questão de concordância aqui, dúvidas a serem dirimidas, outra de ortografia mais adiante, assunto sobre o qual eu passava por especialista, embora não fosse. Não sou especialista em nada que se refira às coisas práticas da vida.

A admiração ele só a revelaria quando já começávamos a tomar nossos divergentes rumos. Ele não era dado à boêmia, o que nos fez um tanto diferentes. O segredo de sua admiração por mim foi a base para o mistério de nossas relações na adolescência, e talvez a tenha enriquecido, quem sabe; por mais estranho que isto possa parecer.

[...]

TRANSPARÊNCIAS
(Do caderno espiral)

Trajano era conhecido no grupo que ia todas as tardes à Cailteau, foi citado em algumas colunas de jornal, mas não era assíduo à confeitaria. Conhecera o grupo ainda no Colégio Imperial, onde se destacara como desportista. A partir do reencontro, Ariel desenvolveu por Trajano um afeto fraternal, motivado, contraditoriamente, por aquilo que de pronto o decepcionara: a perda da altivez que tanto admirara nos velhos tempos e a sua subjugação às facilidades do casamento, à "mesmice" que era o paraíso do outro. Decepcionou-se, de início, mas aquela fragilização notada no amigo logo o levaria a enternecer-se por ele, pois, lembrando-se do que uma vez Trajano lhe escrevera, sabia que se imaginava feliz:

A liberdade do celibato, caro Ariel, não se compara ao aconchego morno da vida do esposo, à ordem da casa, à graça que a mulher pode colocar mesmo num aposento despretensioso. É deixar a vida correr, viver o momento presente. A mulher traz perfume e mansidão à vida, horários, comida na hora certa, o cheiro das roupas passadas a ferro; traz uma sensação de volta à infância.

Trata-se de uma carta encontrada entre o espólio de Ariel. Nela há ainda algo que, hoje, pode parecer disparatado, mas é emblemático de uma época:

Não sei se gostarás do que vou te dizer. É como se voltássemos aos odores da meninice e a revivêssemos. Há no casamento um quê de maternidade. A dedicação da esposa ao marido é um pouco como a submissão da mãe ao filho, aos seus caprichos, uma doação que o torna, afinal, em vez de dono da situação, um cordato dependente.

A MÃO E A LUVA
(O diário de Ariel)

[...]

Tenho consciência agora de que é a admiração de Trajano por mim que explica e ao mesmo tempo torna complexa a nossa relação, se isto que digo não é contraditório, se eu não estou a perder o senso da realidade. Admirei-o eu também, e muito, por aquela sua maneira de olhar frontalmente para o futuro, como se estivesse consultando um detalhado mapa, razão, certo, da imagem soberana que dele fiz, eu, este Ariel que conheceste, tão cheio de dúvidas e temores acerca do instante seguinte. No entanto, não foi o Trajano imenso o que revi depois de quase três anos de completa separação. Não era mais alto que eu, ao contrário do que eu fixara na memória. Com estranho alívio, dei-me conta de que tínhamos a mesma altura, apenas que ele era um tanto espadaúdo e possuíra antes o hábito de conservar o queixo sempre erguido, altaneiro, o que já então não possuía. Não, ele já não era o Trajano que eu conhecera. Fora tomado por um espírito diverso daquele que eu me habituara a perceber nele. Não me abraçou como velho amigo que era. Estendeu-me de longe a mão, num acanhamento que me surpreendeu e me desconcertou. A que deveria eu atribuir tal transformação? Ao casamento? Nem tive tempo de cogitar disso, obnubilado pela visão — sim, foi com efeito como se eu estivesse diante de uma visão — de Beatriz. Ela era, em todos os detalhes, a mesma que eu imaginara ou fui imaginando aos poucos, nem sei, desde o convite para as bodas, ao qual não atendi, até o telegrama chegado dois anos depois. "Uma moça", anunciara-me em carta Trajano, a que havia meses cortejava, filha de dono de engenho, e formosa, prendada, a mulher que ele imaginava como ideal; e tantas coisas mais disse ele tão prematuramente que eu não prestei a devida importância aos fatos. Outras cartas, outras considerações acerca do homem solitário frente ao homem no casamento, sobre a esposa ideal e tudo o mais que se diz em nome, imagino, do autoconvencimento. Mais cartas com as inevitáveis repetições, o que me fez pensar também que procurava justificar-se a mim por estar a desdizer-se com relação ao nosso passado em comum, em que lançara o casamento no rol das abjeções do homem, a "prisão domiciliar" que, em última instância, era o nome que julgava melhor para esse tipo de contrato. Ao tentar justificar-se, me pareceu que Trajano andava a circular à beira de um precipício. Foi o que pensei e disse aos rapazes na roda da Confeitaria Cailteau, suscitando os esperados chistes, os risinhos de escárnio.

Meses passaram-se, com a repetição constante da expressão: "a moça." Então, o que me pareceu mais extraordinário e revelador foi que Trajano jamais declinara o nome dela em suas cartas, de sorte que o ouvi pela primeira vez pronunciado pela minha própria voz, repetindo-o para mim mesmo, empunhando o convite das bodas, recém-entregue pelo mensageiro. Não pensava que a situação fosse tão grave; quanto a essa culminância que é o casamento, quero dizer, uma vez que pensava que Trajano estivera apenas devaneando acerca do assunto. Foi um susto quando abri o envelope e percebi do que se tratava. Mas, em seguida, o susto deu lugar a uma sensação que não sei qualificar, início de um processo lento de premonições, um rio que me correu a espinha, arrepiou-me todo, no exato momento em que li em voz alta aquele nome: "Beatriz."

[...]

26

O DIÁRIO DE FRANCISCO
(Anotações tardias)
SP, 16/06/1986

Dédalo cultivava dentro de si a planta selvagem de sua origem, e parecia orgulhar-se disso. *Ao contrário de você*, disse-me mais de uma vez, *vejo a aventura das famílias a partir das misérias individuais. A miséria é que é mentora deste mundo.* Tenho que reconhecer que havia mais força nisso que na fé desprendida de Castor. Era isso que dava a Dédalo a necessária energia para enfrentar o mundo com destemor. Era esse perfil que o fazia o Dédalo que desde o início eu imaginara. Havia sempre alguma pertinência em suas observações, mesmo aquelas feitas apenas para me provocar. Uma vez, fez um comentário intrigante acerca da figura obscura de Trajano Gonçalves, a partir da personalidade forte que parecia ter irradiado na juventude, segundo o testemunho de Ariel: *A admiração de Ariel por ele esconde uma força que jamais conheceremos, simplesmente porque ele não deixou nada escrito. Mas devia ter uma força moral incomum, algo raro no meio em que viveu. Suspeito que haja sobre ele dados que foram sonegados por Ariel.*

A MÃO E A LUVA
(O diário de Ariel)

[...]

Ajudei Trajano a arranjar casa em Botafogo, ajudei até com os móveis, indiquei as boas casas do ramo e depois, através de sugestões de mana Ofélia, pude fornecer a Beatriz os endereços certos para os acessórios: onde os tecidos, onde os estofadores e empalhadores, onde tudo o mais que ela necessitasse para transformar a casa amarela de dois andares num primor de aconchego, e isso em tal grau e a tal ponto que me senti também eu um pouco responsável pelos aspectos daquele lar que, em determinados momentos, admirei, não posso negar, com um sentimentozinho estranho, um quê de inveja ainda que mal definido. Casara-se bem Trajano; ao menos, quanto àquele seu ponto de vista acerca do casamento. A casa, Beatriz a transformou num verdadeiro ninho de bem-estar e limpeza, as cortinas diáfanas, os tons suaves de tudo quanto era tecido caindo das sanefas e esvoaçando à brisa. Aquela invejazinha logo passaria, mas o orgulho de que havia um tanto de minha autoria naquilo tudo jamais cessou, nem o bem-estar que senti, desde o primeiro dia, ao ver aquele cenário todo montado.

E, volta e meia, vinha algo bem mais forte, a mesma sensação do primeiro dia, o momento em que Trajano dissera: "Eis, Beatriz", golpeando-me; eu com aquela constatação de que já a conhecia de algum lugar, que foi essa a sensação que tive, pois a havia imaginado inteira, da cabeça aos pés — os sapatinhos pretos de verniz —, exatamente como era, detalhadamente. Foi esse o mistério com o qual tive que conviver dali em diante. A custo me desviava daqueles olhos negros que me atraíam como uma chama viva. Precisei também disfarçar que estava com as mãos trêmulas, esfregando uma na outra, como que para contê-las, o que não passou despercebido de Trajano, que me perguntou o que eu tinha, eu sentindo-me como se estivesse já a cometer algum delito, descontrolando-me daquela forma diante da mulher de meu amigo. Desde logo, temi que Trajano pensasse mal de mim, ainda que não houvesse dolo algum para que ele assim me julgasse porque era pura e casta aquela sensação.

Beatriz pareceu-me bela como poucas eu havia conhecido até então. Não uma beleza apenas de rostinho perfeito e de mãozinhas brancas e finas, de arzinho de princesa, mas algo mais forte, vigoroso posso dizer, beleza de mulher resoluta e altiva, mas mesmo assim lembrei-me da mais célebre Beatriz de que havia ouvido falar, aquela de Dante que parecia no céu ter sido escolhida para na Terra algum milagre revelar e que tanta amabilidade mostrava a quem a visse, que no peito despertava doçura. Sim, o célebre soneto logo viria-me inteiro à memória, como se feito também para ela. Mas era uma beleza — apressei-me logo em meter esta ideia na minha cabeça — que não poderia merecer um desejo vil, mas um sentimento maior que eu não imaginava qual pudesse ser. Não, não foi desejo o que eu logo senti, mas um chamado inexplicável, uma vontade de estar sempre ao lado dela, ainda que sem tocá-la. E assim temi logo naquele primeiro momento que Trajano pudesse pensar mal de mim, e tive já a sensação também de estar correndo um grande risco. No entanto, eu estava de tal maneira possuído por aqueles sentimentos estranhos que não posso saber se já naquele dia Beatriz correspondeu à minha atenção. Lembro-me, isto sim, e muito bem, de como despertei daquele torpor que veio logo depois do susto. Renasci para a realidade daquela manhã cheia de sol quando senti que Trajano segurava-me pelo braço, as tenazes dos dedos pegando-me firme — tão Trajano aquilo —, com determinação mas com gentileza também, a maneira vigorosa com que ele passava a sua afeição. Perdera aquela altivez que fora a minha admiração (lha roubara o casamento?), desarmara-se da aparente força pessoal, mas não perdera a gestualidade enérgica, a maneira de pegar nas pessoas, segurá-las com energia pelo braço ou tocar-lhes com o indicador o peito, pontuando certas frases às quais julgava que se devesse *prestar mais atenção. Aqueles toques a um só tempo ternos e viris, que me agradavam, digo desde logo, faziam voltar à minha mente a imagem favorável que fizera de Trajano. Ele foi mesmo, em certo tempo, tudo o que eu queria ser; com os acréscimos, claro, da literatura, da vida social, que sem isso eu não admitiria passar os dias de meu tempo. Pegou-me no braço, sinal de que deveríamos seguir para a confeitaria; pegou-me, estando Beatriz ao seu outro lado, espiando-me ainda com curiosidade. Trajano pegou-me pelo braço, e eu acordei do torpor, cujo lugar foi então tomado pela antiga sensação que me sobrevinha muita vez quando ele me tocava assim: um não sei quê de conforto pessoal, um bem-estar mesmo, desses que percebemos de repente e que nos fazem suspirar, e que resultavam numa sensação, em seguida, de segurança consubstanciada de hábito numa frase que eu repetia para mim mesmo: "Tenho-o por amigo", como se essa pobre frase fosse um salmo redentor, como se isso significasse que, sendo determinado e forte e meu amigo, poderia valer-me em qualquer momento de dificuldade. Pegou-me pelo braço e eu suspirei o conforto de tê-lo de volta.*

[...]

TRANSPARÊNCIAS
(Do caderno espiral)

Sentaram-se para o chá, alheios, os três, ao vozerio da confeitaria na hora de seu maior movimento. Quem os visse ali por certo não suspeitaria de que naquele momento não havia no mundo quem se bastasse mutuamente àquele ponto. Perscrutando-se, interessados uns nos outros, falaram de seu passado, desse patrimônio que pode ser a lembrança de cada um. Trajano elogiava Ariel, que elogiava Trajano, que elogiava Beatriz, que era mais sorrisos e mais perguntas que afirmações. Estiveram ali em estreita comunhão sem saber que transpunham naquele momento uma fronteira precisa de suas existências, que seriam contadas pelos acontecimentos ocorridos antes e depois daquele encontro.

A MÃO E A LUVA
(O diário de Ariel)

[...]

Foram-se seis meses, desde que partiste; mais de cinco desde a chegada de Trajano, e estes me pareceram uma eternidade, tantas as coisas que aconteceram, tanto o que pensei, tanta a transformação que se operou em meu espírito.

Lutei contra o desejo, no início. Lutei contra algo que na verdade não existiu, nem existiria, nem poderia existir, não existe. Foi algo mais elevado que o sentimento comum do amor o que passei a sentir. Mas não seria uma traição ainda maior para com Trajano amá-la assim?

Sinto que estou a ficar enfermo, que estou a desejar que isso tudo passe e que eu acorde amanhã como se estivesse acordando de um pesadelo. Surpreendo-me, muita vez, a desejar a morte, em vez da vida, isso que seria próprio a toda pessoa no início da aventura do amor.

[...]

27

O DIÁRIO DE FRANCISCO
(Anotações tardias)
SP, 17/06/1986

Não sei até hoje o quanto havia de real e de reelaboração mental em tudo quanto Dédalo dizia acerca de Ramacháraca e de Vivekananda (de quem havia lido *A conquista da natureza interior*) e, de resto, o que dizia sobre a disciplina que adotara a partir de tais leituras. E o que me parecia uma contradição era que ele seguia os ensinamentos de Ramacháraca, não para um dia serenar-se, mas, segundo afirmava, para dar expressão à sua natureza, à fúria de seu corpo. O certo é que, apesar de tudo, Dédalo irradiava uma energia vital que me impressionava. E, assim, que importância haveria em saber exatamente o quanto havia de verdade e contradição em tudo o que afirmava ou fazia ou afetava saber? *É comum que se pense que a filosofia iogue seja uma forma oriental de cultura física*, ele dizia. *O fato é que o corpo é o instrumento pelo qual a transcendência se manifesta, e, se o corpo estiver doente ou mal desenvolvido, ficará refratário à manifestação do que temos de mais profundo dentro de nós*. Incluídos aí os nossos instintos básicos, segundo ele; a libido, em uma palavra, base de toda a conduta criadora do homem. Assim, ele dedicava grande parte de seu tempo (era o que dizia, pelo menos) exercitando a "respiração completa", o domínio do "sistema involuntário", o "banho iogue", o relaxamento e os "exercícios prânicos", com o que se instrumentalizava, não só para que a transcendência se manifestasse através de seu corpo, mas também para dar expressão plena à sua natureza e aos prazeres.

Dédalo era tudo o que eu queria ser naquele momento; ou precisava ser. Por coincidência, eu e Júlia começávamos a entender, afinal, o sentido do que o Mago chamava de as "marcas de Dioniso": o êxtase e o entusiasmo. Começávamos a compreender também o que ele classificava como "as imperfeições do belo". Lembro-me do que disse a esse respeito: *Literatura não é escrever bonitinho. Deus nos livre dessa praga. Literatura é virulência, é poesia, é execração, é ritmo.*

Para ser de fato meu contraponto, Dédalo deveria conhecer-me tanto quanto possível. Abri-me, ou procurei me abrir, totalmente àquela possibilidade em nome da causa do romance. De hábito, quando algo assim é feito, a ideia que se tem é a de que se está concedendo à outra parte uma forma temerária de poder; mas, com relação a Dédalo, acontecia o contrário: eu havia desenvolvido uma certeza íntima de que, ao expor-me daquela maneira, eu é que estava desenvolvendo o meu poder sobre ele.

O Fio de Ariadne
(Sobre a Investigação)

À semelhança de Raul Kreisker, Dédalo detestava trabalhar sobre hipóteses, ao contrário de Francisco, e tinha uma ideia clara do processo que levara o seu parceiro a tornar-se um escritor de romances. Francisco necessitara sempre ter por perto alguém que o desafiasse e o induzisse a entregar-se de corpo e alma ao seu trabalho. Sozinho, não teria escrito nenhum de seus livros. Tanto quanto a dependência infantil do amor (que tardiamente passou a reconhecer), necessitava sempre de algum grande amigo por perto. Temia, não raro, estar a sós com seus fantasmas particulares, além de desfrutar do temor primitivo de perder-se no labirinto de sua imaginação. Em algum lugar daquele calhamaço que ele e Dédalo montaram, e que repousava então (no dia em que escreveu a nota acima) sobre sua mesa de trabalho, havia algo que ele anotara e cuja carga emblemática não escapou ao olhar atento de Dédalo:

Sei muito bem que fui desde o início ferido por minhas próprias flechas. Isso significa, também sei, um perigoso estado de introversão. A introversão nos leva a um território subterrâneo onde repousam, se este é o termo, os sentimentos pátrios e, ao mesmo tempo, as grandes esperanças. Isso pode ser uma benção, mas também uma desgraça. Mas, neste caso, é a paixão que me move. Que outra coisa posso fazer senão entregar-me ao meu destino?

Pouco antes havia repetido para si mesmo a velha e recorrente frase proferida por Raul Kreisker: *Nós precisamos é de livros que nos afetem como um desastre;* emendando, ato contínuo: *Quero escrever mergulhado em meu interior, ainda que isso me fira. Senão, como acharei a minha verdade? A que servirá o que escrevo?*

O que era isso tudo senão a manifestação de uma entrega (ou tentativa de entrega) à libido, aos processos básicos da energia criadora, *aos desígnios da alma* (como diria Raul), em detrimento da hegemonia do espírito. Mas nunca se sabe onde tal entrega vai dar. *O risco é imenso,* como disse Mefistófeles, *já que o abismo é atraente.*

Francisco imaginava que não havia outra saída que não a daquela entrega irrestrita que lhe ditava um certo "ser" que o habitava, aquele mesmo ser que "produzia" os textos que, ao serem lidos em seguida por ele, lhe pareciam estranhos, como que escritos por uma outra pessoa. Raul Kreisker, já nos velhos tempos, tivera a noção de que a recusa a essa entrega podia ser igualmente perigosa; e disse-o a Francisco. Quando um artista recua diante de uma obra de cunho tão pessoal; quando duvida do poder que lhe foi conferido, o maravilhoso mundo interior, aprisionado em seus limites, torna-se uma insuportável carga para a Existência.

O Diário de Francisco
(Anotações tardias)
SP, 18/06/1986

A minha aproximação com Dédalo teve pelo menos uma grave consequência no âmbito do "falanstério": a defecção de Júlia Zemmel, causada pelo fato de ela ter-se dado conta do grau do envolvimento entre mim e o meu Ottoni. Ao ter conhecimento do eclipse da guerrilheira, Dédalo expressou-se sinteticamente, à sua maneira habitual: *crê-se substituída por mim, e não vai conseguir suportar tal ideia sem algum revide.* Na verdade, ela estava naquele momento fantasiando o teor de minhas relações com ele, situando tal fantasia num contexto mais prosaico: o universo carnal que sempre envolvera a sua ficção e, de resto, a sua vida, e que ela tentara em vão transcender através do romance sobre Caim.

Imaginando o que era de se esperar que imaginasse acerca do pacto que eu fizera com Dédalo, Júlia reagiu com uma de suas armas características: a maledicência. Compreendendo a situação, eu disse a Dédalo que não estava nada preocupado com a ameaça que ela fizera: uma história em que eu fosse exposto moralmente. *Estou pagando pra ver,* acrescentei. Disse-lhe, também, que o fato demonstrava o quanto Júlia sentia a perda do que para ela poderia ter sido uma espécie de trono à minha mão direita; pois, paixões à parte, respeitava-me como escritor tanto quanto eu a respeitava. Além disso — foi o que ponderei —, ela não dispunha de nenhuma arma nuclear contra mim, pela simples razão de que não havia combustível para isso, nada que eu devesse temer.

A verdade é que Júlia esteve então possuída, mais uma vez (uma recaída que não pôde evitar), por Érica, a guerrilheira de alcova, o *alter ego* que antes a possuíra tantas vezes e com o qual tanto transitara pela noite da cidade. Foi então que cheguei, pela primeira vez, a cogitar uma novela sobre alguém que buscasse eternamente sua identidade a partir de personagens em primeira pessoa, assim como se psicanálise e literatura pudessem se confundir, como se o processo de criação pudesse servir como um instrumento autoterapêutico, como se o *alter ego* literário fosse o espelho fiel de nossa vida interior, esse equívoco que pode, algumas vezes, ser fatal para a vida pessoal de um escritor.

Estava claro que Júlia não tinha consciência daquele processo mental: não se dava conta de que era Érica quem transitava pela cidade em busca de aventuras, criando-as, por antecipação, na vida real, fornecendo assim o material à narradora que sentava-se, depois, à escrivaninha, para o exercício da profissão, e ainda assim continuava a ser possuída pela outra, pois o que fazia não era mais que reproduzir em detalhes a vida real, com toda a vulgaridade e virulência de que era capaz.

Dédalo compreendeu, afinal, o fenômeno que se passava com Júlia, mas continuou abominando o ataque que ela desferira contra mim sob o nome de *Castor e Pólux,* a breve narrativa que ela publicou no suplemento dominical em que costumava pontificar. O intuito maligno de atingir-me moralmente, embora inócuo, serviu mais uma vez para causar a indignação do "falanstério". Além disso, o ressentimento com que o texto fora escrito o tornara, mais que hermético, confuso e desordenado.

ANOTAÇÕES DE DÉDALO

O conto de Júlia pareceu, mais que tudo, um esforço para enviar a Francisco um recado cifrado. Era incongruente e mal escrito, tanto que nem posso imaginar que tipo de relações havia entre ela e o editor daquele suplemento para que tal disparate chegasse a ser publicado. Pode ter sido, também, um caso de dupla incompetência. Mas, os desatinos, dependendo do empenho pessoal que neles colocamos, podem nos fornecer lições inesperadas. É preciso "olhos de ver". Naquela pequena salada literária, Júlia procurou destilar o seu "saber" mitológico para fundamentar as "paixões escusas" dos dois personagens principais. Discorreu tediosamente sobre Castor e Pólux, informando que alguns zodíacos não representavam o signo de Gêmeos pela forma habitual, com as duas crianças de mãos dadas, mas por um homem e uma mulher; quer dizer, por dois amantes, no caso de um certo códice copta. Ela havia decerto tirado a informação de alguma fonte clássica sobre o assunto. Foi o que fiquei pensando, pois ela não inventaria aquilo, não se exporia daquela forma. Devia ter ido buscar munição, quem sabe, no Dicionário de símbolos *de Gheerbrant. Citava-o ao mínimo pretexto, naquelas reuniões intermináveis do "falanstério". Pinçou dali o que lhe convinha, deixando de lado o que era de fato significativo, o que me serviu afinal (pois fui ter à mesma fonte) para elevar a uma outra condição meu relacionamento com Francisco. A tentativa de Júlia de torpedear as nossas relações teve o efeito oposto de alicerçá-la ainda mais, por via da natural solidariedade entre duas pessoas espicaçadas por um mesmo inimigo.*

Foi por aqueles dias que comecei a dar-me conta do verdadeiro teor da amizade de Ariel por Trajano Gonçalves. A decisão de Francisco de passar-me os fragmentos do Diário aos poucos, em doses semanais (o que aguçaria, segundo ele, a minha imaginação), se não mostrou sua eficácia, teve, pelo menos, a virtude de causar-me algumas surpresas.

A MÃO E A LUVA
(O diário de Ariel)

[...]

Foi no Colégio Imperial que nos aproximamos, mas só quando já éramos moços que Trajano me falaria da admiração que nutrira por mim; por meus dotes intelectuais, segundo ele, e isso apenas porque eu escrevia para um jornaleco estudantil chamado O Archote. *Disse que não se aproximara de mim antes porque me via assoberbado, ao lado de gente como o Pompeia, que era o editor do jornal. Ele achegou-se então a mim mansamente, eu que o admirava também, mas por ter os pés no chão, por ele ter aquela certeza de futuro, por inspirar-me uma força moral que eu não possuía.*

Trajano tinha um porte que era uma das razões de seu sucesso diante das moças que conhecíamos. Até mana Cecília chegou a suspirar por ele. Muito por aquela segurança de futuro que as mulheres sempre querem encontrar nos homens, mas o que mais me impressionava em Trajano era a forma resoluta com que encarava os percalços naturais de nossas vidas de adolescentes. Trajano era para mim a personificação da vitória do homem sobre sua própria natureza. E, se penso em como eu me sentia outro quando estava perto dele, acho que se tratava de uma nostalgia funda pelo que eu havia possuído bem antes de bom e puro em minha natureza, ainda não dotado de malícia, um estado que, pouco e pouco, vinha se transformando. Perto de Trajano, eu me fazia de bom e de honesto a toda prova.

[...]

TRANSPARÊNCIAS
(Do caderno espiral)

A cultura clássica libertara Ariel das influências prosaicas do naturalismo. *Ele era muito sutil para afeiçoar-se aos conceitos brutais de Zola,* dissera-me o professor Temístocles na tarde em que o visitei no Catete e empunhei pela primeira vez os originais de meu personagem. *Ele era um analista,* disse-me ainda o professor, *e não gostava de colher as perspectivas da natureza flagrante. Preferia surpreender as almas. A partir de tal propósito, vencia todos os obstáculos. Seu naturalismo era subjetivista. Ariel comprazia-se em estudar o arcabouço sutil dos espíritos, dissecando, peça por peça, a alma de seus personagens. Para avaliar a sua obra seria preciso recuar até Montaigne, La Bruyère, Saint Simon, Rabelais. Ele era um anatomista por temperamento, um lírico instintivo.*

O professor discursou monocordiamente sobre a obra de Ariel, desfiou uma série imensa de influências e contingências que a haviam determinado. Mas eu não me estimulei a interrompê-lo, nem mesmo quando se referiu aos *conceitos brutais de Zola.* Por que brutais? Podia tê-lo indagado ao fim daquela dissertação, mas ele a prolongou demais. Pensei que, se eu fizesse alguma pergunta nesse sentido, acabaria por alongar ainda mais aquele discurso que começara a enfadar-me.

ANOTAÇÕES DE DÉDALO

O testemunho do professor Temístocles traz para estas páginas o ranço das academias, e me parece a casca indigesta de uma laranja azeda. Tem gente que nasce mesmo para classificar a literatura e os escritores, com o fim único de imobilizá-los nas prateleiras das bibliotecas. É notável como o velho Fran o poupou, evitando indagá-lo. Devia tê-lo feito desembuchar de onde tirara a base do que afirmara tão categoricamente sobre Ariel e qual justificativa tinha para aquele seu diagnóstico, para aqueles rótulos que lançou ao ar; mas, como Francisco preferiu apenas ouvi-lo, sem polemizar de forma alguma, fica-se sem saber que raios de conceitos brutais eram aqueles de Zola; e, pior, em que lugar da obra de Ariel o velho Temístocles havia detectado influências tão disparatadas como as de Rabelais e Stendhal.

28

O CADERNO VERMELHO
(Transparências)

Esta é a única parte do romance que procuro manter em segredo, única arma oculta de que me sirvo para defender-me, no final de tudo, se for preciso. Esta, talvez, a minha única grande infidelidade e único subterfúgio de que disponho para não perder o controle da situação. Afinal, sou ou não sou o autor deste livro? A verdade é que nunca tive total controle sobre os finais de minhas histórias, e, ao cabo, elas sempre me surpreenderam. Houve sempre como que uma espécie de consciência estranha movendo minhas mãos, conduzindo-as em direção a desenlaces de que eu jamais suspeitara. E, assim, esta é a chance que encontrei para vencê-la, a consciência estranha, para repelir a sua mão, e concluir sob o império de minha própria consciência esta *Investigação*.

TRANSPARÊNCIAS
(Do caderno espiral)

Contei com o auxílio de Castor no desvendamento do incidente intitulado *Castor e Pólux*, o seu significado oculto, aquilo que poderia ser depreendido das entrelinhas do texto de Júlia ou de seu reverso, pois, desde a primeira leitura daquele conto abominável,

Castorzinho — crendo-me, equivocadamente, ofendido — tentara me fazer ver que, no fundo, por trás daquele aparente caos narrativo, havia a verdadeira história, um produto inconsciente de Júlia, revelador de seus reais sentimentos, dos seus anseios fundamentais. Mas como tornar explícito algo que não nasceu para ser explícito, e sim ser apreendido apenas de modo subjetivo ou nas entrelinhas?

Fiquei então sabendo, através de Castor, que o interesse pela figura dos Gêmeos (os Dióscuros, *filhos de Zeus*) havia sido comum a muitas culturas antigas. Haviam aparecido sob as mais variadas formas, um negro, o outro branco, um voltado para a terra e o outro para o céu, na figura de duas crianças ou dois adultos, enlaçados ou de costas um para o outro, sempre para expressarem uma interferência do Além no destino dos homens e, ao mesmo tempo, a dualidade que marca a vida de cada ser humano.

O que acabou por dar um sentido àquela história toda, contraditoriamente, foi o fato de que Castor acreditava em horóscopos e possuía um certo conhecimento sobre o assunto. Ele nascera, por coincidência, sob o signo de Gêmeos, no dia de São Luís Gonzaga. *Eu te batizo, Castor, em nome do Pai, do Filho e do Espírito Santo*, eu lhe disse um dia. Ele havia acabado de me dizer: *Você é um Leão desconfiado e muito egoísta para encaixar-se nesse plano de dualidades. Você não cabe nele. Pense bem, o jogo que Júlia armou pode ser muito mais complexo do que se imagina. Ela lançou uma bomba de efeito retardado, para reflexões futuras. Posso lhe dizer: Dédalo é de fato um dos Dióscuros, mas o outro não pode ser você, isso não faz sentido.*

Os Apontamentos de Castor

Lembro-me sempre da satisfação que senti quando Francisco me batizou de Castor, pois se tratava de uma grata deferência, uma vez que ele acabara de encontrar o significado daquele nome em um dicionário de símbolos: "Castor, aquele que se distingue pela tenacidade." *Foi na manhã de uma sexta-feira de julho. Dédalo o visitaria, mais tarde, naquele mesmo dia. Enquanto ambos discutiam os rumos que haveria de tomar a aventura com base na morte de Ariel Pedro, em um outro canto da cidade um anônimo cidadão chamado Agostinho Martins fazia um inventário de seus pertences, escolhia o que ia levar, atirava o material imprestável no cesto do lixo, preparava-se para deixar o quarto sórdido da avenida Celso Garcia, esquina com rua Joli, em que havia morado nos últimos tempos, só como um cão; já aposentado, preparava-se para deixar o lugar, empreendendo afinal a longa viagem de volta ao sertão de onde viera, trinta anos antes, premido pela eterna crise agrária do país. Não sabia, não tinha como saber, que naquele mesmo momento deixava simultaneamente a vida real para pôr em movimento uma outra existência:* Deixo São Paulo numa fria manhã de julho. A não ser a promessa de pensão do Instituto, a vida vivida e a mão esquerda perdida para sempre, volto como vim, pobre e solitário. *Era o que estava então ele dizendo, por via da escrita de seu criador, Xavier Molina, um dos integrantes do "falanstério", por obra de quem acabaria, através do subterfúgio de um romance, permanecendo em espírito na cidade que o repelira.*

Aquele foi, de fato, um dia frio de julho, e a jornada não havia ainda terminado quando ganhou uma outra observação: Uma espécie de inverno prematuro tomou de assalto a alma de meu interlocutor, *escreveu Dédalo acerca de Francisco, o que se podia encontrar numa das páginas centrais daquela espécie de labirinto que ambos estavam engendrando sob o título de* Investigação sobre Ariel. *Não havia, no momento, nada que ligasse Fran ao seu romance, continuou Dédalo, a não ser uma sensação de amarga e profunda frustração.*

Lembro, mais uma vez, que foi um mês muito frio e chuvoso aquele julho de 1982, e, no entanto, Stella Gusmão, outra "devota" das reuniões das sextas-feiras, não teve como estabelecer o clima inicial da história que começava a escrever senão dizendo o contrário: Fazia um tempo radioso, *determinando que Bruno Verezza, seu personagem, passasse em um táxi a toda velocidade, não muito longe, é possível, do local em que Agostinho Martins se preparava para partir para o sertão. Mais tarde, enquanto aquele retirante contumaz ruma, em um ônibus, para o seu local de origem, Bruno Verezza, tendo chegado a tempo ao aeroporto, reencontra, à espera do voo para Porto Alegre, sua prima Teresa e se recorda de dias remotos da adolescência e das férias que passavam, todos os anos, na fazenda do avô, e da intimidade que desfrutavam e que, assumindo a voz dele, Stella Gusmão expressaria em seu texto:* Servido o café, podíamos nos erguer da mesa e rumar para o terraço, enquanto os outros entregavam-se à sesta. Na rede, semicobertos, nossas mãos se movimentavam na busca um do outro.

Enquanto isso, por sua vez, Júlia Zemmel, olhando através da vidraça as folhas úmidas das árvores da rua Bela Cintra, repetia para si mesma, em voz alta, a exaltação de Ardengo Soffici: É com Caim que a paixão chegou verdadeiramente ao mundo. Caim, Caim, pai de todos os poetas, de todos os violentos, pai de todos nós, *sem contudo encontrar o tom adequado para abordar, com o necessário efeito literário, a história daquele mito que a avassalava. Naquela mesma tarde, vitimada pela crise de inspiração de que se queixava com frequência, ligaria para outra "devota", Belisa, que, interrompendo mais uma vez uma história sobre a qual não fizera até aquele momento nenhum comentário a quem quer que fosse, mas que já tinha um título,* Mudanças, *lhe diria:* Tome uma boa xícara de café, sente-se e trabalhe, querida. O Deus do êxtase e do entusiasmo deve andar muito ocupado para atender a todos os que dele precisam.

Era, portanto, uma sexta-feira fria, e ainda chuviscava quando a noite chegou, e, mesmo que apenas na consciência de cada um, em suas inevitáveis recorrências literárias, em alguns comentários incidentais, todas as histórias em elaboração naquele longo dia se cruzariam horas

254

mais tarde em mais uma das reuniões do "falanstério", numa casa do Sumaré em que estariam Francisco, Dédalo, Stella, Flávio Y., Júlia, Belisa, Xavier, entre outros. E também (por que não? em forma de memória ou variadas referências) o retirante Agostinho, Bruno Verezza, o fantasma insistente de Caim, pai de todos os poetas, e ainda Teresa, mal levantada da rede, e Ariel Pedro e o Mago com seu espírito mordaz, inevitavelmente; habitantes todos, parecia, de um planeta paralelo, seres de um tempo paralelo, aquele mundo emergente, enfim, real e irreal a um só tempo; pleno de vida, porém; com seus cheiros, suas cores; aquela gente conclamada afinal a viver suas vidas por obra e graça da literatura.

29

A MÃO E A LUVA
(O diário de Ariel)

[...]

Foi então que me ocorreu esta insanidade de que te dou conta, a insanidade de me portar como uma espécie de deus provisório que se metesse a mudar as relações do destino, que ajudasse a evitar a fatalidade que se anunciava segundo minha intuição, essa fatalidade chamada Beatriz Gouveia. Que sei eu; o fato é que eu sinto uma felicidade ansiosa e plena de temor, e uma curiosidade nunca antes sentida, por aquela alma feminina que lá dentro de si, eu já fico a imaginar, porta alguma ameaça, alguma causa de descaminho. Então me sobreveio a ideia de exorcizar-me por antecipação, se isto não é uma impropriedade. E essa ideia me acometeu na forma de um romance que começo a escrever, algo que jamais me havia ocorrido e que logo me fascinou, que foi imaginar um novo destino para mim, um outro para Beatriz e ainda um outro mais para Trajano Gonçalves, como se assim, usando de tal subterfúgio, eu venha a conseguir, de alguma forma, furtar-me à realidade. A nova ideia me faz vibrar interiormente e me impele a preencher páginas e mais páginas para construir um porvir mais aceitável para mim. Dou-me conta, de repente, do quanto vinha sendo infeliz. Talvez esse destino novo venha a mitigar um pouco a minha fome metafísica (ouso chamá-la assim), pois se trata de algo vasto.

Não existe o mundo ideal para pessoas como eu, que parece que nasceram com algum defeito que as impede em absoluto de adaptar-se ao mundo ou conformar-se com o mundo. Sei, no entanto, que, sem esta aventura de escrever um novo romance, tudo poderia ser pior.

"Chamai-me Agostinho." Li, não faz muito tempo, um romance que começava assim, apenas que o nome do personagem era outro. Comecei, pois, com essa exortação aos meus futuros leitores. E, em seguida, dei-me a conhecer: um Agostinho assolado pelos arroubos da paixão, mas no fundo oscilando entre o tédio e a volubilidade — assim, portanto, que eu gostaria de ser neste momento —, sem ter tido ainda o seu encontro verdadeiro com a vida, com sua própria vida, oscilando também entre outros dois estados da alma: a depressão e o entusiasmo fácil, estados assim tão opostos que de um lado e de outro o afastam da perspectiva da vida verdadeira. No entanto, por alguma razão misteriosa, não consegui manter-me sob o comando da primeira pessoa. Senti que não conseguiria falar pela voz de Agostinho, e, então, em seguida à apresentação introdutória, passei a observá-lo bem de perto, como se estivesse ao seu lado, e não consegui mais apartar-me dele, e me senti mais à vontade examinando-lhe de fora a vida, a vida que para ele eu criava imaginando aquilo que eu gostaria de ser no momento.

Por que eu estaria almejando para mim a vida de um tal personagem, com esses defeitos todos, esses vícios? Mas parece que veio para ficar, esse Agostinho, e me acomete quase todos os dias, sempre que a imagem de Beatriz se torna mais insistente. Então, sento-me e escrevo mais um trecho desta história. Como agora que, tendo me colocado a postos, digo que Agostinho tem um amigo. Chama-se Luís Garcia.

[...]

30

TRANSPARÊNCIAS
(Do caderno espiral)

Quando notei que Dédalo já estava envolvido com toda fé em nossa aventura literária, quando o real e o inventado já se misturavam, inexoravelmente, cheguei a acreditar na impossibilidade de se vencer a consciência estranha. Estava em férias em minha casa em Ouriçanga e lembrei-me de uma tarde remota em que, vencendo o espaço e também o tempo, cruzei o centro de São Paulo com Stella Gusmão, em seu carro, falando dessa sensação de estranheza que nos vem quando não nos reconhecemos, de modo algum, naquilo que acabamos de escrever.

O DIÁRIO DE FRANCISCO
(Anotações tardias)
Ouriçanga, 20/06/1986

Vêm-me vívidas as imagens daquela tarde: Stella apanhou-me em casa para irmos a uma certa editora fazer a revisão de textos nossos incluídos numa coletânea de histórias curtas, uma pretendida antologia de paixões desesperadas, algo assim, que absorvera já uma fatia do que eu estava escrevendo: um fragmento de *O evangelho segundo Judas* em que eu falava das cartas de amor de minha irmã Maria Elisa. Stella Gusmão passou em casa pontualmente, como sempre, e eu lhe falei, no caminho, a boca ainda meio cheia, mastigando as bolachas que eu apanhara às pressas, que vinha sentindo uma necessidade crescente em relacionar a montagem de meu livro com os fatos que estavam me acontecendo no momento da escrita, e que nunca imaginara que uma coisa dessas viesse a acontecer, contaminando desse modo o que era ficção ou relatado como ficção. Eu sempre me alimentara do passado, das feridas que o tempo imunizara, e imaginava que fosse alimentar-me de meu passado pelo restante de meus dias, o que podia, em certo sentido, ser até um aprisionamento. Stella me disse então algo que não devo esquecer, e que imagino ter conexão com a necessidade que comecei a ter de sintonizar-me com essa coisa que Borges disse não existir: o momento presente, segundo ele, é feito um pouco de passado e um pouco de porvir. O presente em si mesmo é como o ponto finito da geometria. O presente em si mesmo não existe. É um dado de nossa consciência, mas não é um dado imediato, e, quando o percebemos depois de um tempo infinitamente pequeno, ele é passado, já deixou de existir. Pensei nisso naquele exato momento e dei-me conta de que a palavra presente era mesmo imprópria para aquilo que eu queria dizer, aquele ponto com o qual necessitava sintonizar-me, e a própria palavra ponto, vejo agora, me parece também inadequada, porque senti, ato contínuo, que se tratava de um espaço, um vácuo que eu necessitava preencher, algo difícil de explicar a Stella porque eu não tinha aquilo muito claro nem para mim mesmo. É algo que tem a ver — sinto — com o que vinha por trás, na entrelinha do que Stella disse no carro em movimento (entre o passado e o futuro?): *É estranho, acho que é alguma coisa em que também tenho pensado, mas a mim me vem de uma forma diferente. Não sei o que farei no futuro próximo, mas de uma coisa estou certa: tentarei a todo custo utilizar-me de minha própria voz. Sinto uma necessidade premente de fazer isso, sem disfarçar-me de minha heroína, como tenho feito sempre. Eu falo através dela como se ela fosse meu* alter ego, *mas sinto-a como minha heroína, não sei se você entende, e eu fico assim numa situação meio de ventríloqua, como se eu fosse apenas uma parte de mim mesma. Acho que isso tem a ver com o que você está dizendo; acho que sim, sinto que sim. Estou aborrecida com minha heroína. Estou meio farta dela. Quero dar um salto agora. Não quero mais fingir para mim uma consciência estranha, e ficar perdendo tanta energia com isso.*

O que Stella dizia não era coisa que eu entendesse conscientemente, era algo que ressoava lá na alma, lá onde fica o terreno de nossas vibrações espontâneas. E lá, bem no fundo, eu senti que havia entendido o que ela me dissera. Mas, num outro plano, fiquei pensando ainda nessa questão do presente que não existe, que só existiu, que só existirá, essas coisas. Fiquei achando que no lugar do presente, fazendo o seu papel, havia um outro elemento que eu não sabia que nome devia ter, esse estado de alerta que nos acompanha sem cessar na vigília, não sendo — ele, sim, com certeza —, em sua autonomia, nem passado nem futuro, parecendo seguir em seu caminho, imperturbável, incólume, imune ao tempo; esse território em que às vezes nos sentimos estranhos a nós mesmos, como quando nos colocamos diante de um espelho, não nos reconhecendo na imagem diante de nós; nos dizendo, eventualmente: como é estranho que eu seja esse que aí está.

Quero algo que me tire verdadeiramente o sossego. Não quero mais fingir para mim uma consciência estranha. Stella fez então um longo silêncio, como se estivesse remoendo aquilo que acabara de dizer. Tive, não sei muito bem por quê, um pequenino receio de que ela reconsiderasse o que havia dito, e foi isso mesmo o que fez: *Mas, se pensarmos na literatura também como um processo terapêutico, o que constitui um grande equívoco, isso pode ser o final de nossa relação com ela, e não o começo de alguma coisa nova.* Não sei bem o que pensei a seguir. Só me lembro de que mudamos um pouco o assunto, Stella me perguntando se eu estava trabalhando muito, e eu disse que não o suficiente, que andava muito disperso. Fizemos ambos a apologia do trabalho. Lembrei-me do que Faulkner havia dito numa entrevista: *Noventa e nove por cento, disciplina; noventa e nove por cento, trabalho. Não fique jamais satisfeito com o que você faz. É preciso sonhar, aspirar a muito mais que aquilo que é possível fazer. Não se preocupe em ser melhor que seus contemporâneos ou seus antecessores. Procure ser melhor do que você mesmo. Um escritor é uma criatura impelida por demônios, e não sabe o motivo de eles o terem escolhido, e se acha sempre muito ocupado para poder perguntar a si mesmo por que os demônios assim procederam. O escritor é amoral no sentido em que roubará, pedirá emprestado ou esmolará ou furtará de quem quer que seja tudo o que for necessário ao seu trabalho.* Fiquei então ruminando o que eu próprio dissera. Não era nada profundo, mas era alguma coisa que dizia respeito a uma entrega irrestrita, sem meios-termos, a abdicações, a coisas a que talvez eu não me sentisse verdadeiramente disposto, e, sendo assim, por que não fazer bem feita alguma outra coisa. Foi o que eu disse a Stella, me recordando — falando-lhe a respeito daquilo de que estava me lembrando — de uma expressão que o professor Henrique Ricchetti usara no *Infância*, quarto grau primário, que o grupo escolar de Ouriçanga adotava nos velhos tempos: *alfaces de Diocleciano.* O imperador deixara Roma, logo depois de ter abdicado do governo, e retirara-se para Salona, onde havia nascido, para viver ali uma vida simples, cultivando com desvelo sua horta, com todo o prazer que um empreendimento desses pode proporcionar. Mas, movido por uma crise política, Maximiano, seu amigo e antigo colaborador, foi um dia suplicar-lhe que reassumisse o trono, pondo fim a uma crise política então existente; e ele, serenamente irredutível, ponderou: *Ah, se visses minhas alfaces.*

Tentando resumir a questão, o que vejo, no momento em que vejo, não me estimula, não me diz muita coisa. É o passado que sempre me vale, esse fato óbvio e banal. Mas por que estou dizendo essa obviedade? Releio o texto sobre o que falamos há tanto tempo, e sobre aquela mesma tarde posso lembrar-me de detalhes insignificantes: a marca da bolacha que apanhei às pressas na cozinha e ainda mastigava ao entrar no carro de Stella para irmos à editora fazer a revisão; o tempo do verbo que mudei do fragmento que decidira publicar na coletânea de contos; o exato lugar por onde passávamos no momento em que Stella disse *quero dar um salto agora,* a frase que me ocorre com mais nitidez, estranhamente, dentre tudo o que falamos no carro em movimento; e a expressão *alfaces de Diocleciano,* que usei quando chegávamos ao estacionamento, e a ideia que me havia ocorrido segundos antes: *Por que não fazer bem feita alguma outra coisa?* Posso lembrar-me com clareza da imagem que me veio naquele momento, pois havia sintonizado Ouriçanga e, nela, o meu quintal e a terra [uma minúscula fração dela (a sua cor, a sua temperatura ao tato de minha mão, o seu cheiro)] em que Nanni Rovelli, meu avô, havia cultivado prestimosamente o seu cafezal; estes três mil metros quadrados ao redor de minha casa. E eu saí para o quintal cerca de meia hora atrás e pude ver, a distância, a mulher à qual liberei um pedaço do terreno, para que fizesse ali sua horta, de onde já está tirando parte dos proventos de sua casa, uma pequena parte, é certo, mas vejo que trabalha ali com gosto, fazendo o melhor que pode. *Alfaces de Diocleciano.* Nem sei por quê, lembro-me, de repente, de uma noite em que jantamos em casa de Roberto Marchetto e lemos textos de Pessoa em voz alta, revezando-nos, eu, Sandra Coelho, Flávio Yzaar, Millie, um grupo que formamos num certo ano esplêndido de nossas vidas. *Não sou nada. Nunca serei nada. Não posso querer ser nada. À parte isso, tenho em mim todos os sonhos do mundo.* Lembro-me, portanto, de que escolhi *Tabacaria* para ler, e ocorre-me, então, a imagem da menina comendo chocolates, *deitando fora o papel de estanho,* o ato prosaico que Pessoa elevou à condição de evento memorável. E passo, pois, a saber por que me lembrei de tal fato, uma vez que penso: ainda que, da mesma forma, não possa haver no mundo mais metafísica senão plantar alfaces (ou comer chocolates, como formulou o poeta), continuo aqui, descendo, dia após dia, ao mundo prosaico de minhas relações, escrevendo interminavelmente sobre ele, enquanto lá fora a mesma mulher segue regando suas plantas com toda a fé que lhe é possível, assim como a vi, há poucos instantes, o jato de água fracionando-se em um número infinito de minúsculas gotas faiscando ao sol, pois continua chegando a mim a sua mensagem: o cheiro da terra molhada.

Tentarei a todo custo utilizar-me de minha própria voz. Estou aborrecida com minha heroína, havia dito Stella no carro em movimento. Eu também andava farto do meu herói, e no entanto não me libertaria dele tão cedo, e tampouco plantaria alfaces, e não daria nenhum salto, apenas pequenos passos a esmo, com alguns tropeções, percorrendo, como sempre, o meu próprio labirinto, egocentricamente. E, naquele mesmo dia em que saí com Stella, já estaria, no final da tarde, de volta ao mesmo lugar de todos os dias, com a sensação de que também eu continuava fingindo uma consciência estranha para mim mesmo, aquilo que Stella imaginava já não poder suportar, esquecendo-se, por um momento, do fato de estar aí talvez a razão fundamental de seguir escrevendo, de sempre ter escrito.

31

TRANSPARÊNCIAS
(Do caderno espiral)

Ariel recebeu de Trajano uma gravata com estampa colorida, algo próprio para gente muito jovem. Junto, um bilhete: *É um mimo apenas; um presente de amigo, em reconhecimento. Adverti, de repente, que não te havia agradecido ainda tanta generosidade. Tua ajuda, ao nos instalarmos aqui, foi providencial. Não sei o que teria sido de nós sem os teus préstimos.* De Beatriz, apenas um cartão comum, sem nada que o distinguisse de uma saudação ordinária: *Faço minhas as palavras de teu amigo.* Não obstante tal economia de palavras, Ariel teve pressentimentos. Por que lhe tremiam as mãos ao toque daquela mensagem desprovida de artifícios ou distinção? Percorreu em pensamento os tempos que viriam, sem saber o que neles lhe estava reservado, pensou mais em coisas más que em coisas boas. Trazia ainda dentro de si a velha herança infantil. Continuava a temer a vida; porém, mais que vida, muito mais, temia a morte (que era por isso, decerto, que temia a vida). Foi, pois, com angústia, com uma onda de frio que subia do abdômen e gelava-lhe o coração, que Ariel procurou constatar se havia no bilhete algum indício de Beatriz, algum traço de perfume. Tocou-o com os lábios, depois. Beijou-o e, afinal, sem atinar que o fazia, amassou-o para jogá-lo fora, mas não o fez. Antes, estendeu o bilhete de novo e guardou-o entre os papéis de uma das gavetas da escrivaninha.

A situação aguçara as rememorações acerca da juventude que haviam passado juntos, ele e Trajano, como se a ela, a essa relação imatura e que costuma ser muitas vezes inconsequente, devesse Ariel manter sua fidelidade. Mais apegava-se à imagem de Beatriz, mais lhe revolviam a consciência os anos de colégio. Lembrava-se de que Trajano aproximara-se mansamente, como que com o cuidado para que não se quebrasse esse cristal fino que é o início do processo de conhecimento entre duas pessoas temerosas de rejeições recíprocas.

A MÃO E A LUVA
(O diário de Ariel)

[...]

E a vida de Trajano cruzou, resoluta, com a minha. Contou-me toda a sua história, a mim que não tinha coragem de fazer o mesmo. Falou-me, com serena melancolia, dos anos precedentes, da morte de sua mãe, motivo pelo qual não pôde continuar no que qualificaria, depois de perdido, o seu paraíso, a fazenda do pai, onde nascera e vivera até que o trouxessem para o Colégio Abílio. Trajano depositava em mim tal confiança, abrindo-se em confidências daquele jeito, que me obrigava a elevar moralmente a minha atitude para com aquela amizade crescente, algo que demandava um grande esforço para o qual eu não sabia se possuía energia suficiente. Cheguei, extenuado em minhas considerações, a pensar em afastar-me dele. Mas foi só um pensamento. Havia em mim uma reserva de energia desconhecida de que passei a me utilizar, acostumando-me àquele tom moral que eu imaginava que a situação exigisse.

[...]

32

O Diário de Francisco
(Anotações tardias)
SP, 15/07/1986

Quando percebi afinal que Dédalo envolvera-se no projeto do romance como se ele fosse uma obra de fato sua (esforçando-se, assim, para assumir o papel de minha consciência estranha), comecei a abençoar o dia em que Castor havia cruzado o nosso caminho. Ele sim, pensei, é que poderia ver de fora o nosso romance, e me senti gratificado quando ele veio até a minha casa com aquele texto em que fizera cruzar, na cidade, personagens da vida real e da vida imaginada, num dia frio e chuvoso de julho de 1982 do qual eu não me lembrava, mas cujas imagens puderam ser recuperadas em minha memória por obra e graça da fotografia, pois percorri a minha coleção de fotos rigorosamente organizada segundo a cronologia, e lá estávamos nós, na remota sexta-feira em que o "falanstério" mais uma vez se reunira; lá estou eu, afetando uma despreocupação que não tinha então nenhum fundamento a não ser as doses de uísque que já tomara. E, sobre aqueles dias, Dédalo, com a atenção aguçada de sempre, a sua maldita abstinência, observaria em suas anotações que não havia (como de fato não havia mesmo, tenho que reconhecer), naquele momento, nada que me ligasse ao meu romance a não ser uma amarga frustração. *Era uma crise vasta,* diria ele com exagero, mais para obter algum efeito literário com sua observação que por fidelidade à situação mencionada. Segundo ele, sempre que os fatos da vida real se complicavam à minha frente, eu retomava as reflexões habituais, que, vencida aquela crise, resultariam em novas páginas do romance em andamento. E estou aqui, a acrescentar mais estas linhas à nossa *Investigação*, e as palavras proferidas por Dédalo, em parte furtadas de Durrell, provaram, ainda que maculadas por algumas imposturas, seu caráter profético. Este romance não é mais que o subproduto de uma longa e dolorosa crise.

SP, 16/07/1986

Volto às fotos daquela sexta-feira fria de julho de 1982: Dédalo está sempre em segundo plano. Preferiu ficar sempre em segundo plano (para observar as cenas, segundo o papel de que estava imbuído, e não interferir nelas), sempre em meio aos grupos mais numerosos, tendo resistido em ser fotografado a sós ou em alguma situação mais restrita.

Há um flagrante em que Belisa conversa com Stella Gusmão, e, pelas fortes evocações que a foto me traz, posso me lembrar de que Belisa chegou a falar, naquela noite, pela primeira vez, um tanto vagamente, de um novo texto, um conto chamado *Mudanças*. Stella (fico sabendo pela data que encontro em um de seus livros) terminara na tarde daquele dia a história a que dera o nome de *A rede*, sobre as rememorações de Teresa e seu primo Bruno Verezza.

Castor não está presente, ainda que àquela altura já estivesse compenetrado de seu papel de coadjuvante de nossa aventura em torno de Ariel. Havia recusado, como de hábito, o meu convite. Dedicava-se naqueles dias a compilar o material que nos forneceria, como ele supunha, o fundamento arquetípico da *Investigação*.

Semanas mais tarde, com a publicação de *Castor e Pólux*, ele se dedicaria ao desvendamento do mistério que havia por trás do texto de Júlia Zemmel. Não achava mesmo que a história devesse referir-se necessariamente a mim e a Dédalo. Provaria, no final, que tinha razão. Castor e Pólux faziam parte, na verdade, de uma constelação que, por obra do plano narrativo de Júlia, pairava sobre mim, com Dédalo encarnando Pólux, em oposição a Castor, que por esse motivo eu ocultaria sob esse nome.

SP, 17/07/1986

Castorzinho tinha razão: a história de Júlia só podia fazer sentido se imaginássemos ele e Dédalo como as duas figuras apontadas no título do conto. A ideia que Júlia procurara destilar a partir daquele texto tinha, portanto, uma intenção ainda mais escandalosa. Chegou a empregar, de modo grosseiro, o termo francês que ainda se usava: *ménage à trois*. Eu soube, então, pelo meu amigo, que Castor e Pólux haviam sido temidos e amados, dependendo das circunstâncias em que se havia desenvolvido o seu culto em diferentes culturas. O medo do homem primitivo em face dos gêmeos era o medo da visão exterior de sua própria ambivalência. Os Dióscuros representavam uma contradição não resolvida.

No México, entre os índios *pueblos*, os gêmeos eram as divindades do dia e da noite, ainda me disse Castor, e foi através dele que comecei a ver com mais clareza o significado da equação que Júlia armara em seu conto. Dédalo visitava-me, de hábito, à noite, e sempre se dispunha a participar (ainda que abominasse) do que chamava de *"vida de salão"*; ou seja, das reuniões do "falanstério". Castor não suportava a vida literária, e tinha por hábito vir à minha casa nas tardes de sábado. Dédalo buscava o aperfeiçoamento do espírito e a disciplina de seu corpo, em favor da exacerbação carnal, o que não considerava uma incongruência, ao passo que Castor era alguém a quem eu poderia, sem receios, qualificar como uma pessoa de fé, que via a manifestação de Deus em tudo o que fazia de bom, incluindo a relação amorosa que então mantinha com uma aspirante a cantora, uma aventura que acabaria por devastá--lo moralmente.

Os Apontamentos de Castor

A discussão é mesmo muito antiga. Platão chegou a condenar Homero por criar a ilusão de que a narrativa pertencia ao personagem e não ao poeta. Dürrenmatt retomaria o tema numa célebre entrevista: Quero que as pessoas se esqueçam de que estão no teatro. Quero que os personagens falem com toda a naturalidade possível. É preciso que o espectador se projete no ator, confundindo sua existência com a do personagem. Antes de tudo, a emoção. *O Mago, à sua vez, dizia:* O pior leitor é o crítico, pois é raro que se deixe emocionar de fato com a arte. Para analisar a obra, ele se distancia e com isso não participa do jogo montado pelo escritor.

Anoto o que aí está porque isso tudo vem a propósito das reiteradas tentativas de Francisco em ver de fora o romance. Assim foi em O evangelho segundo Judas, com as Anotações de Dédalo, *feitas então por ele mesmo, diferentemente do que ocorre agora; anotações que logo saíram de seu controle, com aquele Dédalo conquistando uma detestável (assim foi porque assim pareceu a Francisco) autonomia. Agora, ele acredita poder vencer o impasse investindo um Dédalo real dessa tarefa de comentar o romance. No entanto, ele está se esquecendo de que também esse Dédalo está à mercê do Deus do êxtase e do entusiasmo. No final, como se saberá com certeza quem escreveu este romance? Com algumas poucas linhas é possível operar-se uma radical reviravolta, podendo Dédalo muito bem escrever algo como:*

Eu necessitava, naquele momento, de um personagem que me conduzisse por aquela espécie de labirinto que se estendia diante de mim e que continha, lá em seu centro, o segredo acerca da morte inaceitável de Ariel Pedro D'Ávila Alvarenga. Pela primeira vez pensei em um personagem da vida real, um escritor com quem eu me identificasse e que me cedesse seu nome, para que eu pudesse tornar realidade o projeto a que eu dera o título de *Investigação sobre Ariel*.

33

A Mão e a Luva
(O diário de Ariel)

[...]

Como cheguei ao amor, não saberei nunca; se isto que sinto é na verdade amor, entende bem. Sinto uma coisa estranha sempre que estou perto dela, uma sensação de coisa já experimentada em algum tempo de que não me lembro, algo morto dentro de mim e que, por milagre, à vista daqueles olhos negros, renasceu para a sua verdadeira vida. Não, não é carnal o meu sentimento. Porém, vamos lá, digamos que seja amor, mas é de um outro tipo. Não penso, nunca pensei jamais, em desejá-la por amante. Não é isso o que quero, nem quererei. Sou, serei para todo o sempre fiel à amizade a Trajano. Mas não é só por essa fidelidade que deixo de desejar Beatriz, de a querer como um homem como eu haveria de querer uma mulher assim. É uma outra coisa que não sei classificar. E creio que sou correspondido, e também de uma forma casta. Aqueles olhos encheram-se de brilho, já na primeira vez, como se também ela tivesse pressentido o que iria acontecer.

Preferia que ela não fosse como é, mas uma tola, sem as faíscas dos olhos, apenas maliciosa e inconsequente como a Camila de minha história diante desse Agostinho que me acomete quase todos os dias e que me distrai, me faz esquecer Beatriz pelo menos por alguns momentos, essa fatalidade que eu queria vencer. É como se eu desejasse mesmo criar um novo destino para mim, qualquer destino, contanto que não fosse este que estou vivendo. Mas logo acabo negando isso, pois estaria negando o meu passado e tudo o que sou, com a amizade a Trajano, o meu encontro contigo e tudo o mais que foi a minha vida, com seus percalços, mas com as coisas boas também, com as manas e a doce Clarice, que me parece afinal serena depois do assombro que foi para ela a morte de meu pai.

[...]

A VIDA É UM SONHO
(O romance de Ariel)

Chamava-se Camila, que era por quem Agostinho apaixonara-se; no seu dizer, perdidamente. Luís Garcia, Agostinho e Camila, histórias que se cruzam numa só. Luís e Agostinho eram amigos desde a infância. O primeiro escolheu ser magistrado, e o segundo foi ser funcionário público porque o pai morreu, e a mãe lhe arranjou, através de influências, um emprego que lhe pareceu o caminho para a morte, pois queria o jornalismo, queria escrever, imaginava-se nascido para isso. Luís Garcia foi ser juiz na província, mas voltaria, cinco anos depois, casado com uma moça formosa mas um tanto tola, o que estava bem para ela porque de si não seria exigido, como sempre costuma acontecer, nada além das funções das esposas, restritas ao lar e ao mundo pequeno da família.

Agostinho e Luís eram ternos um para com o outro, recordavam-se com frequência da antiga vida em comum, mas nem por isso Agostinho deixou de se comover com a graça de Camila. Era tolinha, mas graciosa, talvez se fizesse de tola, para alguma conveniência própria, e Agostinho não advertiu que isso pudesse ser uma contradição, algo censurável, e assim demonstrou admiração pela mulher do amigo, gabou-lhe discretamente as qualidades, com o respeito e o comedimento que a presença de Luís exigia.

A MÃO E A LUVA
(O diário de Ariel)

[...]

*Não sei mesmo o que pense sobre o que é e como deve ser a literatura,
mas sei o que não deve ser e o que não quero para mim e o que me in-
comoda em tudo o que por aí está. Certo que os estilos mais correntes
estão a subverter a sintaxe rígida dos portugueses, enriquecendo-a com
as contribuições africanas e nativas, o que lhes dá vigor, mas é muita
pena que tudo esteja corroído pela supremacia estrangeira, pela imita-
ção dos cacoetes da Europa, o que origina uma mistura que podes bem
imaginar. No entanto, há que se reconhecer que o romantismo, já à sua
chegada, não deixou de incentivar, em alguns casos, uma certa indepen-
dência literária. O Rio de Janeiro, enfim, é um verdadeiro laboratório
de ideias. Comte é endeusado e combatido ao mesmo tempo, como bem
sabes. Spencer e Stuart Mill conquistaram também os espíritos. Os
escritores de fundamento naturalista e que proclamam o dogma da arte
pura, como Barrés, Saint Victor e Renan, são recebidos com entusiasmo.
É uma grande salada, mas é com ela que o Brasil se faz, para o bem
ou para o mal. Mas eu passo ao largo. Procuro passar, pelo menos. Não
posso querer ser o que não sou, não quero ser outra pessoa, nem seguir
os ditames da moda. Já o fiz, já cansei de fazê-lo, e estou farto agora,
intoxicado, entediado diante do pretenso brilho dos rapazes da Cailteau,
com as raras exceções do Rodrigo e do Caminha; esse Caminha que acaba
de publicar um romance que é um escândalo, mas muito bom, direto,
sem floreios, com base na trágica história de amor entre um marinheiro
negro e um grumete. Vê só que coragem.*

[...]

ANOTAÇÕES DE DÉDALO

Foi ainda durante o "gênese", quando o contexto do romance começou a tornar-se mais claro para Francisco, que Júlia Zemmel retirou-se de cena. Ela aproximara-se dele mais intimamente durante o que Francisco chamara, com grandiloquência, de aventura espiritual em torno de Judas. Júlia havia servido como uma espécie de contraponto da camada externa daquela história, a zona pela qual o alter ego *literário de Francisco havia transitado por cerca de três anos, para dar vida ao imaginado evangelho de Judas Iscariotes, no sentido vão de redimi-lo daquele que passava por ser, segundo Francisco, o mais inaceitável dos anátemas. Como um declarado vampiro de almas, ele levara para dentro do romance aquela amizade em seu momento de exacerbação, da mesma forma que arrolara naquelas páginas outras amizades, uma lista que incluía Belisa, Marchetto, Flávio Yzaar, Stella Gusmão; enfim, o círculo coeso que Júlia batizara de "falanstério", com a maldita propriedade com que sempre conseguia nomear pessoas e coisas. E aquelas vidas haviam sido apropriadas, fundamentalmente, com o propósito de ancorar O evangelho segundo Judas na vida real. Só que tal expressão não valia senão como um recurso apenas retórico, uma vez que a única maneira encontrada por Francisco para assimilar com eficiência aquelas figuras de carne e osso havia sido pela incongruente via da ficção, através dos nomes que cada um havia adotado nas primeiras pessoas de suas próprias histórias. Só que, no caso de Júlia, tal apropriação foi marcada, desde o início, pelo confronto originado de uma contra-apropriação, que, desde já posso dizer, foi uma das razões básicas pelas quais jamais tive apreço por ela: servira-se, sem cerimônias, do personagem básico de Francisco, aquele ser das sombras chamado Raul Kreisker, enlameando-o com ferinas insinuações. A audácia tornara-se pública na forma de um conto estampado no mesmo suplemento dominical em que Júlia publicaria, anos depois, a história execrável de Castor e Pólux.*

O Diário de Francisco
(Anotações remotas)
SP, 19/03/1980

A vida de Raul evoluiu como se tivesse sido previamente deter-
minada; como se tivesse mesmo seguido aquela carta astral de
que eu e Adriana tivemos conhecimento algumas semanas depois
da morte dele (as previsões astrológicas; essa fantasia que nos
vitima, mais dia, menos dia, e que, à parte o destino, fala de características de nossa personalidade nas quais acabamos por nos
reconhecer, ainda que sejamos descrentes e ainda que o espectro
de possibilidades dessas previsões seja tão amplo que não é difícil
haver um pequeno espaço onde nos abrigarmos com conforto).
Lembro-me: naquele período estive uma noite em casa de Júlia
Zemmel, que dedicava um certo interesse ao assunto, e lhe falei
da carta astral que Adriana mandara fazer. Com os dados que lhe
forneci, Júlia traçou linhas, fez cálculos, anotou números, para ver
se os dados se confirmavam, e começou por dizer que Raul tinha
o Sol e Vênus (*dois astros pessoais altamente significativos,* segundo
ela) na parte inferior do zodíaco, correspondente ao eu subjetivo;
e a Lua, na parte superior, que corresponde ao eu objetivo, àquilo
que as pessoas deixam transparecer. Os três astros assim posicio-
nados lhe haviam proporcionado um intenso conflito entre o que
projetara ser, ou havia mostrado ao mundo, e o que ele havia sido
em essência. Pensei então que, se tivesse que traçar dele um perfil,
partiria desse dado básico. Sua morte demonstrara o quanto havia
sido intenso tal conflito. Mas logo fraquejei quanto a essa convicção,
pois pensei: não estará ocorrendo também comigo a mesma coisa,
ainda que eu possa ter um mapa astral muito diferente? O mapa
que Adriana mandara fazer, e que Júlia conferiu e confirmou, era,
na verdade, mais um instrumento de que minha prima se utilizava

para aceitar o suicídio de Raul. Procurávamos, Adriana e eu, cada qual à sua maneira, por caminhos diferentes, algo que justificasse aquela morte tão prematura, e concluímos que a vida de Raul havia evoluído naturalmente em direção àquele desfecho inevitável. Iniciamos com isso o nosso exercício de aceitação, reconstituindo, com todos os pormenores que julgamos então pertinentes, a sua história: o que havia sido para mim e para Adriana aquela entidade chamada Raul Nepomuceno Kreisker.

ANOTAÇÕES DE DÉDALO

Francisco conhecera Júlia em um coquetel num tempo em que o romance sobre Judas não havia sido sequer imaginado. Ele logo se entusiasmou por suas histórias e deu-se conta do quanto ela se comprometera, na própria vida, com o seu personagem fundamental. Vestia-se, maquiava-se, agia como Érica em suas aventuras. Os detalhes das relações amorosas chegavam a ser escabrosos, exaltados por uma prosa que Francisco considerava virulenta, mas que muitas pessoas não conseguiam ver senão como um exercício de crônica mundana. Mas não se tratava absolutamente de crônica, *explicou-me Francisco,* pois o processo ficcional se estabelece antes do texto, a partir do momento em que Júlia, em seu apartamento, se coloca diante do espelho para transformar-se naquela Érica que depois circula pela noite em sua vã tentativa de seduzir e submeter à sua vontade os homens. Ali, diante do espelho, onde ela monta seu personagem, começa a ser elaborada a sua fabulação.

34

TRANSPARÊNCIAS
(Do caderno espiral)

Ao ler grande parte do que eu já havia escrito, Flávio Yzaar chamou-me a atenção para a importância talvez excessiva que Durrell vinha ganhando, abrindo o seu espaço no território ambíguo, contraditório, de minha narrativa, e eu lhe fiz ver que Larry havia vivido, em toda a literatura, uma experiência talvez única, através da qual se transformara, a um só tempo, em narrador e personagem de sua própria obra, prisioneiro (de modo voluntário, é possível) do labirinto de sua imaginação. O que mais me fascinava, eu disse, era o fato de como e em que grau ele havia comprometido a sua existência com aquele monumental paradoxo que criara nos últimos anos de sua vida, sem ter consciência, talvez, do porquê de tal entrega. Ainda adverti Flávio de que não levasse em conta o que aqui estava consignado acerca daquele ermitão, pois os fatos que eu relatara podiam muito bem não estar correspondendo à realidade. Observei também: o que ele havia lido não era senão um amontoado de páginas de um romance em elaboração, e eu começava a perceber que já estava de alguma forma recriando inexoravelmente aquele personagem que se recriara a si próprio.

O Diário de Francisco
(Anotações tardias)
SP, 22/07/1986

Releio mais uma vez a frase sublinhada em *O príncipe das trevas: Até onde é real a realidade?* É a pergunta que o personagem Blanford faz ao seu gato, que o olhava sem piscar. Por uma estranha contradição (fundamento, é possível, de toda a literatura), os trechos que Blanford imaginava que seriam considerados muito teatrais ou artificiais (*as pessoas não agem assim,* é o que de hábito se diz) eram verdadeiros; as partes restantes, que seriam vistas como mais autênticas, eram pura fantasia. O bom escritor, não necessariamente aquele que está entre os mais brilhantes, é o que sabe estabelecer, sem dificuldade, a distinção entre uma coisa e outra.

Transparências
(Do caderno espiral)

O mais próximo que estive fisicamente de Durrell foi a uns quinze quilômetros, e não fiquei imune, é claro, a essa proximidade. No outono de 1979, eu estava indo de trem de Lyon a Barcelona, e passei muito perto de Sommières, na Provença, onde ele morava, e, olhando a paisagem rural através da janela do compartimento, pensei em uma espécie de ficção em que eu me pusesse na pele do repórter que havia estado em sua casa, no dia 23 de abril de 1959, para uma célebre entrevista publicada na *Paris Review.* Então eu lhe perguntaria: *Sua prosa parece tão arduamente elaborada. É preciso trabalhar muito para isso?* E ele, sem temer a banalidade que pode muitas vezes fundamentar o ato de escrever, responderia: *Talvez eu necessite de alguma inquietação financeira para tornar melhor e menos luxuriante o meu discurso. Sempre sinto que estou acima daquilo que escrevo. Então preciso me conter. Tenho consciência de que esta é uma das minhas maiores dificuldades. Se não me contenho, preciso arcar depois com as consequências: o que escrevi em excesso ou de forma inadequada. Isso decorre da indecisão comum quando não se tem certeza do alvo. Quando não se faz um esboço, quando não se pensa no todo, é preciso fazer muitos remendos para tornar a maldita coisa mais certa. É o preço para quem se julga um escritor superior.*

Eu também lhe perguntaria: *Logo que termina um romance, você já está pronto para a história seguinte?* A resposta poderia muito bem ser esta: *Devo, nesse caso, citar Proust:* Um romance é como um amor infeliz que pressagia fatalmente outros. *Ninguém está isento de cometer equívocos*, eu então observaria. *Você abandonou muitos textos?* Dezenas; quero dizer, muitas dezenas de ideias. O que faço é tentar escrever um bloco de umas mil palavras, e, se não consigo, tento de novo. Se mesmo assim não der certo, acabo abandonando de vez a ideia.

Havia sido ali mesmo em Sommières que Durrell havia trazido à vida um personagem através do qual expressaria os seus temores mais profundos com relação aos seus romances; o temor, entre outros, de que essa fonte de onde provêm as ideias criativas, e não as racionais, pudesse um dia exaurir-se. Ali mesmo, pois, ele havia formulado, no contexto de O *príncipe das trevas*, esta espécie de prenuncio de um desastre intelectual que jamais se verificou:

Seria uma benção encontrar-se um caminho naquele labirinto de motivos ocultos, e, sem dúvida, era essa a intenção que o livro inacabado de Sutcliffe expressava, acima de tudo, mas o material provou ser por demais prolixo e contraditório para ele, ou a simples defecção de Pia, sua namorada, roubara-lhe a necessária força emocional para criar. Quanto maior o artista, maior a sua fraqueza afetiva, maior a dependência infantil do amor.

Ao proceder ao simples ato de aqui fixar o discurso de um mestre, é inevitável que eu acabe fazendo com que suas falas se submetam a uma organização talvez falsa, agindo como se apenas a causalidade fosse a verdadeira determinante dessa sequência de afirmações. Mas o fato é que o acaso e os incidentes moldam de tal forma aquela pessoa em que nós nos tornamos que acaba sendo impossível estabelecer-se com clareza a origem de tudo. Talvez tenha sido essa a razão do fracasso de Sutcliffe ao tentar escrever o seu último livro, examinado em minúcias em *O príncipe das trevas*. Ele se dizia aniquilado pela constatação de como os elementos do acaso haviam definido a sua vida e a sua relação doentia com a literatura, e estava certo de que havia uma inconveniente fatalidade: se não tivesse conhecido Toby, seu melhor amigo, jamais teria ouvido falar dos demais personagens daquele romance em que seu espírito se perderia de forma irremediável.

Sutcliffe havia perdido, significativamente, o seu *tom de voz*; assim, como estava dito no *Príncipe*: "*como uma soprano que tivesse notado a perda de um registro mais alto.*" E isso acontecera depois de ele ter sido abandonado por Pia. Rob Sutcliffe vira-se, por fim, sozinho, tendo apenas a literatura como companhia e refúgio, e deparava-se com um grande fracasso nesse sentido, pois não conseguia escrever uma linha sequer que lhe agradasse de fato ou lhe parecesse verdadeira.

O Diário de Francisco
(Anotações tardias)
SP, 23/07/1986

O fracasso de Sutcliffe fez-me lembrar de Darley, em *Baltazar*; aquele Darley que achava tão difícil escrever, e que escrevia tão devagar, cercado por espíritos, como muitos escritores se sentem cercados, como ele próprio dizia, sentindo-se como um navio dentro de uma garrafa navegando para parte alguma. Então, lá em Sommières, lembrando-me disso, eu também teria perguntado (se a imaginação tivesse tornado realidade): *É isso o que você às vezes sente, Larry?*; ainda que eu já soubesse a resposta: *De modo algum. Pobre Darley. Tenho um razoável poder de concentração. Sei sempre o que devo fazer, embora o resultado do que eu faça muitas vezes não me agrade. Devo dizer que foi durante uma de minhas reiteradas crises financeiras que escrevi* Bitter Lemons, *e nisso levei seis semanas.* Justine *foi escrito em quatro meses. Para escrever* Baltazar, *levei seis meses; dois meses, para* Mountolive; *e cerca de sete semanas, para* Clea. *O que é assombroso em processos assim é que, quando escrever é a única maneira de sair-se de uma crise financeira, a luta acaba sendo desesperada e a vitória ocorre com maior rapidez.*

No entanto, para mim, Darley, tanto quanto Sutcliffe ou mesmo Blanford, eram na verdade projeções de Durrell ao viver, em diferentes momentos, suas inevitáveis crises existenciais. E, assim, a imagem das criaturas e de seu criador se confunde de forma inapelável em minha memória.

No início de tudo, quando eu ainda estava publicando meus primeiros textos, imaginei, com ingenuidade, que o ato de escrever tendia a tornar-se mais e mais fácil, com o aprendizado da mecânica da linguagem. Estava no limbo, esta a verdade, imaginando,

imaginando apenas, esse estado de segurança incompatível com a inquietação que gera e dá substância à verdadeira literatura, que é a inquietação do homem comum, fundada nos mistérios de nossas existências, mas que esse homem comum não consegue reelaborar senão na forma de fadigas e de outros desconfortos espirituais, que podem eventualmente ser mitigados quando ele os encontra, ainda que transfigurados, na aventura criada por algum escritor, a quem, sem saber por quê, passa a ter como uma espécie de alma gêmea, alguém por quem passa a nutrir um incomum interesse.

35

A VIDA É UM SONHO
(O romance de Ariel)

Agostinho não tardou a perceber que começava a apaixonar-se, e pensou em afastar de si o perigo, e voltar-se para a amizade sincera que devotava a Luís Garcia, mas Camila já lhe havia lançado olhares que diziam tão claro quanto as palavras podem dizer que o caminho estava aberto. E Agostinho pensou então o que é comum pensar-se em tais circunstâncias; que, se a situação se agravasse, poria, no momento oportuno, um fim em tudo aquilo. Demais, Camila achou um jeito de destilar-lhe o veneno fatal, e acabou por minar-lhe a fraca resistência. Ele, então, entregou-se àquela aventura que estava fadada a ser, enquanto durasse, um misto de alegria e infelicidade, de gozo e remorso. Logo, logo, transformaram-se ambos em amantes descuidados, para os quais a prudência, a temperança, o bom senso acabam pouco a pouco obnubilados pela cegueira fatal da paixão. A mão, por fim, adaptou-se à luva, e o mundo lhes pareceu uma propriedade particular por onde podiam andar, pisando descuidadamente a relva do caminho novo, as mãos atadas em comunhão, como se o amor pudesse tornar tudo aquilo lícito e perdoável. Mas, em seus momentos de solidão, nos seus aposentos nas Laranjeiras, Agostinho pensava em Luís Garcia quase tanto quanto em Camila. Pensava nas maneiras diferentes de como ele os amava, e o quanto importavam para si esses esteios da felicidade que são a verdadeira amizade e o amor. As horas insones de Agostinho acabaram assim por multiplicar-se.

A Mão e a Luva
(O diário de Ariel)

[...]

Vieram-me, mais e mais minuciosas, as recordações de juventude, povoadas de Trajano a cada cena, a cada incidente, como que para que eu me dissesse a mim mesmo, a todo instante: ele também se recordará, no momento oportuno, quando tudo souber, desse mesmo passado, e dirá para si mesmo que eu sou um crápula, ainda que seja casta esta minha atenção para com Beatriz.

Há, pois, um livro aberto no qual, em pensamento, leio as lembranças de minha vida com meu amigo. Recordo-me, amiúde, de quando nos aproximamos na adolescência, nos tempos imediatos àquela descoberta recíproca. Muito mais tarde, éramos já moços, ele diria que almejara por muito tempo aquela aproximação, mas se acanhara, achava que eu não iria levá-lo em conta, julgando-me entre os iluminados do Colégio Abílio só porque eu escrevia para o jornaleco da escola e porque sabia falar sobre política e esbravejar contra a escravatura e o regime do Império. "Disso eu nada entendia", disse-me muito mais tarde. "Admirava-te por um dom que eu não possuía." O fato é que eu, por minha vez, também o admirava, mais que tudo porque ele sabia com clareza tudo o que queria ser, esforçando-se de modo metódico em tal sentido, com a segurança, parecia, de um demiurgo, criador de um mundo futuro, com uma certeza consubstanciada naquele seu porte físico, na energia toda que irradiava. Tinha mesmo que admirá-lo; eu, que vivia ainda entontecido com o mundo, tão inseguro ainda como naquele dia em que meu pai me entregara ao velho reitor e me revelara que eu tinha o mundo pela frente.

Por nossas diferenças é que admirei Trajano, quis ser Trajano naqueles tempos. Fui logo ficando familiarizado na casa dele. Lembro-me bem de que, cerca de uma semana depois de declararmos a mútua admiração, cada qual por suas razões peculiares, Trajano apareceu em minha casa depois do jantar. Foi o começo de um hábito, o daquelas caminhadas marcadas por longos diálogos, mas muita vez por silêncios prolongados, que de hábito causam desconforto nas pessoas, mas que naquele caso era pura fruição, comunhão espiritual. Trajano falava de seu futuro. Ia ser advogado, já sabia, tinha certeza. Eu, por minha vez, falava dos romances que iria escrever, pensando comigo se aquilo, até mesmo aqueles passeios, não acabariam transportados para dentro das páginas de meus livros, de um meu romance; romance sobre a vida verdadeira, eu lhe dizia. Trajano então me olhava com uns olhos ternos e ao mesmo tempo alargados por sua generosidade, e dizia que punha muita fé em meus planos. Cria com sinceridade no meu futuro, e essa é uma das melhores recordações que guardo dele, pois sei que disso veio em grande parte o que depois fui e fiz de bom em minha vida, à parte os constantes percalços.

Era o destino de um Trajano como esse o que cruzaria, de novo, a minha vida, de uma forma avassaladora, trazendo-me à presença a Beatriz que pareceu na verdade ter vindo de um sonho que eu havia tido muitos anos antes e que por algum tempo esquecera. Que outra maneira poderia eu ter para explicar a familiaridade daquele rosto e a sensação de que já ouvira aquela voz, e justificar o ímpeto de repetir comigo mesmo tantas vezes aquele doce nome. E passei efetivamente a repeti-lo em pensamento quando a conheci de verdade, e o repeti muitas vezes quando pela primeira vez a vi sem a presença de Trajano, aí então já o pronunciando com a voz, sibilando-o baixinho para mim mesmo, ela passando em frente à Confeitaria Cailteau, indo às compras. Deixei a mesa em que estava com os rapazes e, saindo à calçada, ainda pude vê-la entrando na casa de modas de Madame Dreyfus. Andei uns vinte passos pela calçada e postei-me ali, provocando o encontro, aquele encontro em que me declarou que se sentira perturbada diante de mim, no primeiro dia, tal como eu lhe acabara de dizer que me sentira. Mas logo me assegurou ela que amava muito e muito Trajano, como que para marcar a fronteira do que sentia por mim. No entanto, não parecia estar constrangida, e o grande mistério para mim foi a serenidade com que me havia olhado quando, fingindo casualidade, eu a abordara, e também quando, com a voz embargada, eu consegui a coragem necessária para dizer-lhe que a admirava e o quanto aquilo tirava-me o sossego. "Ainda que seja vago o que me dizes", disse-me ela, "sei que se trata de algo muito forte, que foge à tua compreensão. Mas foge à minha também. Prefiro pensar que fomos irmãos em uma outra encarnação. Com efeito, foi o que me disse uma adivinha que visitei. Irmãos gêmeos, afiançou-me ela".

Beatriz fora a uma cabocla do morro do Castelo com minha mana Ofélia, que, a pedido, guardara o segredo. Haviam se tornado amigas ainda durante os dias em que a casa de Botafogo estava sendo decorada para se transformar naquele ninho de amor que eu tanto invejava. Alertei-a, lá na rua do Ouvidor ainda, para o perigo de fiar-se em profecias. "Como temer as coisas que nos fazem bem. As revelações que tive me tranquilizaram", disse Beatriz, "aliviaram-me do susto que tive quando nos vimos a primeira vez. E vê agora como estou, comportando-me como se isso fosse a coisa mais natural do mundo".

De fato, não poderia haver versão melhor que aquela dos irmãos gêmeos que afinal se reencontram e se assustam porque, ainda que guardem dentro de si as naturais afinidades, não conseguem recordar-se delas, porque não é mesmo para se recordar o que se passou em uma outra encarnação, a não ser em casos muito excepcionais. Mas eu, que não acreditava em outras vidas, segui com o meu nervosismo e o que pude lhe falar naquela tarde foi com um esforço enorme. Terminamos o diálogo meio de supetão, eu querendo ainda lhe dizer o que sentia, a fidelidade que devia a Trajano, o conflito que daquilo eu extraía para minha aflição, mas ela, depois de olhar o relógio público logo à frente, afastou-se a passos rápidos, pois precisava voltar para casa logo, logo, para esperar Trajano, e eu me senti exausto, suava frio, tinha a boca amarga, e entre os sentimentos que me acometeram devo ressaltar o grande estupor diante não apenas do que ela dissera, mas também da maneira como o dissera, com uma naturalidade que me deixou perplexo e causou-me um certo desnorteamento. Ela arranjara uma maneira de justificar-se, a versão dos irmãos gêmeos, e aquilo havia tido um efeito mágico sobre o seu espírito. Eu, por mim, que não acreditava em outro mundo que não este, passei a carregar o fardo de ser responsável por mim mesmo e o pesar de estar daquele modo tão deslumbrado pela mulher de meu amigo.

[...]

TRANSPARÊNCIAS
(Do caderno espiral)

Era natural que a compilação dos escritos de Ariel me enfadasse, às vezes, pois se tratava de um mero trabalho de organização, de busca da coerência entre aquelas duas narrativas paralelas, que juntas compunham romance e contrarromance, uma forma literária desconhecida naquele universo provinciano em que Ariel vivera. No entanto, às vezes, eu acabava por mergulhar de corpo e alma naquele trabalho, alheando-me completamente, um estado de concentração do qual emergia, de quando em quando, em meio a uma inexplicável e momentânea sensação de alegria, de exaltação, algo sem nenhuma justificativa aparente, algo semelhante, eu chegava a pensar, àqueles *sinais desconhecidos* que Proust mencionara com tanta beleza, constantes daquilo que ele chamara de *livro subjetivo;* sinais, segundo ele, despertados a partir de incidentes prosaicos (o tilintar de um talher sobre um prato, o roçar da gaze de um guardanapo sobre os lábios ou o passo em falso devido ao desnível entre duas pedras de um caminho). Apenas que no meu caso não se operava a mesma explosão da memória, necessária a conduzir-me ao preciso momento do passado distante em que incidente semelhante havia suscitado o mesmo estado de alegria e exaltação. Havia apenas a sensação de que aqueles sinais guardavam (pois, naqueles momentos, lembrava-me sempre dos tempos que haviam precedido a feitura do meu livro anterior) uma referência genérica com o período em que meu amigo Raul Kreisker me impelira a escrever o romance sobre Judas Iscariotes, desafiando-me com suas indagações, seu pretenso agnosticismo, seu ceticismo atávico; o que me levaria a escrever-lhe infindavelmente, sem ter noção de que se tratava de um recurso inconsciente necessário, então, a que eu organizasse, ao mínimo, pelo menos, o meu confuso pensamento.

36

O DIÁRIO DE FRANCISCO
(Anotações remotas)
SP, 23/03/1980

Qual o propósito de tantas cartas escritas a Raul? Não sei em que parte deste inventário surgiu-me a pergunta feita por uma certa voz interior, a voz de um fragmento meu, espécie de entidade que tentei depois exorcizar, porque a imaginei, equivocadamente, dispensável. E àquela minha indagação respondi: *na maioria das vezes, eu lhe escrevi a partir da perspectiva daquilo que julgava que o pudesse interessar: no geral, o que eu poderia chamar de crônica de universos paralelos, que, por coincidência, estava me interessando também naquele momento.* No fundo, agora reconheço, deve ter-se tratado de um subterfúgio em busca do interlocutor de que eu necessitava naquele momento. Daí, é possível, o laconismo de Raul, maior que o habitual, em suas dolorosas respostas (assim me pareceram, sempre).

Ainda quanto à perspectiva de minhas cartas, há, pelo menos, uma acusação mais grave formulada por Raul em um bilhete a Adriana, cuja leitura ela só me franquearia depois da morte dele: *Santo Deus, escreve como que para si mesmo, e está certo de que é a mim que escreve, a partir do trono da sua magnanimidade, concedendo-me páginas e mais páginas daquilo que estaria muito melhor se colocado no contexto de algum romance sobre amores desencontrados.*

ANOTAÇÕES DE DÉDALO

As cartas a Raul foram, na verdade, um subterfúgio literário. Chamei a atenção de Francisco para o fato de Ariel ter usado recurso semelhante, para tornar possível a sua obra final. Lancei, de novo, a suspeita de que se tratara de um jogo consciente, com Ariel projetando-se delibera-damente em um personagem de sua invenção, aquele Téo improvável que saíra de cena sem deixar nenhum vestígio além das copiosas menções de seu criador.

A VIDA É UM SONHO
(O romance de Ariel)

A paz entre Camila e Agostinho, se havia alguma além da paixão descuidada, acabou, de repente, um dia. Agostinho recebeu uma carta anônima. O autor o qualificava de crápula e obsceno, traidor e incon-sequente. Vencido o pânico do primeiro momento, Agostinho começou a pensar qual seria o melhor procedimento no caso. Decidiu logo diminuir a frequência à casa de Luís Garcia, fazendo ver a Camila que aquilo era o mais certo. Se tivesse pensado melhor, não teria procedido assim. Luís estranhou a atitude, indagou-o a esse respeito. Agostinho alegou que a vida boêmia e os afazeres o assoberbavam sempre mais e mais. Não tinha tempo nem para a família, tanto que as manas e a mãe queixavam-se com frequência.

O medo e a culpa engendraram sua obra. As idas a Botafogo torna-ram-se ainda mais escassas. O fato é que Agostinho passara a notar um certo ar de preocupação no semblante do amigo. Luís não deixara de ser cortês, isso não, mas suas costumeiras deferências pareciam ter um quê de artificialidade. Além disso, Camila abatera-se com o susto enorme que a carta lhe havia causado, e não conseguia, como antes, introduzir os temas que costumavam tornar vivos e divertidos os serões naquela casa. Aqueles encontros, ainda que abreviados, tornaram-se então um pesado fardo para Agostinho. Mal conseguia olhar nos olhos o velho amigo.

A MÃO E A LUVA
(O diário de Ariel)

[...]
Não precisei de muito tempo para inteirar-me dos hábitos de Beatriz, as suas saídas para as compras, para o chá, com uma ou outra amiga, muita vez com mana Ofélia, de quem fizera-se confidente. Mana Ofélia, fidelíssima, tornara-se um túmulo de onde eu não conseguia extrair um sim ou um não, como se ela tivesse sido advertida com gravidade pela outra. Certificado dos hábitos de Beatriz, pude encontrá-la "por acaso" mais algumas vezes, até que ela me dissesse: Não é preciso que finjas, irmãozinho. Tu me esperas sempre nos lugares mais previsíveis. E durante os encontros, que eram sempre breves ou me pareceram sempre breves, não sei, ela era toda ouvidos, sorria compreensivamente às minhas declarações de estima e admiração, sem evitar transparecer que se comprazia. Afinal, por que não comprazer-se com tais declarações vindas de seu irmão caçula. Já havia então ido outra vez à cabocla do Morro do Castelo e dela ouvira um tanto de coisas que lhe aumentaram ainda mais a credibilidade. Dissera que Beatriz, naquela outra encarnação — no tempo de El Rei, especificara —, havia sido a primeira a vir ao mundo, irmã minha mais velha alguns minutos, o que lhe dava o direito de admoestar-me: "Vê bem aonde chegas com tais excessos, irmãozinho. Só me permito ouvir-te porque sei o quão castas são tuas intenções." E um dia expressou, por fim, a sua preocupação de que Trajano pudesse ver com maus olhos aqueles encontros. "Meu único pecado é a minha única preocupação", disse ela. "O instinto levou-me

a ocultar algo que, não sei por quê, sinto que deve permanecer oculto. Sei que não posso dizer nada a Trajano. Ele sequer sabe que vou ao morro do Castelo. É um cético, não acreditaria em nada disso em que creio." Aquela declaração golpeou-me agudamente. Levei um susto ao pensar comigo mesmo que éramos cúmplices num segredo que mantinha Trajano Gonçalves como que num mundo à parte. Havíamos montado uma conspiração.

Foi então que recebi a primeira carta anônima, semelhante e inspiradora daquela recebida por Agostinho, com a advertência de que a nossa aventura já era conhecida. Tremi inteiro, um suor frio banhou o meu rosto, tive uma quase vertigem, como se o mundo tivesse desaparecido debaixo de meus pés. Não havia ainda nenhuma ameaça, nem as insinuações maldosas que depois vieram, e que me trariam o pânico. Assim mesmo, já naquele dia, pressenti o desastre que viria e mesmo as insinuações e as solicitações escabrosas. Eu saberia logo que não se tratava de venalidade, mas de desejo ou, pelo menos, de uma inveja mórbida, de uma emulação patológica.

O turbilhão de maus pensamentos que então me dominou não impediu, no entanto, ou pelo contrário até estimulou, aquele meu hábito de recordar-me, em minúcias, do passado que vivera ao lado de Trajano quando nos tornamos carne e unha. Naquele tempo, vindo à minha casa uma vez, ele descobriu entre os meus pertences certo volume contendo uma seleção de contos lúbricos extraídos das "Mil e uma noites", e que tinha como subtítulo "Aventuras para o prazer". Quando o vi com o livro na mão, levei um susto, tive vergonha por estar lendo aquilo, temendo que o fato pudesse afetar minha imagem perante Trajano. Logo neguei que estivesse lendo tal coisa, dando uma desculpa qualquer, alguém a havia esquecido ali.

Era uma edição clandestina e de aspecto vulgar. Trajano passou os olhos pelo índice, depois examinou o desenho da capa e em seguida devolveu-me o livro com um riso tão claramente irônico que eu fiquei com

a mentira bem estampada no rosto. Mas, para meu espanto, pediu-me:
"Poderias emprestar-me, quando terminares a leitura?"
   Fiquei chocado com o pedido. Não esperava dele tal solicitação. Fiquei
então desejando muito que ele não lesse aquela obra nefanda. Já a consi-
derava assim. Que não lesse, que não se desencaminhasse. Ia dizer-lhe
mais uma mentira, inventando que o dono haveria de vir logo pegar
aquilo. Na verdade, eu estava muito confuso. Pensei então que, diante
daquela deslavada mentira, aquela falsidade tão evidente, Trajano
acabasse por imaginar que eu era mesmo um corrompido, um devasso que
não merecia mais a sua admiração. Assim, prometi-lhe, com minha voz
mais débil, que emprestaria a ele a obra corruptora. Que ele podia até
levá-la já, pois eu, por repugnância, não a leria. E Trajano olhou-me
de novo com o mesmo olhar irônico de antes, e a mentira mais uma vez
estampou-se no meu rosto. Para desgraça minha, ele logo pegou o livro,
e eu é que fiquei fazendo mau juízo dele, pois jamais havia pensado que,
da altura de sua solidez moral, ele fosse descer àquele ponto, que tivesse
necessidade, para seu prazer, daquele tipo de literatura tão vulgar. Pior
pensei quando ele, afagando o livro, sorriu para mim, já então de uma
maneira enigmática que não pude definir. Pensei em algo demoníaco a
expressar-se naquele sorriso terrível, mas não tive certeza. Não pude
retribuir. Ainda que me esforçasse, não consegui sorrir de volta. Eu que,
poucos minutos antes, me sentira o mais vulgar dos mortais, afundando-me
no meu mar particular de lama, via agora diante de mim um desconhe-
cido, um Trajano que eu não imaginava que pudesse existir.
   Quando cruzamos no dia seguinte, pouco antes do início das aulas,
Trajano dirigiu-me um cumprimento seco, nada a ver com a nossa
amizade. Começara a ler, decerto, o livro e escandalizara-se. Foi o que
pensei, e isso fez com que o jogo de suposições voltasse ao seu início, eu
me sentindo um miserável pecador diante da força moral personificada.
Daquela vez, no entanto, tratava-se de uma suposição com base no
mundo real dos sentimentos, e eu o soube logo no primeiro intervalo.

Havíamos acabado de sair para o pátio, e Trajano apartou-se do grupo com o qual havia deixado a sala de aula e veio em minha direção. Já sabendo do que iria tratar comigo, separei-me também de meu grupo. Notei logo o seu olhar grave e profundo, antítese daquele risinho que me dirigiu quando tomara as "Mil e uma noites" entre as mãos. Quando ficamos frente a frente, percebi que, em vez de um ar de reprovação, havia tristeza no olhar dele: "Coloquei o livro na carteira, entre as suas coisas. Está embrulhado, ninguém saberá do que se trata." Abaixou significativamente a cabeça, e me disse: "Não é nada edificante ler tais coisas." Um átimo antes, ainda quando caminhava na direção dele, e percebera já a gravidade de seu semblante, bem próximos já estávamos, eu havia pensado que estava vindo para me recriminar, eu já não valendo muito para ser seu amigo, mas, para minha surpresa, ele veio cheio de solidariedade e compreensão, apenas admoestando-me, e isso, logo pensei, porque se preocupava comigo, queria o meu bem. Senti um arrepio de conforto com aquelas palavras, ainda que uma suprema vergonha viesse a me golpear logo em seguida.

Na noite daquele mesmo dia, quando saíamos para o nosso passeio habitual, o primeiro que lhe disse foi que havia queimado o livro, e que tinha certeza de que aquele era o melhor destino para obras daquela espécie. Ele olhou-me como que agradecido, aprovando-me por completo, dizendo: "Era o melhor que tinhas a fazer." Senti que eu estava perdoado, que havia recebido a graça da redenção. Foi um momento grandioso para mim, que retomava enfim o bom caminho. Mas uma cicatriz ficaria, pois guardado estava para sempre na minha memória aquele acontecimento do qual eu jamais poderia me desfazer. Por certo, vez ou outra, ele haveria de lembrar-se do que ocorrera e de que eu havia sido uma dessas pessoas que, para seu prazer, eram capazes de mergulhar em relatos libertinos como aqueles do livro destruído.

[...]

37

O DIÁRIO DE FRANCISCO
(Anotações remotas)
Ouriçanga, 27/03/1980

Venho procurando em vão expressar aqui o meu juízo a respeito de Raul; quero saber algo que talvez seja impossível saber: a importância que teve, em toda a sua extensão, a passagem dele por nossas vidas; sim, passagem; foi como se ele tivesse passado por nós em uma viagem da qual a vida dele que conhecemos não foi mais que uma escala, algo transitório e cuja continuação se deu, contraditoriamente, pela via do suicídio; e digo isso e me ocorre logo a lembrança de que ele parecia ser um animal incrédulo por sua própria natureza; nascido para deplorar a própria existência, um caimita nato: parecia compartilhar da velha ideia gnóstica de que o fato de um espírito ter que habitar um corpo material equivalia a uma queda, uma abjeção intolerável; nada se podia fazer contra isso, nada se devia fazer; e assim a vida dele que conhecemos pareceu ter-se consumado naquela espécie de *vale de lágrimas* tantas vezes mencionado nas antigas preces de nossa infância; e, procurando pois formular o meu juízo sobre essa entidade com a qual convivemos tão pouco e de modo tão intenso, as ideias que me vêm vão pouco a pouco mudando, e nunca estou certo de nada quando falo dele, de quem, afinal, creio ter herdado a ideia de que as verdades são sempre as mesmas, mas estão em constante movimento, transformam-se com o fluir do tempo, porque tudo está em permanente mudança, o mundo deixando de ser o mesmo a cada instante que passa; um rio é ele mesmo, e, no entanto, a sua face, a sua essência, que é a água, muda sem cessar; *não se pode entrar duas vezes no mesmo rio,* segundo Heráclito; e assim vou procurando soltar o meu pensamento, procurando divagar, apenas divagar, abandonando-me às livres associações, para obter esse mínimo de coerência que só a inadvertência nos permite ter, tentando assim chegar o mais próximo possível da verdade desses fatos superpostos que foram pouco a pouco nos mudando, sem que pudéssemos nos acostumar com as mudanças, sem termos tido tempo para isso, acontecendo, muitas vezes, de nos sentirmos estranhos a nós mesmos, como se fôssemos uma outra pessoa e não aquela que estava vivendo esta vida, a ponto de não nos lembrarmos de nosso passado senão como de uma história paralela, a aventura de alguém que havia sido destinado a uma outra configuração humana que nada tem a ver com a nossa, com este ser em que nós nos transformamos e que, às vezes, ao vermos no espelho, nos parece a figura de alguém que conhecemos apenas vagamente, e que nos faz considerar: como é estranho que eu seja esse que aí está, nesse universo de inversões atrás do vidro; esse aí, com suas fraquezas, sua culpa e seus medos; meu Deus, como isso é estranho; como é estranho que eu seja esse ser insatisfeito do outro lado do vidro; como é estranho pensar no que na verdade somos; como é estranho viver.

E sou levado a pensar agora, a suspeitar, não sei por quê, pois se trata de um sentimento vago; uma sensação, melhor; de que é esse ser que costumo ver através do espelho com um certo desalento às vezes; esse ser ao contrário que me parece uma outra pessoa; esse ser, pois, é que talvez tenha sido o que um dia chegou a identificar-se com um outro ser chamado Raul Nepomuceno Kreisker; mas não aquele que andava por aí e que polemizava ao mínimo pretexto e que nós amamos apesar do aparente fechamento; não esse, e sim aquele que ele próprio costumava às vezes ver — decerto também com desalento, à minha semelhança — do outro lado do espelho, com suas fraquezas, sua culpa e os seus medos inconfessáveis, cogitando, quem sabe?, também ele: *como isso tudo é estranho, como é estranho que eu seja esse ser insatisfeito do outro lado do vidro; meu Deus, como é estranho viver.*

ANOTAÇÕES DE DÉDALO

Francisco sempre necessitou de coadjuvantes em suas aventuras literárias; de anteparos, na verdade; aquilo que, em sua retórica habitual, chegou a chamar de elemento dialético. Ora, vejam. E agora chega a esse estágio em que acabou por necessitar de uma escora de cada lado, para não cair, como se estivesse bêbado com suas ideias acerca do novo romance, tendo lá do seu outro lado esse Castor que é mesmo do tipo cu de ferro, como aqueles catraios que nas salas de aula sentavam-se sempre na primeira fila de carteiras, terminavam as provas antes de todos, estavam sempre apontando o indicador para o alto, sabendo as respostas das perguntas e que eram execrados pelos que ficavam no fundo das classes.

OS APONTAMENTOS DE CASTOR

Achei natural que a discussão crucial do romance acabasse por desviar-se para a questão da sua autoria. Francisco havia criado Dédalo ou Dédalo havia criado Francisco? Tratava-se de um impasse semelhante ao que ocorrera em O príncipe das trevas; *e era estranho que aquela relativa simetria com o romance de Durrell não incomodasse Francisco. É um* estratagema, um jogo de enganos, *justificou-se.* É um recurso muito velho, você sabe. Sou apenas mais um a utilizar-se do mesmo expediente. Melhor: teria sido mais um; mas não sou, uma vez que o recurso aqui utilizado não é a rigor o mesmo. Diferentemente do que ocorre no *Príncipe,* aqui estamos tratando de personagens vivos, e não daquelas projeções imaginadas por Durrell. Mas, ainda que o recurso aqui fosse o mesmo, eu ainda teria o direito de justificar-me, e de ser até prosaico: ladrão que rouba ladrão. Vê? *Francisco lembrou, então, do que Larry um dia dissera acerca das influências literárias que havia recebido:* Copio o que admiro. Furto. Não leio só por prazer, mas como um artesão. Se vejo um bom efeito, estudo-o e tento reproduzi-lo. Devo ser, creio, o maior ladrão nesse sentido.

A MÃO E A LUVA
(O diário de Ariel)

[...]

Logo aqui ao lado mora o Rodrigo, que todos pensam que é meu confidente porque conversamos muito, porque chegamos quase sempre juntos à redação, mas claro que ele não é meu confidente. Como contar a ele tudo o que está acontecendo nestes tempos, desde a volta de Trajano e Beatriz? Não tenho coragem de expor-lhe tais intimidades; nem o direito. Demais, também ele se fecha em si mesmo. Uma ostra esse Rodrigo, uma vida de mistérios. Nada de confissões ou de segredos. É só de política que tratamos. E, quanto a esse ponto, ele é confiável, pensa como eu, e, nas discussões que travamos na Cailteau ou na redação ou mesmo nas ruas, sempre cerrou fileira entre os que se bateram desde a primeira hora por Floriano, e esteve junto dos verdadeiros abolicionistas desde o começo e também depois, na derrubada da monarquia, e ainda durante as suces-

sivas crises, durante a revolta da armada. Quando a malta da Cailteau cindiu-se entre civilistas e militaristas, Rodrigo ficou do lado de cá. Podes imaginar que, desse modo, o grupo da confeitaria esfacelou-se. Rodrigo também sempre achou que a presença firme de Floriano seria indispensável à consolidação da nova ordem. Entusiasmou-se sobremaneira, juntou-se a nós na rua do Ouvidor, para festejar, quando o marechal assumiu a presidência. É de política que tratamos, só política, nada de intimidades, de assuntos particulares, de nossos desejos.

[...]

OS APONTAMENTOS DE CASTOR

Muitas vezes um personagem, para ser verdadeiro, verdadeiro naquele sentido que Larry dava ao termo, tem que estar ancorado na realidade, mas não a realidade real, e sim aquela que precisa ser modificada para expressar a sua realidade intrínseca, para que nela acreditem os futuros leitores. Até que ponto é real a realidade?, *perguntou um dia o Blanford de Durrell ao seu gato, que olhou para ele tentando, decerto, saber se Blanford estava se referindo ao seu almoço, pois ele, o gato, talvez sentisse fome, e não havia naquele momento para ele mais metafísica no mundo que um bocado suculento de sardinha, e sardinha era o que Blanford tinha de mais sedutor e era o que mais funcionava na relação entre ambos. O fato fundamental ocorria uma vez por semana, quando um fornecedor entregava à porta as sardinhas que Blanford conservava no refrigerador e lhe dava aos bocados, três ou quatro vezes ao dia. E, assim, é pelo artifício do que me lembro do romance de Larry que chego à mesma questão: o que seria de fato real na vida de Ariel Pedro D'Ávila Alvarenga? O que acontecia, na verdade, era que Dédalo e Francisco andavam em círculos assolados pela velha questão levantada por Larry Durrell: no contexto de um romance, a realidade dificilmente parece real. Enquanto Francisco acreditava em Téo como coisa real por dentro, Dédalo não conseguia nele acreditar senão como coisa real por fora. As relações entre ambos foram marcadas o tempo todo por essa discordância.*

38

O Diário de Francisco
(Anotações remotas)
Ouriçanga, 28/03/80

Paro diante de mais um enigma pessoal, pois me lembro do es-
tranhamento que sinto muitas vezes diante do espelho, diante da
minha imagem invertida, essa mesma imagem que ainda ontem
julguei ser aquela que na verdade se identificou com a de Raul,
aquela sua imagem do espelho também, que ele da mesma forma
devia ver, às vezes e à minha semelhança, com desalento. Isso,
enfim, que eu disse ontem impensadamente, dizendo por dizer,
para não imobilizar-me diante do papel em branco, até chegar à
constatação: *como é estranho que eu seja quem sou, como é estranho
viver.* Mas isso não me esclarece nada ou quase nada a respeito
de minhas relações com Raul, e, no entanto, parece que mesmo
assim algo se acomoda em meu espírito. Fico imaginando então
por que o padre Vieira teria chamado o espelho de *demônio mudo;*
paro de escrever, vou até a cozinha, volto com uma xícara de café,
tomo o primeiro gole, e me animo a seguir em frente porque me
veio uma ideia — uma ideia também um tanto vaga, como têm
sido vagas todas as ideias que tenho tido nos últimos tempos, nesta
que costumo chamar de *"a minha era da incerteza",* pois é mesmo
longa, será longa, creio, sentindo-me bem no meio do caminho, na
minha selva obscura, sem saber se isso é bom, se isso é ruim, sem

saber a que me levarão as minhas vacilações, as minhas dúvidas —; porque me veio a ideia de que os enigmas, as perguntas, as questões aparentemente insolúveis têm sido para mim de mais valia que as respostas, que os fatos de minha vida que, com algum esforço, posso entender, pois não me estimulam. E, voltando ao universo dos reflexos, imaginá-lo, pensar que ele é o único lugar onde nós podemos algumas vezes nos identificar com certas pessoas, pensar que nele eu pude encontrar um dia Raul; imaginar esse mundo paralelo em que nos vemos muitas vezes com desconcerto, com alguma decepção, com alguma angústia até; isso, essa pequenina descoberta, poder imaginá-la, com seus efeitos bons e maus, me causa, neste preciso momento, um inesperado alívio; dá a sensação de que posso estar na pista de algo que um dia me explicará qual terá sido o sentido básico de nossas relações. E vem-me, ato contínuo, a impressão de que, lá no fundo de minha alma, lá onde jamais há espaço para isso que chamamos de razão, bem lá dentro, no espaço mais íntimo e primitivo de meu ser, mais um elo foi atado a essa corrente de pensamentos, cogitações, considerações e tudo o mais que me tenho empenhado em estender por estas laudas, este fio que espero que me conduza um dia a um estado de graça em que não haverá desejo inoportuno ou ansiedade que me possa perturbar, em que eu não precisarei julgar os meus atos, em que estarei isento de toda culpa, podendo afinal ficar silencioso, sem nenhuma vacilação em meu pensamento, como quem plantou sua semente em bom solo e está esperando que o grão morra para adquirir a verdadeira vida; um estado em que eu me liberte da ilusão do tempo e consiga encontrar no fundo de meu ser a sensação que me justifique a razão de ser quem sou, o motivo de estar vivendo. Como é estranho viver. E a frase volta a ocupar o seu espaço, remetendo-me mais uma vez ao espelho, como se eu tivesse entrado em um círculo vicioso, neste momento em que tomo mais um gole de café para estimular-me a seguir em frente, registrando o mais fielmente possível o que me vem ao pensamento, com o que, espero, terei mais tarde uma parte, pelo menos, do roteiro do que ocorreu nesta espécie de limbo em que ainda não sei qual terá sido em verdade a essência desse fenômeno de influências sísmicas que foi a passagem de Raul Kreisker por nossas vidas. E, à medida que vou vencendo as etapas deste roteiro, vou também me desfazendo dessa sensação de perda, esse vazio que pareceu, em certos momentos, impreenchível; esse abismo de que chegamos a nos aproximar com a morte de Raul.

E penso: também ele talvez estivesse na verdade em busca de sua fé, a fé possível para ele, o seu *Reino*, o seu evangelho pessoal; fé, isso que um dia pretendemos desprezar sem suspeitar quanta ambiguidade e quanta significação podia haver numa palavra tão pequena e que, para ser pronunciada, necessita apenas de um pequenino sopro, mas um sopro lá de dentro, bem dentro, significativamente: fé.

O Fio de Ariadne
(Sobre a Investigação)

Havia pelo menos um claro vínculo básico entre um romance e outro, a pedra angular, segundo Dédalo: o suicídio. Francisco, no entanto, o negava, dizendo que se tratava de mera coincidência, sem falar no fato de que acreditava cada vez menos na versão oficial sobre a morte de Ariel. Porém, Dédalo continuou crendo que a busca da elucidação daquele novo mistério escondia, ainda, a tentativa de decifração do mistério encarnado na figura enigmática de Raul Kreisker.

Francisco tinha lá suas razões. O suicídio de Ariel no mesmo dia em que Raul Pompeia suicidara-se, um ano antes, e a maneira idêntica, um tiro no coração, não suscitou as ilações que seriam naturais diante de coincidências assim. Pompeia fora ofendido moralmente através de um artigo de jornal, vivia uma crise psicológica que os amigos e a família percebiam, mas, quanto a Ariel, não havia razão conhecida para a sua morte, não deixando ele, à diferença de Pompeia, nenhuma mensagem, e mesmo assim ninguém contestou a versão familiar do suicídio. As querelas políticas não haviam sido bastantes para justificar aquele ato extremo.

Havia outras coincidências com relação a Raul Pompeia, mas estas também nada explicavam: o culto a Floriano, entre outras. Pode-se apenas cogitar quais virtudes do marechal os haviam atraído; as mesmas, decerto, que atraíam tantos outros companheiros de Ariel e Pompeia. O temperamento do marechal não se ajustava aos meios-termos. Pleno de qualidades, segundo seus partidários, coberto de defeitos, segundo os opositores, despertava paixões e ódios exacerbados. Da sua propalada coragem na guerra, adviera uma aura quase sobre-humana, marcada pelo destemor, pela calma, insensibilidade ao perigo, profundo conhecimento do caráter dos homens; e mais, pela dissimulação, desconfiança, astúcia, a reserva absoluta, o dom de seduzir, presteza em premiar, punir e, segundo seus inimigos, enganar e corromper; todos esses predicados coexistindo por trás de uma máscara impassível, na qual uns queriam ver frieza, e outros, serenidade.

A MÃO E A LUVA
(O diário de Ariel)

[...]
Aquele rosto de aparência austera, duro e frio, não era nem austero nem duro nem frio, era antes o semblante dos espíritos reservados, dos que não podem e não querem em absoluto exercer a frivolidade nem a hipocrisia;

detestam-nas, nutrem abjeção pela dissimulação, pelo refolhamento, pela doblez, pelo jesuitismo, e, assim, norteiam-se por uma sinceridade brutal, mas autêntica. O marechal era a figura carismática e enérgica de que a República necessitava. E assim fiz durante todo o tempo os mais ardentes votos de que ele nunca esmorecesse diante dos que a ele se opunham tão ferozmente, diante de almas mesquinhas como as de Bilac, do Murat e de Mallet, e ainda do Rodrigues Pimenta, com seus textos indigestos e sua prepotência, a sua sintaxe pedante.

[...]

39

A MÃO E A LUVA
(O diário de Ariel)

[...]

Mais duas cartas chegaram; uma, ontem, e outra, hoje pela manhã. Sabe de detalhes assustadores, o canalha: a hora exata e o lugar de nossos encontros; as idas de Beatriz à cabocla, os fundamentos da fidelidade que devo a Trajano. E, aos detalhes, o velhaco acrescenta a sua sórdida fantasia, imputando-nos sua imaginação vulgar; e mais, insistindo em ter de minha amiga as suas graças, como ele diz, com todo o horror que isso quer dizer. Assim, chego muita vez ao pânico, como se o mundo fosse acabar debaixo de meus pés, e esse terror só cessa, de quando em quando, para dar lugar à culpa enorme que me toma quando me sobrevém à mente a figura de Trajano Gonçalves, que deposita em mim, à parte a admiração imensa, uma confiança absoluta. E mais, no emaranhado de minhas conjeturas e de meus temores, receio sobremaneira perdê-lo por amigo; e é bem neste momento, em meio a esta crise que me avassala, que sou levado a valorizar como nunca a sua presença em minha vida. A sua perda neste momento não se compararia nem de longe àquela dos anos posteriores aos do colégio. Seria muito pior. Nos tempos da academia, acabamos por proceder como se fôssemos estranhos um ao outro, e nem sei as razões íntimas desse afastamento, que se processou de modo gradual. Passei a vê-lo de longe, uma figura tão familiar e ao mesmo tempo tão enigmática. Havia como que um acordo tácito para que não nos aproximássemos um do outro, a não

ser quando inevitável, assim como que para que com isso o destino de cada um não fosse mudado, para que não corrêssemos o risco de que a nossa vida mudasse para um outro destino que não aquele a que estávamos fadados. E assim, desse tempo, não tenho nada a lembrar a respeito de minhas emoções, e sim da vida de jornal e da luta política. Nos cumprimentávamos polidamente nos lugares públicos, perguntava sobre minha mãe, lamentava a morte de meu pai, nada mais que isso, e através de amigos em comum, dos camaradas, é que eu ficava sabendo de sua vida. Até que, afinal, ele bacharelou-se, fez logo concurso, tornou-se magistrado. E lá partiu, todo confiante, imagino, como sempre, para Itaboraí. Seria supérfluo relatar o que sucedeu até que se reiniciasse a nossa correspondência, por iniciativa dele. Assim, como se nada tivesse acontecido, como se tivéssemos continuado a ser os amigos de sempre, sem nenhum interregno. Ao fim do período de adaptação como magistrado, veio, afinal, a carta com a notícia de que encontrara o grande amor de sua vida: Beatriz; aquele nome que ele não declinaria jamais em suas cartas, por insondáveis razões, e do qual só tive conhecimento mais tarde, impresso no convite das bodas, quando o repetiria muitas vezes, para mim mesmo, num aparente despropósito, sonoro e doce nome. Beatriz. Ao perceber que repetia aquele nome sem cessar, assustei-me. Numa mensagem anexa, Trajano comunicava-me sua decisão: "Vou afinal assentar-me na vida. Vou constituir família, Ariel."
[...]

O Diário de Francisco
(Anotações tardias)
Ouriçanga, 25/07/1986

Que verdade poderia esconder-se por trás do fato de que, sempre que lia algo sobre Trajano, vinha-me à mente a sua imagem como que consubstanciada na imagem de Raul, um mistério que jamais consegui decifrar, pois não havia entre ambos outras semelhanças que não o caráter reservado. Trajano estava longe de ser um intelectual, ao passo que Raul eu posso classificar, sem receios, como um livre pensador. E me lembro agora do que ele me disse uma vez (com uma propriedade superior à que posso conseguir agora) sobre o que julgava como a inferioridade do espírito frente à grandeza da alma, cuja existência criadora o espírito perturba e, muitas vezes, até destrói. E hoje eu sei, segundo minha fé pessoal, que a alma e a força criadora da alma é que estão em harmonia com a natureza, e não o espírito. Geradora de símbolos e de mitos, só a alma é capaz de assimilar os enigmas que o espírito procura de hábito conjurar. *O espírito destrói o mundo dos mitos,* disse uma vez Raul. *O espírito julga, enquanto a alma vive,* sentenciou de uma forma que me pareceu então arrogante porque não pude entender a afirmação e me sentira intelectualmente inferiorizado. E, no entanto, foi a partir dessa sentença que pude, anos depois, reconstituir, em meu diário, o que ele disse. Retiro da estante o volume de capa marrom danificado em parte pelo tempo, em parte pelo manuseio, e posso assim reproduzir a frase que então anotei:

O espírito julga, enquanto a alma vive.

É por aí que eu talvez devesse começar a minha tentativa de compreender sua abjeção pela aparente clareza com que é comum pretender-se explicar certos fatos da vida. A partir desta mesma sentença, posso lembrar-me de outra, cuja verdade eu só haveria de aceitar a partir do longo exercício de minhas fantasias, a partir das histórias que escrevi: *Só os símbolos que a alma inventa é que nos permitem chegar ao fundo de cada verdade, e não os secos conceitos da ciência.* De onde ele teria tirado isso? Ah, o Lúcifer Kreisker e suas leituras secretas, suas armas, embora sempre pontificasse: *Estive pensando...* Estávamos no último ano do Clássico e eu já fora seduzido pelas teses igualitárias e os seus acessórios, que grassavam então no movimento estudantil, verdades muito simples às quais me entreguei com uma disponibilidade evangélica, encontrando ali, posso até dizer, a minha religião, com suas escrituras incontestáveis. E delas jamais me afastaria, embora mais tarde me viessem parecer um tanto insuficientes, carecendo de um complemento espiritual que eu acabaria por encontrar expresso no papel daquele pai que recebe de volta com festa o filho que o abandonara e dissipara toda a sua herança, a grande parábola de Lucas. Desse modo, começaria o meu regresso à família e ao casulo doméstico.

Era a propósito de minha adesão, meu engajamento, que conversávamos, mas o que Raul me disse sobre a alma e sobre o espírito não o disse como censura. Nunca chegou a censurar-me de verdade; isso não. Não se opunha jamais às minhas ideias. Chegou apenas a me alertar, por estar me entregando tão incondicionalmente ao movimento que eu encontraria ainda mais radicalizado, no ano seguinte, em Ribeirão Preto. A experiência da Comuna Popular de Tatchai, descrita num volume de pouco mais de cem páginas, por Charles Bettelheim, me causou uma intensa vibração, e eu juntei aquele livreto, não seria impróprio dizer, àquela espécie de testamento que nos permitia ver com entusiasmo o porvir. Não podíamos, nem de longe, imaginar as tragédias que teríamos pela frente. Mas era bom ter a crença juvenil que tínhamos. Inflamado por aquelas "boas-novas", é claro que eu não podia suportar como antes o ceticismo de Raul, que eu passei a considerar como alguma coisa própria de um espírito ranzinza e envelhecido antes do tempo, o que me fez distanciar-me um pouco dele em certo período. Mas o fato é que eu não podia então aceitar que suas ideias não se confrontassem com as minhas; e, no entanto, elas diziam respeito a uma outra classe de preocupações, e bem que poderiam ter sido, já naquela época, um complemento para aquele mundo idealizado e racional que eu organizara em minha cabeça; para sempre, como imaginava. E ele dizia, com efeito, que a doutrinação e o racionalismo eram verdadeiras doenças de nosso tempo; que se estava deixando de prestar atenção aos mitos da alma; que o lado mítico e essencial do homem estava sendo abafado; que era salutar tratar daquilo que o espírito não podia compreender e jamais compreenderia. Mas eu não achava que o que ele dizia pudesse ter alguma importância naquele mundo que haveria de mudar para o avesso, muito em breve, segundo eu pensava.

Levanto-me mais uma vez, vou até a cozinha apanhar outra xícara de café, e passo pelo meu cão refestelado na sala, alheio a qualquer comoção possível, com o seu universo de mitos talvez intacto; penso, pois, nisso, e contraditoriamente não o admiro (nem me preocupo com a possível impropriedade disto que digo) nem me importo com o fato de que o que estou fazendo nesta manhã chuvosa de março não tenha para ele a menor importância, ainda que a sua postura (se este é o termo, pois se trata de um cão, afinal) é que talvez esteja certa, frente à consumação dos séculos, quando tudo será nivelado pelo nada: eu passarei, ele passará, passará o que neste momento escrevo, passará esta casa e Ouriçanga com ela, e no fim tudo poderá ficar do mesmo jeito que antes, ou quase, quem sabe?, quando a *Terra estava vazia e vaga, e as trevas cobriam o abismo, e um vento de Deus pairava sobre as águas.* Mesmo assim, arrolo o meu cão neste inventário de fatos e coisas e sentimentos e suposições e tudo o mais, tendo o ímpeto inexplicável de fazê-lo, como se tudo tivesse a sua relativa importância; e, na volta, com a minha xícara deixando pequeninas nesgas de vapor no ar e o seu aroma de bom café, me sobrevém um outro ímpeto: vou até o meu arquivo com o preciso objetivo de apanhar uma carta recente de Adriana Elisa; isso porque me lembrei, de repente, do que me escreveu a respeito de astrologia (assunto ao qual sigo dando a relativa importância de antes) e que, ao reavivar-se em minha memória, adquire inesperado interesse, me motiva a apanhar a carta, tocado, talvez, em meu universo de mitos, e a sentar-me aqui de novo e a transcrever certo trecho relativo a Raul:

[...]

Escorpião, caro primo, é um setor zodiacal que sofre as mais contraditórias influências. Pertencendo à água, cuja natureza é móvel, ele tem uma constância rítmica estável. Possuindo polaridade feminina, é dominado por um planeta masculino. E mais: sendo um signo de água, tem como regente Marte, que pertence ao elemento fogo. Isso lhe diz alguma coisa, Fran? Quando ele nasceu, Mercúrio estava passando pelo signo de Escorpião, o que propicia uma inteligência perspicaz, instintiva e profunda. A curiosidade de tais pessoas se volta em particular para os assuntos secretos e proibidos. E mais: essa posição de Mercúrio dota as pessoas do poder de decifrar os segredos íntimos dos que as cercam e de conhecer os seus pontos fracos. No momento em que ele nasceu, Vênus estava passando pelo signo de Virgem, o que resulta numa natureza contida e reservada no terreno amoroso. Vênus, nesse caso, faz com que os nativos de Escorpião temam ceder aos seus impulsos afetivos. Preferem observar longa e cuidadosamente as pessoas que lhes interessam, antes de darem vazão à ternura que possam ter dentro de si. E, quanto à posição da Lua, apesar da grande amizade que eles possam ter pelos que os cercam, têm grande dificuldade em estabelecer vínculos, pois prezam muito a liberdade pessoal. Costumam ser independentes, autossuficientes, preferindo, quase sempre, a solidão.

[...]

Tenho de reconhecer mais uma vez: ainda que por vias tortas, Adriana havia chegado a uma síntese admirável de um possível perfil de Raul. Coloco de lado a carta que li e reli tantas vezes, e fico a imaginar o motivo que teria levado Adriana a me dizer então tais coisas; a dispor-se, fato raro, a escrever-me, para isso, uma carta; o motivo preciso, quero dizer, pois, num sentido geral, o que então a movia em suas fantasias era a busca de subterfúgios que a ajudassem a aceitar a morte de Raul.

40

O DIÁRIO DE FRANCISCO
(Anotações remotas)
SP, 09/09/1982

Foi como se eu tivesse retomado o antigo caminho no ponto exato
em que o interrompera, entregando-me de novo à minha sorte, à
vida que me havia sido de fato destinada. Eu fora convidado por
uma fundação cultural para participar de um longo convívio de
escritores no Midwest, e aceitara o convite como quem aceita, des-
pojado de todo o poder e de toda a vontade, o caminho inevitável
do exílio. Começava a viver, e não sabia, um enorme vazio interior,
uma longa crise que só terminaria cerca de dois anos depois quando
comecei a escrever as primeiras páginas do romance de Judas. E
então o cenário das pradarias, que me havia encantado por via de
velhos filmes de minha infância e por via também da inocência que
me havia feito acreditar naquilo tudo como coisa real por dentro;
aquela visão, pois, tão idílica quanto adulterada que eu trazia na
memória fez-me crer que eu estivesse a caminho do ambiente de
serenidade de que necessitava para pôr-me em sossego e reorgani-
zar o meu confuso pensamento. Bem cedo, no entanto, constatei
o meu equívoco, mas já não havia mais retorno possível, pois não
se tratava de um projeto pessoal aquele, mas um empreendimento
que envolvia outros fiéis, gente de boa índole que acreditava com
toda a fé na grandeza da literatura, pessoas capazes da audácia de

colocar frente a frente escritores das mais disparatadas origens para um convívio pretensamente fraterno e uma troca de experiências que resultava muitas vezes em insolúveis conflitos, que, no entanto, não abatiam o sonho que renascia a cada outono.

À parte isso, aqueles seis meses de ausência me pareceram ter sido a longa trégua de um embate iniciado no final da adolescência, quando me aproximei de Raul e também comecei a conhecer de verdade Adriana Elisa. Quando voltei, me dei conta de que ele continuava o mesmo de sempre, dando-me a impressão de que não tivera uma formação, mas que nascera daquele jeito, da maneira como haveria de morrer, por certo, cético e irredutível, não deixando transparecer nunca seus sentimentos, a não ser aquele ar de tédio e desinteresse para com qualquer ideia nova, cercado pelos mesmos livros, pelos seus fetiches, pelos velhos despojos pessoais. Durante a minha ausência, Adriana o vira poucas vezes, porque percebera nele uma disposição em isolar-se, como se desejasse mesmo uma trégua. Depois que voltei, ela tornou a procurá-lo mais assiduamente, como eu esperava. Não sei bem por quê, eu esperava por isso. Voltamos, claro, às nossas antigas polêmicas, ainda que sem o mesmo ardor de antes, como se nossas energias tivessem arrefecido um pouco; e, assim, o mito de Judas pareceu ter renascido de uma forma nova, emergindo, resoluto, daquela disparatada bibliografia de que eu dispunha. E Judas renasceu, então, não como aquele ser que eu costumava imaginar, perdido na longa noite da História, mas como uma entidade quase familiar que tivesse vivido entre nós, um certo amigo insistente que não tínhamos podido evitar em seu esforço por privar conosco, mas que acabamos por aceitar porque nos acostumamos a ele, conhecendo-o a ponto de lhe atribuirmos algumas virtudes e de sentirmos por ele até uma certa afeição. Foi naquele momento que, enternecido por reencontrar o meu apóstolo, por senti-lo tão próximo, comecei a pensar que ele ainda poderia vir a ser o centro de gravidade de um romance que o abordasse de uma perspectiva diferente; a partir de alguma fantasia, talvez, que o trouxesse para a vida cotidiana, com um destino que se confundisse com o meu e com o destino de outros personagens da vida real. Pensei pela primeira vez na história de alguém que tentasse, sem sucesso, escrever um romance sobre Judas e que, ao fim, relatasse o contexto em que se dera o fracasso de tal empreendimento.

Anotações de Dédalo

Com a volta de Francisco, restabeleceu-se o velho triângulo formado nos tempos de colégio: uma reaproximação que teve como consequência mais funesta o suicídio de Raul. Cerca de um ano depois, Francisco começaria a arrolar aqueles fatos em seu novo romance, ao mesmo tempo que Júlia Zemmel tentaria deixar para trás Érica, a guerrilheira de alcova, suprimi-la até mesmo de sua existência. Porém, a nova entidade à qual procurou então dar vida não chegaria a convencê-la plenamente de que estava no caminho certo. O fato é que o grande tema da vida de Júlia havia sido sempre a busca de sua própria identidade, tendo como consequência a mescla inevitável de vida real e a vida vivida pelo seu personagem básico. Tendo deixado Érica pelo caminho, ela desengavetou o antigo projeto sobre Caim, um esboço que começou a desenvolver a duras penas; em certos momentos, com algum brilho, o que fez Francisco acreditar na perenidade daquela nova situação. Ele já estava então pondo em movimento a aventura imaginada acerca de Judas, e aqueles dois temas foram o fermento da relação de ambos nos três anos seguintes; tempo em que Júlia abandonou e retomou Caim inúmeras vezes, viveu crises e momentos de exaltação acerca de seu herói, e entrou em choque com os membros do "falanstério".

Judas foi o esteio com base no qual Francisco imaginou estar cons-
truindo, através de interpostos personagens, a sua grande autocrítica,
arrolando naquele processo a história familiar, desembocando no seu
relacionamento conflituoso com Adriana e Raul. Como resumir essa
amizade sem vulgarizá-la, sem chegar à expressão que chegou Júlia
(isso num tempo em que o romance de Judas já havia sido publicado),
lançando ao ar, em uma reunião do "falanstério", suas maliciosas obser-
vações quanto ao que classificou de "ligações perigosas". Francisco ficou
lívido e teve que fazer um enorme esforço para se conter e não avançar
em direção ao pescoço da guerrilheira. Lembro-me de um comentário
dele, alguns dias depois, dando-me conta de que estava procurando
perdoá-la, porque na verdade, segundo ele, ela não sabia o que estava
fazendo, dada a quantidade de uísque que havia bebido.

O Diário de Francisco
(Anotações remotas)
SP, 02/04/1980

Lembro-me mais uma vez da grande identificação que Raul sentiu
por Max Demian, a quem Sinclair definia como frio, um tanto
orgulhoso, seguro de si (pelo menos, à primeira vista), com seus
olhos de adulto, não obstante ser tão jovem, a expressão melancó-
lica, *sulcada de relâmpagos de ironia, o que não se costuma encontrar*
nas crianças. Foi em Jaboticabal, durante o Clássico, acho que no
segundo ano: eu li o livro (todo mundo lia; havia ali um universo
espiritual que até então havíamos desconhecido), e foi logo depois
de Raul que o li pela primeira vez, avisado pelo seu entusiasmo de
que se tratava de algo nunca visto. Por isso, sempre que me lembro
daquela história, me lembro do quanto conversamos a esse respeito,
e a imagem que me vem de Demian é sempre a de um rosto trans-

figurado no de Raul. Não me lembro de outro personagem que tenha provocado a mesma ruptura naquela sua capa de pessimismo e desalento. Ele foi, então, e sempre seria circunspecto, aplicado, solitário, sobriamente generoso para com os que dele conseguiam se aproximar, cumpridor rigoroso dos deveres, disciplinado, um tanto taciturno, como se estivesse sempre a ruminar algum desencanto, e, no entanto, bom desportista, capaz de igualar-se aos melhores do colégio, causando-me sempre a mesma mescla de admiração e uma pequenina inveja até (eu ainda tão perdido em mim mesmo, sem saber muita coisa a respeito dos rumos que pretendia seguir no futuro imediato, tão desatento quanto a maioria de meus colegas). Era natural que Raul causasse, naqueles que não o conheciam direito, uma certa estranheza e até ressentidas reações diante daquele fechamento e daquela austeridade que podiam ter a aparência de altivez, mas também de orgulho ou arrogância. Havia, pois, quem o julgasse desse modo. Era invulgar que alguém pudesse marcar o seu comportamento pela parcimônia, pela temperança, pela dedicação irrestrita aos estudos, num momento em que a quase totalidade dos demais se entregava à explosão da idade e do vigor. E a respeito da energia, daquela impetuosidade que era comum esperar-se de todos, ele a demonstrava apenas nos momentos que duravam as partidas de basquete, esporte ao qual se dedicava com diligência, tendo como objetivo mínimo, parecia, ser nele o melhor, como a necessária contrapartida de sua incomum circunspecção, como um recurso para estabelecer o seu equilíbrio emocional, algo perfeitamente consciente, apresentando sempre um desempenho exemplar, baseado nas doses necessárias de domínio físico, raciocínio rápido e o espírito de equipe requeridos por aquele esporte, como ele próprio disse uma vez. Ele foi, durante aqueles três anos, um dos elementos indispensáveis da equipe do colégio, e uma das estrelas dos Jogos Abertos do Interior de 1963. A essa contradição, se é que se tratou de contradição; a essa espécie de dicotomia de seu comportamento, eu me habituara desde os tempos do Grupo Escolar Professor Salvador Gogliano, mas foi no colégio, tendo eu já certa familiaridade com sua maneira de ser, que houve uma atenuação do pequeno despeito que eu sentia acerca de sua aparente autossuficiência, o que, em geral, costuma revelar, hoje eu sei, insegurança mais que afetação. E nos aproximamos, no início, porque éramos conterrâneos, os únicos ali, além de Adriana; depois, porque, surpreendentemente, as nossas diferenças pareceram então encaixar-se umas nas outras, oposições que traziam afinal a concórdia, a harmonia oculta, a tensão do arco e das cordas da lira, diferenças que eram como que complementos umas das outras, as duas faces de uma mesma moeda.

ANOTAÇÕES DE DÉDALO

Júlia orgulhava-se por ter compartilhado com Francisco dos bastidores de O evangelho segundo Judas *e por ter sido a autora daquela espécie de diagnóstico astrológico de Raul Kreisker que Francisco arrolara em seu romance. Quando se deu conta de que eu e Francisco dialogávamos no contexto de um novo livro, sentiu-se preterida e partiu para o ataque, conforme o que já está consignado em algum lugar destas páginas. Confesso que, no primeiro momento, a cena espantou-me, provocando-me um certo mal-estar, mas eu logo experimentaria uma reviravolta em meus sentimentos. Ela dissertou maldosamente sobre a significação íntima das relações entre Castor e Pólux. As observações, ainda que expressas por metáforas, eram injuriosas, poderiam ter-me de fato ofendido, mas mostravam como a amizade entre mim e Francisco devia estar sendo vista do lado de fora. Comecei então a orgulhar-me disso. Estão sabendo, ainda que por vias tortas, disse-me a mim mesmo, que há uma união*

*incomum entre nós. Que o mundo soubesse disso: eu não era mais um co-
ração solitário no mundo de minha literatura, havia conquistado dentro
dele um estimulante companheiro. Eu teria para mim, para o conforto de
meus dias dali em diante, alguém que eu começava a amar como a um
irmão mais velho (com os necessários conflitos e disputas que de hábito
marcam relações assim), o irmão que jamais havia tido e que sonhara
sempre ter. E aquilo me pareceu fornecer ainda mais energia ao nosso
embate. A luta pela supremacia dentro do romance trouxe-me então
um novo sabor, com a afeição e a ira enovelando-se inapelavelmente.*

O DIÁRIO DE FRANCISCO
(Anotações tardias)
SP, 26/07/1986

Passei um bom tempo em Ouriçanga, no verão de 1982, tendo já
em mãos o material que eu compilara sobre os gêmeos divinos, e
pude compor assim em minha cabeça a matriz arquetípica de Castor
e Pólux, e aquilo que poderia ter sido maçante, a compilação, me
fez sentir aos poucos um inesperado bem-estar. O ataque de Júlia,
curiosamente, havia me estimulado. Causou-me mesmo prazer fazer
aquela espécie de trabalho escolar retardatário; como antes, na adolescência, eu fazia, tendo como fonte a indefectível *Enciclopédia Jackson.*
    Castor e Pólux: tão parecidos e ao mesmo tempo tão antagô-
nicos, os polos semelhantes que costumam repelir-se. Esgotado
o levantamento, fui fazendo anotações a esmo, tendo a sensação
de que aquilo que escrevia, as frases aleatórias que me vinham
à cabeça e que eu logo passava para o papel tinham um sentido
íntimo, guardavam uma ordem oculta.
    Desde o romance de Judas, quando percebi afinal que tocara
o modelo arquetípico do labirinto, fiquei com a sensação de que,
dependendo da concentração com que tratássemos a matéria de

ficção, do desprendimento que conseguíssemos, abandonando toda a ideologia, toda lógica, todo sentimento moral, acabaríamos sempre por tocar o mesmo arcabouço de nosso inconsciente e o oceano de nossa memória ancestral.

Só quando parei de escrever é que dei espaço às cogitações: fiquei pensando ainda por um bom tempo em Castor e Dédalo. Tinham quase a mesma idade, a diferença não chegava a um ano, e haviam tido a mesma formação, membros de uma geração literária aparentemente (apenas aparentemente, agora sei) mais franca e audaciosa que a minha, incapazes daqueles jogos insidiosos que se constituíram na guerra psicológica que Júlia travara comigo. Que estranho: Dédalo era nascido em gêmeos, tendo, como eu, Libra por ascendente; Castor nascera, como eu, em Leão, tendo Gêmeos por ascendente. Pensei então nas infindáveis ilações que Júlia, minha antiga "consultora", digamos, para esse tipo de assunto, poderia deduzir daquele nosso entrelaçamento zodiacal. Lembrava-me de como ela esmiuçara, anos antes, nesse sentido, as minhas relações com Raul e Adriana, e as repercussões que suas análises haviam tido na construção do romance sobre Judas, embora eu devotasse um interesse apenas estético à astrologia e de resto às ciências esotéricas em geral. Pensei também que, diante de sua ingerência, o romance de Ariel poderia ter tomado um outro rumo, e não o que tomou a partir da intervenção a cada dia mais poderosa de Dédalo, esse fato que a um só tempo me inquietava e me enchia de ânimo para seguir em frente. Não era isso, pois, o que eu havia desejado desde o início? Assim, não quis outro destino, quis aquele mesmo no qual Dédalo ocupava o seu espaço a partir da proposta que eu lhe fizera e que permitia até mesmo uma certa ascendência sobre mim, atenuada apenas pelas intervenções de Castor.

41

A VIDA É UM SONHO
(O romance de Ariel)

As cartas anônimas continuaram a chegar, e o entusiasmo nelas contido ampliava-se e aumentava o terror de Agostinho. Temiam, ambos, ele e Camila, que alguma carta chegasse a Luís Garcia. Camila concluiu, com seu arzinho de tola, algo que poderia ter fornecido aos dois amantes o sinal de alerta para a desgraça que, com certeza, adviria: "Isso é o que costuma acontecer quase sempre", disse ela. "Parece que faz parte da natureza das pessoas o desejo de destruir aquilo que não podem possuir, ir contra o que não compreendem e difamar o objeto da inveja." Foi um comentário incidental. Ela não advertiu que dissera algo deveras pertinente para aquela situação. De plena consciência, pelo menos, não advertiu; mas a alma sentia em toda a sua grandeza a tragédia iminente. "Tenho medo, Agostinho", queixou-se ela, tendo entre as mãos trêmulas a carta que o amante acabara de lhe mostrar. Agostinho, embora vitimado também pelo terror, tentou aliviar a tensão de Camila: "Isso são coisas de romance. Se tivermos cuidado, Luís nunca saberá de nada. Nada fizemos às claras. O autor das cartas pode muito bem estar falseando tudo para ver se de alguma forma nos denunciamos. Suspeita de algo, mas não pode ter certeza. Deve ser algum infeliz. Já que não pode ser amado, compraz-se em destruir a felicidade dos outros." No entanto, temia, tanto quanto Camila, um desenlace em que Luís Garcia viesse a ter com ele para tomar satisfações, e aí ele talvez viesse a mentir sem saber mentir, perderia o controle, não conseguindo dissimular a traição.

Camila pensou naquele momento nas atitudes práticas que poderiam tomar, nos cuidados para que tudo ficasse às ocultas. Decidiu ficar atenta, fiscalizar, logo de manhã, toda a correspondência de Luís Garcia. Poderia assim interceptar algum envelope de aparência suspeita. Foi o que fez, mas não chegou nada à casa de Botafogo que pudesse inspirar algum temor. No entanto, notou que o humor de Luís mudara. Falava pouco, em monossílabos, vagas interjeições, nada de significativo. Camila, emergindo mais uma vez de sua ingenuidade natural, logo imaginou que as ausências de Agostinho, longe de atenuar suspeitas, haviam causado estranheza. Achou que tudo devia voltar a ser o que era antes, restabelecendo-se aquele convívio fraterno que havia sido o paraíso de Luís. Agostinho concordou mas achou que uma volta repentina poderia representar uma dose elevada de remédio para a moléstia instalada naquelas relações antes tão cerradas e amistosas. Pensou numa volta gradativa, com um crescer suave, num ritmo mais adequado ao caráter de Luís. E, para tranquilizar Camila, conjeturou que algum outro grave problema poderia estar assoberbando o amigo. Alguma contrariedade acontecida na sua banca de advogado, algo que não tivesse relatado a Camila para não molestá-la, mas que, quem sabe, não haveria de confidenciar ao amigo de tantos anos, seu antigo e mais próximo confidente. Camila orou, em pensamento, para que assim o fosse.

A MÃO E A LUVA
(O diário de Ariel)

[...]

É a podridão o que estas cartas trazem para dentro de minha casa, e logo que as leio o asco toma conta de mim e tenho ímpeto de destruí-las, mas uma força estranha me impede de fazê-lo, e logo depois releio com a mesma repugnância o que está escrito, e aumenta-me o temor e a indignação, e aí leio mais uma vez, e constato que é produto de uma alma elaborada ainda que vil, a sintaxe perfeita, o léxico rico ainda que arcaico. E então decido não destruí-las, guardo-as à chave, em uma das gavetas da escrivaninha, e vou escrevendo mais algumas páginas de meu romance, e assim as cartas que Agostinho recebe, tão ameaçadoras, longe de arrefecer o seu amor por Camila, animam-no, ainda mais, a um amor sobretudo carnal ao qual ela corresponde. Entregam-se um ao outro, ainda que à beira do abismo imenso da dissolução. E a culpa, o que fazem com ela? Parecem não senti-la, tão arrebatados estão um pelo outro.

[...]

O DIÁRIO DE FRANCISCO
(Anotações tardias)
SP, 31/07/1986

Ariel chegou a dizer que necessitava escrever algo que transformasse a sua vida, ainda que isso viesse a infelicitá-lo, o que me leva a lembrar mais uma vez o que Kafka disse em uma carta: *O que precisamos mesmo é de livros que nos afetem como um desastre, que nos magoem profundamente.* Lembro-me também de que foi essa mesma frase que Raul Kreisker pronunciou com solenidade, durante uma remota visita dele ao "santuário", para expressar a dimensão que a literatura podia ter para certas pessoas, que podia ter para mim, e sempre que isso acontece, sempre que me lembro de algo acerca dos nossos diálogos, o fio da memória passa a tecer, sem fronteiras, a teia de acontecimentos que precederam e sucederam a morte dele. E então recupero imagens de Adriana nos meses seguintes à tragédia. A sua inconformação me surpreendera, ultrapassara o que era normal esperar-se numa situação como aquela, e sua incapacidade em aceitar o desaparecimento de Raul foi o primeiro sinal: a sua ligação com ele devia ter tido um teor diferente daquele que eu testemunhara, e essa suposição, eu não sabia muito bem por quê, me desagradava, me causava um inexplicável desassossego, uma mescla de sentimentos contraditórios que eu não podia ter a pretensão de entender. Meses depois, ela ainda falava compulsivamente dele, dando a impressão, às vezes, de que se comprazia com aquela situação, como se tivesse, com aquela dedicação excessiva à memória de nosso amigo, encontrado um novo sentido para a sua vida. Tentei, então, lembrar-me de alguma coisa que justificasse aquele seu estado de espírito, e fui premiado com um precioso dado de minha memória: *Adriana, a Bela;* lembrei-me afinal do atributo singelo que ele usara algumas vezes em certo período, e que, pelo que me constava, só mencionara a mim, sem jamais tê-lo usado em presença dela. Eu havia guardado durante o tempo todo, e com secreta satisfação, aquele pequenino segredo, embora Raul não me tivesse pedido que procedesse assim. Apenas eu, que julgava conhecê-lo mais que ninguém, é que imaginei por conta própria que ele desejasse que aquilo permanecesse entre nós, e esse propósito de fidelidade deu-me, então, o conforto de imaginar que ficávamos assim em trincheiras opostas: de um lado, Adriana Elisa; de outro, eu e Raul, ligados pela solidariedade que a manutenção daquela confidência nos impunha; e assim guardei aquele nosso pequeno segredo para sempre, pois mesmo depois da morte de Raul eu nada disse a Adriana, mantendo a antiga aliança. *Adriana, a Bela.* Fui então levado a pensar em que classe de acontecimentos poderia estar enquadrado aquele algo que se passara, entre ela e Raul, sem meu conhecimento. E me estranhei por jamais ter atinado com a verdadeira conotação daquele atributo, e que, diante da realidade que vivíamos, só podia ser expressa por uma palavra:

desejo. *Adriana, a Bela.* Custou-me a aceitar aquele deslize, o primeiro que eu constatava: a falta que ambos haviam cometido ao me ocultarem aquela parte de suas relações, cujo real teor eu ainda não me atrevia a imaginar.

ANOTAÇÕES DE DÉDALO

Através das rememorações acerca de Raul (a quem não conheci senão pelo que Francisco escreveu sobre ele), a nossa Investigação atava-se mais e mais ao romance anterior, ancorava-se nele de uma forma que fazia, imagino, meu parceiro suspirar sossegado, dizendo-se, por certo: É dessa forma que me garanto; é assim que esse Dédalo jamais conseguirá tomar as rédeas desta aventura, à qual, no devido momento, porei, com solenidade, um ponto final. *Esquecia-se, no entanto, da alegoria do embrião e do ovo, que ele mesmo criara. Eu percebia, afinal, a carapaça rígida com que Francisco pretendera envolver-me, e o meu espírito começava a agitar-se e eu a sentir a natural sufocação de quem está intelectualmente à mercê de outra pessoa. Indagava-me apenas, de quando em quando, sobre qual seria a hora mais oportuna para o meu revide, a hora do xeque-mate, o momento da ruptura.*

Passaram-se tão poucos anos desde que o nosso trabalho acabou, quase três, e é com um sentimento de nostalgia que me recordo do tempo em que a conclusão do romance nos pareceu quase consumada (a mim, pelo menos pareceu; Francisco nada disse quando lhe falei pela primeira vez sobre a previsibilidade daquela história que haveria de terminar com o desfecho da crise de Ariel, com o fim de sua vida). Era o começo do fim de uma relação intelectual que durara mais de dois anos e que começara em um coquetel com aquele convite incidental de Francisco para que

355

eu o visitasse em sua casa, para que ele me fizesse aquela inusitada proposta de parceria. Eu me encontrava ainda no limbo que se constituía o meu desconhecimento acerca daquele exaltado O príncipe das trevas *e, da mesma forma, acerca do texto fundamental de* A sagração de Asmodeus, *de onde viera a ideia básica de repetirmos, na vida real, a façanha ocorrida entre Torlay e Ottoni, os personagens daquele livro que os "devotos" veneravam, mas que, sem receio algum de dizer, resultou-me incompreensível.*

Mas o que me importa dizer agora é que aquele prenúncio de fim do nosso duelo, do termo daquele, por assim dizer, nosso romance, daquilo que acabara por tornar-se o meu mais caro projeto; aquele prenúncio de fim começara a me causar uma fina, uma acutíssima nostalgia: aquelas pessoas (já nem as chamo personagens) às quais (tanto as boas, quanto as más; tanto as vivas, quanto as imaginadas) havíamos dedicado tanta atenção, tanta ternura (e um inexplicável ódio, às vezes), não sabendo ainda que as amávamos todas, mais pelos defeitos que pelas virtudes [o desencontro, enfim, que lhes havia dado força e as havia tornado mais interessantes, mais reais (no sentido literário desse termo, claro)]; aquelas pessoas, pois, não as "veríamos" mais; a não ser de fora, lendo em nossos próprios textos o que haviam feito e pensado, e ainda o que havíamos dito sobre elas. Terminando o livro (já estávamos saindo dele), já não viveríamos mais a plenitude daquelas vidas que haviam cruzado nosso caminho; e eram vidas, então, tão verdadeiras que me parecia em certos momentos que o universo de minhas amizades e dos meus desafetos havia se ampliado, assim como se a minha existência tivesse sido colocada diante de um espelho miraculoso, tivesse dobrado de tamanho, tivesse se multiplicado.

O final do romance acabou por tornar-se previsível para mim a partir de seu centro: as vidas de Ariel: a "verdadeira", relatada a Téo, e aquela que ele criara no contexto da pequena novela a que deu o título de A vida é um sonho. *Foi como se ele tivesse desfrutado, por um momento, da*

*ilusão de que a vida poderia ser um sonho, mas isso nada solucionaria,
nada explicaria, seria irrelevante, pois o sonho, enquanto o sonhamos,
nos parece real por dentro, irremediavelmente.*

O FIO DE ARIADNE
(Sobre a Investigação)

No mundo das aparências, Ariel teria consumido o último ano
de sua vida assoberbado apenas pela luta florianista, obcecado
pelo messianismo encarnado no marechal. No entanto, Rodrigo
Otávio, que não se sabe se é aquele mesmo Rodrigo tantas vezes
citado por Ariel e que passava por ser seu amigo mais íntimo,
deixou em seus papéis o testemunho de que ele tornara-se taciturno, nos últimos tempos. A relação de fúria contra aqueles
que combatiam Floriano havia amainado de repente, como se
um enorme cansaço o tivesse abatido. Não pareceu ter-se abalado
com a morte de Floriano, aquele homem frio e calculista, mas
brilhante, sagaz, que ele tanto admirara e em quem depositara
tantas esperanças, aquele gênio da dissimulação, cuja força psicológica até os adversários reconheciam, aquele homem sobre o
qual Ariel tanto escrevera, e que, segundo ele, teve sempre um
aliado eficacíssimo, o mais eficaz de todos: o tempo: *ele sabe, como
ninguém, esperar, examinar o momento, não ter pressa, para que assim
os eventos futuros possam configurar-se em imagens que lhe passem
pela frente, sabendo ele observá-las em seus detalhes. Por isso nunca
se poderá dizer que se precipitou alguma vez ou que tenha tomado
intempestivamente alguma decisão importante.*

TRANSPARÊNCIAS
(Do caderno espiral)

Ariel acabou por desenvolver uma espécie de culto à figura do marechal, em quem talvez vira personificado um certo mito da paternidade ideal, aquele Floriano que ele via imenso e que aplicara contra os que a ele se opunham uma espécie de guerra da usura, econômica, lenta, mas fatigante, irresistível, algo que Ariel exaltou como uma das qualidades supremas de um líder verdadeiro. Nada de emoções visíveis. No meio turbulento em que se celebrizou, Floriano sobressaiu-se pela ambiguidade. Num mundo de paixões exaltadas, manteve-se imperturbável em seus propósitos, cético até o momento em que o resultado de sua ação não apontasse para um desfecho inexorável. Cercado de bajuladores e de seguidores fiéis até as últimas consequências, confiava desconfiando ao mesmo tempo, colocando-se numa trincheira pessoal invisível, separado de todos e de tudo o mais. Não foi ele que se alçou à glória, e sim o mundo à sua volta que se deprimiu e desnorteou-se em dado momento; e, da altura em que ele pôde permanecer, conseguiu compreender o fenômeno geral por inteiro e em seus detalhes. Foi assim que Ariel o viu.

A MÃO E A LUVA
(O diário de Ariel)

[...]

É mesmo tédio o que sinto quando penso no que está aí fora, além da soleira de minha porta. Desde que o finado marechal dominou a esquadra rebelde, e aquele detestável Custódio foi colocado em seu devido lugar, parece que a cidade foi pouco a pouco sendo dominada pelos enlevos da frivolidade.

[...]

A VIDA É UM SONHO
(O romance de Ariel)

Camila havia imaginado que talvez as ausências de Agostinho é que haviam dado origem à estranheza que se estampara no rosto de Luís, aquele olhar sem ver, aquele ar, às vezes, de alheamento que parecia esconder graves conjeturas. No entanto, o propósito dos amantes de um retorno à antiga assiduidade das idas de Agostinho à casa de Botafogo jamais se verificou. O medo continuou sua obra. Na verdade, as visitas escassearam ainda mais, até que Agostinho, mais que o medo de denotar algo suspeito, não teve mais como ir à casa de Luís porque já não suportava o olhar do amigo. As suas gentilezas incomodavam Agostinho e aumentavam-lhe o remorso. Além disso, havia Camila, a sua palidez crescente. Além de abatida pelo temor, ela havia sido, ao mesmo tempo, golpeada pela ausência do amante. Suspeitava de que houvesse algo além das cartas a determinar o seu distanciamento. Ele a amava tanto quanto dizia? Foi essa suspeita que a levou à cartomante da rua da Guarda Velha, uma anciã napolitana que, tirando as cartas, fez com elas uma leitura de tal modo genérica, que se encaixaria no destino de quaisquer amantes em situação semelhante. Para garantir, decerto, melhores proventos e sabendo que os clientes satisfeitos costumam ser os mais generosos, procurou realçar o que era mais favorável, afiançando a Camila que riscos havia-os sempre em situações daquele tipo, mas que, se ela se cuidasse o necessário, e se o amante também se cuidasse, não haveria muito o que temer. No mais, era amada de verdade, de uma forma que, talvez, nem mesmo o marido a tivesse amado em todo o tempo. Inteirado dos prognósticos, Agostinho, embora não cresse naquilo que julgava próprio das fantasias femininas — a possibilidade de perscrutar-se o que ainda não havia acontecido, o futuro, essa dimensão tão abstrata —, respirou com algum alívio. Demais, viu que Camila havia serenado um tanto, e aquilo era bom.

Anotações de Dédalo

Não era difícil saber onde Ariel se inspirara a respeito do papel exercido pela vidente no destino de Agostinho. Francisco havia, por certo, notado aquele plágio aparente, mas nada me dissera. Também o episódio das cartas era familiaríssimo, cumprindo-se quase à risca a partir de um plano previamente conhecido por Ariel.

42

O DIÁRIO DE FRANCISCO
(Anotações tardias)
SP, 02/08/1986

Como furtar-se ao poderoso mecanismo da causalidade? O fato é que nada disso que aí está sobre a escrivaninha teria sido escrito se, vários anos antes, não tivesse acontecido o que aconteceu: a morte de Raul e as suas consequências; entre elas, a descoberta de algo, até então, imponderável: *Adriana, a Bela.* Foi uma sensação aparentada do ciúme, embora não exatamente isso, o que eu senti em seguida à constatação de que algo secreto havia-se passado entre minha prima e Raul enquanto eu estivera viajando. Ainda naquela tarde, tendo memorizado algumas das circunstâncias em que Raul se referira a ela daquela forma, descobri em mim um resíduo muito antigo de sensualidade com relação a minha prima: um novo fio naquele enredo intrincado que começava a se articular, formando uma teia que, se eu tivesse pensado bem, logo teria constatado que começara a ser tecida por Raul ainda em vida, e continuava a estender-se sobre nós depois de sua morte.

E, assim, atando esses antigos fatos ao que hoje eu escrevo, fico com a sensação de que venho, na verdade, durante esses últimos anos, escrevendo um livro só, tendo, deste modo, a satisfação de dizer que Dédalo veio um belo dia (sim, belo) juntar-se a mim nesta aventura, para que uma nova etapa deste meu caminho pudesse ser vencida. Procurando envolver-se até o mais fundo de sua alma neste projeto, e levando em conta que, logo no começo, eu lhe disse que toda a audácia seria bem-vinda, ele contra-ataca, agora, tentando virar o jogo, esforçando-se por demonstrar a todo momento que, sem a sua presença, este livro não seria nada.

A VIDA É UM SONHO
(O romance de Ariel)

Agostinho recebeu, afinal, uma mensagem de Luís pedindo-lhe que fosse com urgência à casa de Botafogo. Agostinho demorou a recuperar-se do susto. Pensou logo numa desculpa para não ir à casa do amigo, mas temeu que isso pudesse causar suspeitas. Que desculpa poderia oferecer? Não lhe ocorria nada de verossímil. A imaginação bloqueara-se com o susto. Tentou acalmar-se para pensar melhor, e assim um fio de otimismo assentou-se em seu pensamento. Podia ser que houvesse mesmo a tal confidência que ele havia imaginado ao conversar com Camila pela última vez. Luís devia estar querendo, por certo, poupá-la com relação a algum problema financeiro que vinha enfrentando.

Era uma manhã radiosa de inverno, estação muita vez imperceptível ali. A brisa fresca do mar invadia a cidade confortando as pessoas. Agostinho havia conseguido acalmar-se. Pensando bem, por que o assunto urgente de Luís teria necessariamente que ser algo trágico? A discrição com que se haviam portado os amantes não dava margem a temores tão gratuitos. A caminho de Botafogo, todavia, o pensamento de Agostinho sofreu uma nova reviravolta. Deu-se conta de que era estranho que Luís o convocasse à casa e não ao escritório, o que seria de se esperar àquela hora; muito mais, se o assunto fosse mesmo relativo a negócios. Com isso, seus pensamentos turvaram-se mais uma vez, e elaboraram cenas terríveis, com Luís Garcia a espancar Camila sem dó nem piedade, urrando a sua fúria de marido traído. Pensando nas tragédias que punham fim a relações semelhantes, Agostinho imaginou o pior. Olhou para o bilhete que trazia amassado entre as mãos, estendeu-o de novo e notou então a caligrafia nervosa. Luís devia estar fora de si quando rascunhou aquilo. Pedia-lhe que fosse ao seu encontro sem demora, já, o mais depressa possível.

OS APONTAMENTOS DE CASTOR

Francisco e Dédalo deram agora para menosprezar o universo externo de Ariel Pedro, o tumulto que havia ao seu redor, a paixão por Floriano, tão reveladora de sua personalidade. Querem negar até mesmo os efeitos das críticas severas de seus adversários políticos. Ainda que, depois da morte do marechal, Ariel tivesse permanecido em seu cargo na Escola de Belas Artes, para o qual fora convocado por Floriano, ele continuara a desferir violentos ataques ao novo governo e ao que qualificava de arranjos perpetrados pela oligarquia monarquista. Então, em um artigo sob pseudônimo, um poeta notório na época disparou contra ele a sua ira, acusando-o de cuspir no prato em que comia, dizendo que bem poderia continuar se nutrindo de seu ordenado, sem rebaixar o caráter, mas que comia de maneira servil o pão alheio sem o merecer. Enquanto o marechal permanecera em Cambuquira, onde procurara recuperar-se em vão de uma moléstia no fígado, o florianismo continuara a agitar os cafés, e sobreviveria à sua morte.

É assim que desço ao que, mais que Dédalo, Francisco acharia prosaico demais para ser arrolado no romance. Mas esta é a vida de Ariel, estes são os fatos que, segundo o consenso da época, o levaram ao suicídio, esse suicídio de cuja versão Dédalo desconfia e Francisco procura, agora, por todos os meios negar; assim, como se isso fosse uma execração. Mas por que, afinal, não inventaram então um personagem que servisse melhor aos seus propósitos? Andam em círculos, dispondo armadilhas, um contra o outro, e o que faço é assistir a esse duelo, pois chamam isso também de duelo, e continuarão assim, imagino, até darem conta de que a literatura na verdade não passa da arte (se for arte) de se contar bem, com eficiência, uma boa história; com brilho literário, se possível.

ANOTAÇÕES DE DÉDALO

Há algo diferente no olhar dele, *escreveu meu desafeto. Ah, meu caro Francisco José Rovelli, adquiri nesses dois anos uma razoável prática acerca de seus processos mentais. Sou bom observador, você sabe. Tive que exercitar-me muito nestes últimos tempos, justamente para estar à altura do que você sempre esperou de mim, e agora você deve estar avaliando bem o quanto este livro é meu. Subtraia-me destas páginas, faça com que eu desapareça, se conseguir, e aí vai ver no que isto se transformará. Imagine bem. Por certo, imaginará isso no final de tudo, quando eu lhe entregar esta anotação, se é que eu a entregarei algum dia. Ainda que você me tenha escolhido, continuo sendo um elemento imprevisto, pois estive naquele coquetel por acaso e por acaso fomos apresentados um ao outro, lembre-se.*

TRANSPARÊNCIAS
(Do caderno espiral)

Sim, eu não estaria aqui neste momento a escrever isto que escrevo se não tivesse ido àquele maldito coquetel e não tivesse bebido o tanto que havia bebido e não tivesse encontrado esse monumento à impertinência a quem chamo de Dédalo.

Anotações de Dédalo

O fato é que tampouco eu estaria aqui, abdicando desta ensolarada manhã de domingo, trancado em minha casa, em vez de desfrutar da vida pulsante que há lá fora; encarcerado aqui com o objetivo único de defrontar-me com isto, esta massa incongruente de papéis que não são outra coisa senão o subproduto de um capricho desse meu amigo (digamos) e, em certo sentido, o meu mais querido adversário, meu invasor: Teseu.

A Vida é um Sonho
(O romance de Ariel)

No tílburi, a caminho de Botafogo, Agostinho leu e releu um sem-número de vezes o bilhete. Um turbilhão desconexo de imagens veio-lhe à cabeça. As cenas violentas que temia para o final daquela história mesclavam-se à vida compartilhada com Luís Garcia, a amizade que os havia entretido durante tantos anos, a necessária fidelidade que aquela vida em comum exigia, a culpa advinda desse fato, as cenas de seus primeiros contatos com Camila, o encontro inicial na confeitaria. Todo um romance veio à sua cabeça, a história de um amor infeliz, com o seu desfecho mais lógico. Como haveria Luís Garcia de perdoar-lhe a infidelidade?

O tílburi seguia rápido. A tortura de supor o que haveria de acontecer dali a pouco o exasperou a ponto de desejar que tudo se consumasse logo, logo. "Perco a vida, mas livro-me também disto, livro-me desta tortura, e pronto", pensou. "Quem sabe se ele não haverá de poupar Camila. Quem sabe se não se convencerá de que as cartas anônimas não sejam senão produto apenas de um inimigo dele, uma tentativa de destruir-lhe o lar e a felicidade." Mas, de novo, veio-lhe à mente a cena da tragédia. Desejou outra vez que pelo menos Camila fosse poupada do crime. Ao menos isso o confortaria. Já a amava; mais que amava, sentia-se já a consumir-se pela paixão. Assim, decidiu que se confessaria culpado, tentaria por todos os meios atrair sobre si a ira de Luís. Pensando assim, menosprezando a própria vida em favor da vida da amante, conseguiu serenar-se um pouco, munindo-se de uma grandeza derradeira, incomum nele, como o condenado que afinal deixa-se levar para diante do carrasco, sem nenhuma resistência, depois de certificar-se de que todo esforço para preservar-se será inútil.

A rua da Guarda Velha estava no caminho, e quando o tílburi chegou ali não teve como seguir em frente. Outro tílburi tombara, impedindo a passagem. "É a Providência que se manifesta", preferiu pensar Agostinho, sem saber que desejava pensar assim. Estava diante da casa da cartomante que Camila consultara, e aquilo não podia ser creditado ao acaso. Há mais coisas no céu e na terra do que jamais sonhou a filosofia, lembrou-se. O desespero nos faz crer no impossível, e Agostinho, embora cético, não era uma exceção a essa regra.

Enquanto as janelas das outras casas todas estavam abertas, o sobrado tinha as venezianas cerradas, enigmaticamente. A um crente aquela construção se afiguraria decerto como a sede dos fados. Ali, a vidente estaria administrando o futuro imediato. Agostinho, pensando assim, conjeturando acerca dos que se deixavam guiar por gente daquele tipo, desejou com fervor acreditar nas profecias. Mais que desejou, admitiu-o, sem se dar conta de que admitia. "Que perco se a consulto?", pensou. "Poderá talvez assegurar-me de que tudo não passa de uma maneira minha de ver com negatividade o futuro."

ANOTAÇÕES DE DÉDALO

A citação de Shakespeare foi fatal. Nem precisei fazer a busca que pretendia. Era a mesma citação que dava início à Cartomante, *que, depois verifiquei, Machado de Assis havia publicado pela primeira vez na* Gazeta de Notícias, *em novembro de 1884. Foi assim que o final do romance de Ariel me pareceu previsível. Agostinho, seu personagem, encaminhava-se por certo para o sacrifício.*

43

ANOTAÇÕES DE DÉDALO

Talvez tenha sido esta, no caso, a maior proeza operada pela culpa: um fio narrativo que Francisco desenrolou, durante meses, para nele enredar a sua priminha, a quase irmã, a etérea Adriana, e justificar o que para ele teria sido intolerável se não tivesse sido embrulhado com uma bem elaborada capa fetichista e o seu necessário cerimonial. E mais, ele parecia não ter consciência de que andava em círculos, voltando sempre ao mesmo tema. Também a fantasia engendrada em torno de Ariel estava permeada da culpa e da necessidade da expiação, com o abismo rondando os amantes. A imolação iminente de Agostinho estava, afinal, no cerne narrativo da Investigação, e podia explicar o que de fato devia ter acontecido com Ariel em seus últimos dias; e o fim de Agostinho prenunciava também o fim de tudo o mais que se referisse ao romance de Francisco (a parte que lhe cabia no romance, quero dizer), e, em consequência, o fim de nossa relação intelectual. E foi por esse tempo que notei aquele estranho olhar de meu parceiro. Havia nele um arzinho em que se mesclavam um certo cinismo e um insuportável e mal disfarçado ar de triunfo, como se ele estivesse a pensar, talvez: Vê bem como trabalhaste a contento para mim o tempo todo, tentando mostrar o melhor de ti, para que de ti eu tivesse orgulho; e, no entanto, não sabes, agora, até que ponto és criador ou criatura.

TRANSPARÊNCIAS
(Do caderno espiral)

Eu preveni Dédalo de que o final de *A vida é um sonho* não era tão previsível como ele imaginava, e que ele se preparasse para algumas surpresas. Por sugestão minha, logo aceita por ele, eu vinha lhe passando, desde os primeiros dias, aos pedaços, o diário de Ariel e o seu romance. Eu havia feito cópias de ambas as histórias e as dividira em fragmentos. Isso para que o desfecho da aventura fosse para ele uma surpresa e não contaminasse prematuramente a sua imaginação. Quando nos aproximamos do desfecho daquelas histórias, notei nele uma crescente insatisfação, mesclada a um certo desencanto, como se aquele nosso jogo mental estivesse começando a perder a graça por não estar saindo do jeito que ele queria, como se ele estivesse afinal se sentindo um refém de minhas armadilhas intelectuais. Mas isso era apenas o que eu estava imaginando. Dédalo haveria ainda de me surpreender algumas vezes. Durante os dois anos precedentes, ele havia se esforçado por transitar da maneira mais desembaraçada possível dentro daquele universo que ele me ajudara a criar, mas que, no final (acho que ele já estava percebendo), o envolvera como uma capa dura envolve um romance. Veio-me, então, a imagem de um embrião que afinal começa a querer ver onde encontrará forças para arrebentar a casca do ovo que em breve já não poderá comportar o seu tamanho.

O DIÁRIO DE FRANCISCO
(Anotações tardias)
SP, 08/08/1986

Assolados pela culpa, eu e Adriana havíamos andado em círculos, na tentativa de justificar e tornar lícita uma relação que teria sido mais bela e mais saudável se encarada apenas como uma história carnal e plena de gozo. Este o diagnóstico simplista de Dédalo. Reagi, lhe dizendo que aquela análise arbitrária era exatamente o que eu podia esperar de um reducionista como ele, preocupado apenas com a mecânica da libido, como se ela, só ela, fosse a base da energia criadora. Disse-lhe, também, que, ainda que eu admitisse que a culpa tivesse rondado aquele período de que me lembrava com nostalgia, eu sentira o tempo todo um inequívoco prazer em imaginar como poderiam ter-se consumado as relações ocultas entre Adriana e Raul. Eu não podia nem queria compreender aquele processo interior que me levava em direção a algo que, pouco antes, poderia ter sido motivo de minha abjeção: desejar minha prima, a quem, até então, eu não tivera para mim a não ser como uma irmã mais nova, alguém com quem eu começara a ser criado e com quem partilhara um período fundamental da infância, na casa de nosso avô.

O que havia sido de início apenas uma suposição a respeito do que pudesse ter acontecido, passou, em seu processo natural, em que se confundiam os meus receios e os meus desejos, para o terreno de uma certeza íntima da qual não consegui mais me separar. Foi naquele momento que comecei a desfrutar do prazer de pensar nas possíveis maneiras com que minha prima estivera na cama com Raul, e qual o grau de intimidade que haviam desfrutado, eu já desejando, sem nenhum pudor, que tivessem chegado à exacerbação, ao total desprendimento. Senti um claro prazer em pensar nisso, no ato de entrega cujos detalhes chegava a visualizar como se tudo tivesse de fato acontecido. E assim, num processo de detalhamento daquele ato, percebi crescer ainda mais em mim o prazer de imaginar que, para definir o que devia ter acontecido, havia uma única e excitante palavra: TUDO. Sim, tudo. *Tudo,* repeti muitas vezes para mim mesmo a palavra, com toda a sua carga de sensualidade. *Tudo,* repeti em voz alta, tendo fechado os olhos para poder imaginar melhor as cenas, pensando como haveriam de ser longas as horas que ainda restavam até que Adriana chegasse, pois me dissera que chegaria às oito, e que traria o disco de Brahms que me prometera.

44

O Caderno Vermelho
(Transparências)

Aqui está a parte da história que mantenho em segredo, única arma oculta de que me sirvo, para, no final de tudo, defender-me de Dédalo, se for preciso. Esta é minha grande infidelidade, a verdadeira, produto talvez de meu caráter egocêntrico (como ele diria) e único subterfúgio de que disponho para não perder o controle da situação. Afinal, eu é que tive a ideia de escrever este livro. E agora ele tenta vencer-me, usando da audácia que sua idade permite, como um demiurgozinho que cria um romance como se fosse um planeta cuja órbita ele tem a pretensão de controlar. Ora se esse catraio não é mesmo atrevido.

Anotações de Dédalo

Eis o que Francisco pretendeu manter oculto. Ora, vejam. Essa observação aí encerrada em um pequeno caderno de anotações do qual eu não tinha conhecimento, e que, por distração, ele esqueceu sobre a escrivaninha, em meio a uma pilha de livros. Um refinado sacana é o que ele é; um católico de merda. O caderninho vermelho mostra bem, para quem o lê inteiro, que espécie de cristão ele pode ser, pois sabe muito bem pra que serve a religião. Estou farto de sua pretensa piedade, seus conceitos, aquela merda de ideia sobre o espírito, a manifestação de deus em todo homem, o corpo místico do Cristo, o poder interior do Espírito e tudo o mais. Eu tenho é uma natureza primitiva que me molda e me dá um destino, meu caro. É isso. Que mais? Egoísmo e piedade não batem, meu caro, não conjuminam. Você me parece uma abelha que juntou mel demais e está enjoada e está enjoando quem está por perto. Se eu tivesse que cultuar algo, iria cultuar o demônio por ser o único espírito que nos poderia defender de deus e de pessoas como você. Ele é quem me daria a chance de ser de verdade um artista, e não exigiria de mim a contemplação. Ora, a contemplação. Faça-me o favor, dom Francisco. Aproveite o tempo e escreva mais e deixe de se esconder atrás dessa crise que tem o tamanho exato de sua pretensão. Ah, o caderninho vermelho. Me deu vontade de mijar em cima dele, quando o encontrei. Mas, em vez disso, pedi aos demônios, se existissem, que me animassem a fazer algo mais proveitoso que desperdiçar a minha urina, e aí então eu pensei que na verdade a exaltação da piedade é o último degrau de nossa decadência. A piedade é um luxo mental que paralisa a arte, se você quer saber, dom Francisco. Pode ser também que, na verdade, talvez ele não soubesse o que fazer com as suas mal traçadas linhas, sem o brilho que anseia sempre, para sentir-se notado e amado, o estilo, a poesia na prosa, como repetiu tantas vezes, parafraseando o Mago; estilo, aquilo que, segundo o velho mestre, era a maneira de exprimir esteticamente o que o pensamento não podia explicar.

Ora, ora, eis o caderninho, único lugar, afinal, em que se dispôs a lavar a roupa suja, a fazer algumas (pena que sejam apenas algumas) menções às mazelas familiares, abrindo esta brecha, abdicando do seu papel sagrado de defensor da tribo, do clã, expurgando-o das infâmias, poupando-o até mesmo de seus deslizes pessoais, o que ele considera deslizes, exasperado pela culpa atávica; deslizes entre os quais um dos menos comprometedores talvez tenha sido a secreta trepada com a prima Adriana, submetendo-a a tudo, transformando depois aquele ato, que devia com certeza julgar uma completa abjeção, numa espécie de cerimônia religiosa, transportando-a para aquele rosário de mistificações chamado O evangelho segundo Judas, *chamando a tal cerimônia, como bom sacana, de rito de passagem. Vejam só.* Defendeu tal tese em uma conversa que tivemos, repetiu toda a história, embora sem a literatice original, veio para cima de mim com a conversinha de sempre, a religião, o deus que há dentro de nós, a sagrada espécie humana, o arrependimento que redime todos de tudo, até do crime mais hediondo, como se não fôssemos carnais, corroídos pelo desejo, dependentes do desejo, a misericórdia cristã, o Espírito, o grande mito pregado por Paulo, o Espírito que anima a alma humana, tanto os ímpios quanto os piedosos, os bandidos e as suas vítimas; ora, vejam o que ele quis me impingir como sua verdade; veio, pois, com aquela conversinha, e eu o afrontei, dizendo-lhe tudo o que acho sobre isso tudo, para o que serve a religião, a igreja, a meditação, a família, os amantes e tudo o mais. Acredito é no inferno, disse-lhe, pois tem muito mais a ver com a nossa natureza. Deus, se é que existe, o que não me importa um vintém, e se é que criou tudo isto, criou então a carne, o desejo, o gozo, o vício, a minha ejaculação, e o que quer que haja sobre a face do mundo, a perversão e a virtude, a santidade e a sacanagem, a glória deste momento em que dou conta da enrascada em que ele queria me meter.

No entanto, tenho que reconhecer que, às vezes, ainda me sinto sua criatura, vitimado pelo demônio insistente da contradição, que deixo expressar-se, muitas vezes, através de minhas arengas (quando isso me convém, é claro); sim, às vezes sinto-me mesmo uma criatura de Francisco, um seu personagem (aquele que ele quer que eu seja), e desse modo continuo me rendendo, cordato, à ideia que ele teve de um romance a quatro mãos; melhor, o que ele imaginava que haveria de ser um romance a quatro mãos, e que deu nisto que aqui está; e, me sentindo, não raro, ainda sua criatura, dou-me conta de que nada disso teria sido escrito se não nos tivéssemos encontrado naquela noite, naquele raio de *coquetel em que ele me falou de seu projeto, com um típico entusiasmo etílico, e, graças ao que então disse, é que posso entregar-me ao desplante agora de tentar apossar-me desta, digamos, sua obra. No entanto, faz parte do jogo (o que o torna mais excitante) esta espécie de mútua e permanente entrega. Assim, fico tentado a ir até o "santuário" para deixar sobre a escrivaninha dele estas considerações, e é o que vou fazer se nada mudar o meu destino, mesmo porque chego a suspeitar de que ele tenha deixado de propósito o caderno vermelho sobre a mesa de trabalho. De qualquer maneira, tenho que me prevalecer do fato de Francisco ter me escancarado as portas de sua casa e desta criação e franqueado este mundo em que bancamos deus e demônio ao mesmo tempo, traçando o destino das vidas humanas arroladas neste pasquim imenso com o qual temos nos entretido há mais de dois anos; esta a verdade, a melhor parte da verdade, fazendo de conta que nos digladiamos intelectualmente, tendo como desculpa esse Ariel Pedro e sua obra desigual, sua vida irregular, seu amor mal resolvido, e que ele tentou, sem ter consciência disso, santificar junto ao altar em que colocou o amigo, aquela espécie de sua outra metade, aquele Trajano Gonçalves sempre todo empertigado e bem-composto, bem do tipo daqueles que trepavam de ceroulas e pediam licença às mulheres para enfiar-lhes a vara. Ariel admirava-o decerto por aquilo que via nele de macho, de homem grande e resoluto, o que, naqueles tempos, mais que hoje com certeza, devia fazer a segurança das mulheres, o paraíso possível para o ideal das ninfas. Emparedado entre uma veneração e outra, Ariel estava assoberbado demais para deixar-se abater pelos seus notórios desafetos, por aqueles que, através dos jornais, o atacaram nos últimos tempos, ou pelas ciumeiras comuns entre intelectuais ou por motivos políticos verdadeiros. Fato é que Ariel deixou que os que estavam por perto, a família e amigos, cressem que eram esses seus algozes a causa de seu abatimento, e assim conseguiu despistá-los, e foi cercado, por todos os lados, pelo zelo da mãe e das irmãs, e pelo receio dos camaradas mais próximos de que ele se descontrolasse emocionalmente, o*

que os levou à ocultação do libelo violento que um tal de Leôncio Seurat,
inimigo feroz do florianismo, havia publicado num jornal de São Paulo,
atacando-o por suas posições políticas e insinuando deficiências de ordem
amorosa, chamando atenção para a ausência de mulheres em sua vida,
fora do ambiente familiar.

O Diário de Francisco
(Anotações tardias)
SP, 11/08/1986

Dédalo passou então a desfiar seus impropérios, imputando-me o papel de defensor da tribo, do clã, ao expurgá-lo das infâmias, poupando-o até dos meus deslizes pessoais. Acabou por vulgarizar o quanto pôde aquilo que ocorreu antes e logo depois da morte de Raul, e o que assinalou aqui tornou-se assim um contraponto feroz, mas, tenho que reconhecer, pleno de vida e de paixão primitiva. No entanto, a essência dos fatos continua a mesma em minhas recordações, queira ele ou não.

Eu mentalizara, em detalhes, o que iria acontecer dentro de pouco tempo, quando estivéssemos frente a frente. *Adriana, a Bela.* Eu então pronunciaria este atributo, fazendo afinal ecoar postumamente a expressão que Raul tantas vezes usara. Eu estava certo de que ela entenderia o que eu iria dizer, o significado da expressão naquele momento. Assim, porque eu não tinha dúvida de que, em todos aqueles dias, Adriana passara por um processo semelhante ao meu; eu o percebera com uma certa vibração nas últimas vezes em que nos havíamos visto, e que haviam culminado com um período de cinco dias de silêncio, em que não nos faláramos nem por telefone, o que em outras condições teria sido inexplicável.

Eu sabia que, à semelhança do que ocorrera comigo, também ela devia ter ruminado os mesmos fatos, devia ter pensado em substância, a seu modo, em tudo o que eu pensara a respeito de tudo. Da mesma maneira que me sentia preparado para aquele tudo que imaginara, também ela devia estar preparada. Ligou afinal, pela última vez, para um diálogo breve. Disse-me que viria no dia seguinte, às oito da noite, e que me traria o disco prometido, uma peça de Brahms que eu perdera e procurara, sem sucesso, pelas lojas da cidade e que ela encontrara numa casa de discos usados: o sexteto número um para cordas em si bemol maior.

TRANSPARÊNCIAS
(Do caderno espiral)

Contraditoriamente, foi Dédalo quem sugeriu que eu arrolasse aqui o que ocorreu logo depois da morte de Raul; e não acho que o tenha feito apenas para poder depois execrar-me. À parte o prazer que parecia sentir em espicaçar-me, havia o argumento da especularidade entre o romance anterior e a história de Ariel, como se um pudesse justificar de certa forma o outro, ou, o que seria mais aceitável, complementá-lo.

45

A MÃO E A LUVA
(O diário de Ariel)

[...]

A velha Clarice cerca-me de maus pressentimentos. Não sabe minha pobre mãe, tão boa mas tão inocente, o quanto isso piora a situação, e nada lhe posso dizer sobre o que, na verdade, ocorre comigo. Lembra-se sempre — e diz isso a mim, à guisa de advertência —, da tendência de meu pai para a depressão, e a toma então como uma moléstia atávica, contra a qual devo defender-me, fazendo um pouco mais de vida social, saindo à rua com os amigos, tornando à confeitaria, ainda que saiba que o nosso grupo se desfez, e que não tenho disposição em conviver com a turba de janotas inconsequentes que agora costuma aparecer por lá. De um bom casamento é o que preciso, ela diz também, e aponta para a casa em frente, e menciona as graças da filha do Moura e a sua boa situação social. E lembra de Floriano, cuja morte me fez muito mal, diz, com o acréscimo de que devo orar por ele, que assim sereno meu espírito com relação à perda. Ela não faz mais que fingir que se tratou de uma grande perda, para me animar, quando a verdade é que preferia a monarquia, sempre preferiu, embora não fale quase nada agora sobre isso, fazendo algumas menções apenas sobre o que qualifica de bons tempos. E é assim, falando e falando, que ela, querendo-me o bem, na verdade me atormenta quando vou vê-la, cumprindo minha obrigação, e também porque, se eu não o fizesse com a esperada frequência, enviaria mana Cecília no meu encalço.

O Rodrigo, enquanto isso, nas vezes em que me visita, admoesta-me quanto ao que qualifica de doença política de que padeço, instando-me a que deixe de martirizar-me acerca da oligarquia que se arranja como pode no novo regime, que isso não tem jeito mesmo, e que os que me atacam pelo jornal, aqueles com quem já nem mais tenho ânimo para polemizar, logo cessarão a sua ira e tudo ficará em paz. E eu fico quedo, meneio a cabeça, não digo sim, não digo não, comovo-me um tanto com esse esforço dele em confortar-me, e mesmo assim não me animo a contar-lhe de qual mal de fato padeço. Não tenho o direito de expor-lhe assim a situação que se armou. Ainda que Rodrigo mereça confiança, o que acontece é uma comunhão apenas nossa, minha, de Beatriz e Trajano, a quem, agora, não admiro como antes, nos tenros anos de nossa vida, não invejo como cheguei a invejar por tudo aquilo que tantas vezes mencionei nestes papéis. Não e não, nem admiro nem invejo mais Trajano, pois consegui afinal ter apenas afeição por ele, conseguindo agora enternecer-me, e não apenas sentir-me reconfortado quando digo para mim mesmo esta espécie de salmo: "tenho-o por amigo."

[...]

TRANSPARÊNCIAS
(Do caderno espiral)

Através dos depoimentos deixados por amigos, sabe-se que nos dias em que Ariel escreveu suas últimas confissões já apresentava sinais evidentes de que sua depressão se agravara. Deixou de frequentar de vez a rua do Ouvidor, e trancou-se em casa. Dona Clarice e Cecília, a irmã ainda solteira, tentaram em vão convencê-lo a que voltasse para a casa das Laranjeiras.

A MÃO E A LUVA
(O diário de Ariel)

[...]

Preocupam-se a velha Clarice e mana Cecília com o meu retiro. Querem que eu volte para casa, para que possam dar-me o necessário amparo, carinho, achando que é do que eu necessito. Mas como posso permanecer na casa das Laranjeiras com o meu silêncio, sem nada lhes dizer do que está acontecendo. Seguem imaginando que o que me abate é a disputa travada com os meus adversários, e eu não procuro convencê-las do contrário, e prefiro mesmo que pensem assim, porque desse modo não me exigem esclarecimentos.

A quem eu poderia estar dizendo tais coisas senão a ti, meu caro Téo. Quem me haveria de compreender senão tu. Assim, começo, pouco a pouco, a acreditar que foi a Providência, um plano prévio do destino que nos colocou frente a frente.

Por insistência de mana Cecília, estive ontem na rua das Laranjeiras, e ali encontrei também mana Ofélia, ainda embriagada, dois anos depois, pelo casamento, e a ela lhe disse minha mãe o quanto a minha situação a preocupava. Disse dos pressentimentos que tinha de que alguma coisa de grave poderia acontecer-me; daí que vinha tentando convencer-me de que o melhor seria que eu voltasse mesmo para casa; e, inábil, ingênua a mãezinha, lembrou-lhe ainda de como o Pompeia, no ano passado, isolara-se, depois de insultado publicamente, e matara-se afinal. E assim lembrei-me intensamente das agruras pelas quais ele passara, até escrever o seu bilhete de despedida, sentando-se depois na poltrona de seu quarto, para em seguida apontar para o peito o revólver e varar com uma bala o coração. E lembrar-me de tal tragédia fez-me o esperado mal, angustiou-me tanto que pensei em algo que, em meu ceticismo e minha descrença, jamais havia pensado; pensei em procurar a cabocla do morro do Castelo. Talvez viesse, ali, em meio à pobreza do lugar, a ter alguma palavra de conforto.

[...]

46

O Diário de Francisco
(Anotações tardias)
SP, 12/08/1986

O que haviam feito na cama era o que eu imaginava já com um inequívoco e crescente prazer; o desprendimento com que haviam estado no quarto de Raul, no seu quarto tão cheio de mistérios, acessível a poucos, apenas aos seus eleitos; ali onde, poucos meses mais tarde, ele poria termo à vida, com uma violência que não era de se esperar dele. *O mundo é para quem nasce para o conquistar,* citara muitas vezes, deixando atrás de si um testemunho poético e trágico, como se tivesse sido derrotado em uma batalha de que não tivéramos conhecimento; e o desconcerto de constatarmos que era frágil, mais frágil do que poderíamos em nossa imaginação supor, um pouco como aquele minotauro de Borges, que apenas se defendeu do ataque, segundo o testemunho de Teseu a Ariadne; até mais frágil se pensarmos que não ficou à espera, preferindo autoimolar-se naquele quarto, em meio aos seus livros, seus quadros, as reminiscências de suas raras viagens, os pequenos troféus esportivos dos tempos de ginásio, *fragmentos de um roteiro em direção ao inferno,* como se expressara certa vez, meio brincando, meio a sério, de um modo ambíguo, à sua maneira habitual de expressar-se — sem explicar, recusando-se a fazê-lo, ainda que insistíssemos, por que havia dito aquilo —; uma foto de Franz Kafka aos treze anos, denotando um certo ar de desamparo, recortada de um jornal e fixada numa das portas do armário; um Franz Kafka que olha para um ponto ligeiramente à direita do fotógrafo (quem teria estado ali naquele momento?), sem imaginar, por certo, que se tornaria um escritor (sua vida, uma página ainda quase em branco), sem ter tido, é possível, que clamar uma única vez pelo Cordeiro de Deus (por que Raul o elegera para ser colocado ali, distinguindo-o, se nunca havia manifestado sua predileção por ele?; talvez se identificasse apenas com a pessoa cândida, um tanto misteriosa que aquela imagem deixava transparecer, alguém que aquela foto prenunciara e que, por esses incidentes comuns da vida de todos nós, se tornou um outro ser, alguém que um dia escreveria algo que Raul repetiria para mim em uma carta em que me lançava os costumeiros desafios com relação ao evangelho segundo Judas: *Nós precisamos de livros que nos afetem como um desastre, que nos magoem como a morte de alguém a quem amávamos como a nós mesmos. Devemos ler apenas aqueles livros que nos firam e nos trespassem;* mas a foto, curiosamente, é a foto de alguém que não havia escrito uma linha sequer sobre essas coisas, e, entre tantas imagens de Kafka que Raul podia ter escolhido, escolheu bem aquela da qual descortinava um futuro de múltiplos caminhos possíveis, não por acaso aquele que foi afinal percorrido pelo menino Franz: a manifestação de uma sensibilidade rara e profética; e a resposta a isso, sob a forma da incompreensão, do desdém, do anonimato, e o martírio final de uma moléstia incurável.

E eu já desfrutava então da certeza de que o amor de Adriana e Raul não teria invadido aquele "santuário" senão para uma cerimônia integral, sem limites. Era ali que havíamos estado tantas vezes, falando a respeito de tudo ou quase tudo, bebendo vinho, todo vinho a que julgávamos então ter direito, com raras presenças estranhas; ali onde falamos, interminavelmente, de Judas Iscariotes, do pretenso romance sobre Judas; ali onde, também, dependendo da ocasião e da comemoração a que nos propúnhamos, Raul chegava a gracejar, o que era raríssimo nele, levantando com solenidade a sua taça, repetindo as palavras do Santo Sacrifício: *Veni Sanctificator.* Não, não teriam estado ali na cama senão para uma entrega irrestrita, com toda a liturgia que a sacramentasse, assim como num pacto de união, um rito que deixasse uma marca profunda, que nos ferisse a todos, um ato de transformação.

ANOTAÇÕES DE DÉDALO

Entregar-se ao poderoso mecanismo da causalidade. Esta me pareceu sempre a postura de Francisco diante dos fenômenos que se sucediam diante de seu nariz. Daquela espécie de amizade cerimonial entre ele, Adriana e Raul, que culminara em duas noites de liturgia e sacanagem, resultara o dividendo, entre outros, do romance iniciado logo a seguir, uma história que se estenderia depois por uma outra história: esta; resultando afinal (se eu, como ele, pensasse que nada acontece por acaso) no fato de eu estar aqui tecendo este comentário; e, assim, eu teria que dobrar-me à constatação de que até a minha vida literária acabou transformada, indiretamente, por aquela festinha em que se entregaram um ao outro como se estivessem em um templo. Ora, faça-me o favor. Que bom se você descesse afinal à terra, meu caro Francisco. Bem se vê o que, de fato, o atraiu naquela sucessão de desencontros em que se constituiu a vida de Ariel Pedro.

A MÃO E A LUVA
(O diário de Ariel)

[...]

Eu nunca havia ido ao morro do Castelo, e sempre o vira, remoto, perdido entre os contornos da paisagem, e não poderia jamais ter pensado que um dia subiria uma de suas ladeiras, temeroso, quase morto de ansiedade, atrás do desvendamento de um mistério, para mim então mistério: aquele futuro imediato em que se mesclavam as minhas esperanças e o temor de alguma desgraça. Pedi ao cocheiro que chegasse o mais perto possível do endereço, e, depois que o carro já não pôde mais subir a via íngreme, desci e continuei a pé. A casa da cabocla era pobre como todas as outras, havia uma escadinha mal-ajeitada que dava acesso à porta de entrada, e nesse curto caminho esbarrei com duas senhoras que de lá saíam, e elas me olharam temerosas, tentando esconder com as mantilhas a sua identidade, como que com receio de que as reconhecesse. Adverti que seriam senhoras lá de Botafogo, que ali estavam à revelia de seus maridos, querendo talvez saber coisas justamente a respeito deles, tomadas por aquela espécie de febre que é o desejo irresistível de saber o quanto se é amado ou apenas se se é amado, esse mal corriqueiro. Venci os últimos degraus enquanto elas desciam à pressa. Bati na porta, e apareceu o marido da adivinha, que me fez entrar e pediu que a esperasse, explicando que entre uma sessão e outra ela tinha que ter um tempo para se recompor: "Isto a deixa cansada", disse, como querendo enobrecer o trabalho da mulher para justificar a posterior paga. Não demorou muito, veio a adivinha. Na sala entrava pouca luz, vinda de uma janela entreaberta. Mesmo assim pude ver que suas roupas eram pobres mas limpas, e foi essa pobreza que, ao invés de desacreditá-la, deu-lhe credibilidade. Não se enriqueceu com o desespero, com a ansiedade alheia, pensei comigo. Fez-me sentar a uma ponta da mesinha tosca e sentou-se ela do outro lado, e começou a baralhar o maço de cartas que trazia entre as mãos, sibilando um discurso incompreensível, por certo alguma reza antiga. Enquanto estava assim, a se concentrar, olhava-me com insistência, como a querer ler o meu pensamento. Pediu-me que cortasse o baralho, e dele tirou três cartas, colocou-as sobre a mesa, olhou-as, tocando uma a uma com o indicador; ao fim do quê, disse: "É um problema de amor o que o traz aqui, não é?" Assenti com a cabeça, embora fosse amizade aquilo que eu sentia, uma amizade incomum, diferente. Assenti porque pensei, naquela hora mesma, não fornecer à cabocla nenhuma pista de meus verdadeiros sentimentos. Mas ela logo me surpreenderia: "Mas é um amor diferente do comum. Não há dolo." A voz estava um tanto enrouquecida, e já não era aquela voz feminina que eu ouvira logo no começo da sessão. E também o discurso não era próprio de uma mulher singela como a que ali estava, e essa constatação fez-me crescer a ansiedade, o coração batendo fora de compasso, destruindo-me logo as defesas de meu ceticismo. "O moço quer saber se há perigo, não é mesmo?", ela perguntou. E eu disse que não temia o futuro apenas por mim. "Vejo que gosta dela de verdade. Sei que tem muito respeito pelo marido, o que, ainda que seja de se louvar, não melhora em nada a situação." Tomou então um baralho que não era comum e estava ao lado do outro, misturou-o bem. Depois que o cortei, ela tirou quatro cartas e as depôs sobre a mesa em forma de cruz, e as foi virando, revelando estampas sugestivas que logo me fizeram pensar no velho baralho mencionado pelo doutor Macedo em um romance que eu lera ainda em criança. Uma torre partida por um raio foi a primeira, e logo à sua frente, à direita da cabocla, apareceu um rei de perfil, segurando, compenetrado, o seu cetro. Ao ser virada, a carta de cima da cruz revelou uma espécie de andarilho com uma trouxa ao ombro e um cachorro a persegui-lo. Por fim, colocada na extremidade inferior, apareceu o que supus ser uma rainha, mas logo vi a inscrição, que explicava tratar-se da Justiça, e era uma mulher jovem, a da gravura, e eu logo pensei em Beatriz. A cabocla tocou uma a uma as cartas, pensou um instante e logo foi procurar mais uma carta no monte. Veio então a estampa tendo por título A Roda da Fortuna, que foi colocada no centro. "Os acontecimentos vão provocar uma ruptura", começou por prever a adivinha. "Haverá um malogro de suas esperanças", O que vem do passado domina a questão. Por isso o presente não pode sustentar-se assim como está." Eu estava e não estava entendendo ao mesmo tempo o que ela dizia, quis ter uma explicação, ia falar que queria esclarecer-me, mas a adivinha fez um gesto com a mão interrompendo-me, como a evitar que eu perturbasse a sua concentração. Pôs o indicador sobre a carta de baixo, a da Justiça: "A carta que resolveria o problema diz que as coisas se decidirão de um modo negativo e dá cabo da esperança, que não tem fundamento, pois o Louco está aqui em cima. Não há como o moço ter para si a mulher." Pensei naquele momento explicar-lhe a situação, a base de minha angústia, o que de fato estava acontecendo, mas logo desisti, pois dei-me conta de que a cabocla estava equivocada apenas acerca de algumas nuances dos acontecimentos, pois no fundo eu queria muito Beatriz, e torturava-me aquela ideia de ruptura que as cartas estavam a mostrar. "É melhor que assim seja", disse a mulher, tocando a carta inferior e depois a superior: "Aqui a Justiça e acima o Louco. A união do casal não seria construtiva; pelo contrário." Ia pedir-lhe que detalhasse mais a questão, que me esclarecesse, mas acabei concluindo que havia sido advertido à suficiência. Demais, ela começou, em seguida, a parte dos conselhos, que me pareceu longa em excesso, dizendo-me dos perigos de arriscar-me a dar prosseguimento a uma situação como aquela, e que eu só não precisaria ter receios se começasse, já, já, a curvar-me diante dos fados. Havia falado coisas que lhe davam credibilidade, apontando uma relação forte, mas sem falar de amor, sem pronunciar a palavra infidelidade, ressaltando apenas: "Vê-se que a moça é comprometida." Quando começou a repetir os conselhos de que eu tivesse cuidado, tive uma vontade enorme de ir-me embora, de sair para a luz do dia, para o sol que havia lá fora, para pensar, para iluminar-me quanto ao que fazer dali em diante. Apenas retardei a saída por não atinar com a quantia que deveria pagar por aquele serviço que a cabocla me prestara com dedicação. Pensei, afinal, que o melhor seria pecar pelo excesso. Naquele momento de tanta aflição, o dinheiro nada parecia me valer. Ao receber a importância, a cabocla sorriu satisfeita, e me disse que eu bem que merecia desfrutar daquele amor, mas aduziu que se tratava mesmo de coisa perigosa, se eu não tratasse bem o meu senhor: o Destino. Disse ainda, fazendo um muxoxo de contrariedade, que lhe fazia muita pena aconselhar-me aquilo. "Mas o que se há de fazer. Deus é grande." Foram suas últimas palavras, quando eu já havia virado as costas, transpondo a porta de saída, regressando àquele dia cálido e ao mundo de meus infortúnios.

[...]

Anotações de Dédalo

Francisco me advertira quanto à minha precipitação ao considerar a previsibilidade daquelas histórias superpostas. De fato, o final começava a contrariar a velha história de Machado de Assis. A história da "vida real", pelo menos, contrariava; aquela relatada no diário de Ariel e que parecia reproduzir-se, em sua estrutura, no romance que ele vinha escrevendo, ainda que abrigasse um conteúdo moral bem diverso. Na aventura que eu imaginara que tivesse dado origem a tudo, a cartomante abria francamente a porta para os dois amantes, assegurando-lhes uma vida futura risonha, plena de gozo, sem as barreiras que tanto haviam temido, armando-lhes assim um destino de desgraças.

47

O DIÁRIO DE FRANCISCO
(Anotações tardias)
SP, 14/08/1986

Abri a porta e vi que Adriana tinha o disco de Brahms nas mãos. Ela me entregou o disco, e eu disse *obrigado* e *puxa, como me fez falta este disco,* não dizendo nada além disso, tentando ater-me à real medida das coisas, sem necessitar demonstrar como eu achava significativo aquilo de ela ter procurado com tanta insistência o sexteto até encontrá-lo. Eu sabia que não precisava demonstrar nada porque estava tudo subentendido, ela sabendo muito bem o que eu estava sentindo, eu sabendo que ela sabia, e ela, que eu sabia que ela sabia; assim, numa comunhão infinita de nossos pensamentos e intenções. Foi um diálogo de frases curtas, com pausas mais longas que o habitual, pois estávamos surpreendentemente calmos, sem a mínima ansiedade, e parecia haver um desejo natural de tornar mais longos aqueles momentos que sentíamos que seriam decisivos, e que encerravam um significado que transcendia aquela situação, e que seriam momentos únicos, irrepetíveis. Claro que não nos tocamos de imediato. Havia o consenso de que não devíamos nos tocar antes que Adriana me revelasse o que devia ser revelado, e isso para que, no final, tudo tivesse o seu verdadeiro sentido. Tomamos vinho, é claro, com parcimônia, com temperança, em pequenos goles que nos mantivessem o tempo todo naquele leve torpor que só o vinho causa, sem que o álcool pudesse afetar a lucidez necessária para que desfrutássemos em toda a plenitude aquela situação. Com efeito, ela estivera na cama com ele, no seu quarto pleno de reminiscências, naquela espécie de templo onde ele praticaria o seu autossacrifício. E ali, em meu quarto, que era também o meu escritório, para onde eu levara os despojos que me haviam cabido e que, por instruções suas, a mãe dele me entregara: as cartas que eu lhe escrevera; um pequeno canivete marca Cometa que ele possuíra desde a infância; cerca de trinta livros escolhidos (nem um de literatura; sequer *Demian,* o nosso clássico; onde teria ido parar?), que mostravam o ponto para onde dirigira as suas paixões, incluindo títulos de Steiner, Schuré, Annie Besant, *O evangelho esotérico de São João*, de Paul Le Cour, *O mistério das catedrais,* de Fulcanelli, e algo sobre o qual jamais havia feito algum comentário: *A vida das formigas,* de Maurice Maeterlinck; ali, para onde eu levara também o recorte com a foto de Kafka quando criança, que não me havia sido legado por Raul, mas que pedi a Emma Kreisker, e que (com jeito, para que não fosse danificado) eu retirei da porta do armário do quarto dele, e, procurando repetir seu gesto, coloquei num lugar correspondente, numa das portas de meu armário, para não me esquecer nunca de que o que precisávamos na verdade era de livros que nos afetassem como um desastre, que nos magoassem como a morte de alguém a quem amávamos como a nós mesmos; ali, portanto, no meu "santuário", onde eu mantinha os meus despojos mais caros, meus quadros preferidos, meus livros, minhas cartas, meus fetiches e tudo o mais; ali, minha prima Adriana Elisa Rovelli me revelou que a entrega havia sido uma entrega sem restrições, como ambos jamais haviam feito com qualquer outra pessoa.

Acontecera cerca de três semanas antes de eu voltar de viagem, bem no momento em que eu estava escrevendo a ele as últimas cartas, que, por um desejo seu, me seriam devolvidas por Emma Kreisker com as cartas mais antigas, o que eu entenderia como um sinal de que ele considerava aquele um caminho para o início do romance sobre Judas, pois ao reler os textos eu tive as primeiras ideias a respeito da série de fragmentos que mais tarde eu lhe dedicaria e à qual daria o nome de *Prairie lights*.

Acontecera, pois, no verão de 1975. Eu não toquei Adriana, não a interrompi até que esgotasse tudo quanto achava que me devesse dizer: disse-me que jamais pretendera ocultar-me o fato. Jamais. Esperara apenas o momento adequado à inevitável revelação. Assim, tal como eu imaginara. E não fora um consenso, uma decisão que ambos tivessem tomado. Cada um à sua maneira, em separado e por motivos próprios, havia estado à espera do melhor momento para que eu tivesse ciência de tudo. Raul não viveu o bastante para isso. Por certo, se ainda estivesse vivo, haveria de me procurar nos dias seguintes, intuindo que Adriana tivesse estado comigo na cama, para me dizer também ele: foi precisamente assim: *Tudo. Tudo,* eu imaginara. *Tudo,* disse Adriana sobre o que ocorrera numa noite de um sábado do verão de 1975. *Tudo* foi também o que fizemos, repetindo tudo, naquela espécie de liturgia em que celebramos a memória de nosso amigo, com toda a calma e toda a entrega, até que, já bem tarde, depois da ducha, do complemento de nosso batismo, voltássemos ainda nus para a cama, com sanduíches, com nossas taças de vinho, com a garrafa ao alcance da mão, tendo colocado para tocar o disco que Adriana trouxera, e que era também uma das peças prediletas de Raul — ele quem a descobrira — e que, também bebendo vinho, ainda que castamente, havíamos ouvido tantas vezes juntos: o sexteto de Brahms. Foi inevitável que eu me lembrasse naquele momento das vezes em que Raul levantara sua taça para dizer, gracejando de maneira provocativa, acerca de minha pretensa religiosidade: *Veni*

Sanctificator. Fiz Adriana recordar-se do fato, e pudemos então, depois de tanto tempo, rir pela primeira vez irrestritamente; rimos porque, ao pensar no gesto profano de Raul, não resisti ao impulso de complementá-lo; e assim levantei minha taça e, segurando-a bem alto, com as duas mãos, disse: *Este cálice é o novo testamento de meu sangue. Toda vez que o beberdes, fazei-o em memória de mim.*

ANOTAÇÕES DE DÉDALO

O incesto, segundo Alain Gheerbrant, é a exaltação da própria essência, a descoberta e preservação do eu mais profundo. É uma forma de autismo. Faz parte das relações entre os reis e se constitui na verdade numa tentativa de preservação da superioridade genética.

Aí está. Eu poderia, já naqueles tempos em que este pretenso livro a quatro mãos estava tomando corpo e gravidade, ter lançado sobre a escrivaninha de Francisco esta pérola (para usar uma de suas expressões pejorativas habituais), esta pequena nota, mas pensei que não seria então conveniente porque ele por certo se desviaria de sua rota, de suas obstinações, e passaria às inevitáveis elucubrações, à autodefesa de sempre. Muito mais, se eu o lembrasse da inquietante coincidência revelada pela cabocla do morro do Castelo de que Ariel e Beatriz teriam sido gêmeos em uma remota encarnação, pesando assim sobre ambos o anátema do incesto; aquilo que justificaria a paixão apenas platônica que os unia. O fato é que Francisco partira de uma longa elaboração para poder configurar suas relações como uma prática incestuosa, com base decerto em um desejo inconsciente, uma necessidade oculta de conferir àquela relação a condição de um delito. Ele e Adriana eram apenas primos, afinal.

A VIDA É UM SONHO
(O romance de Ariel)

Como o caminho continuasse impedido, Agostinho pediu ao cocheiro que o aguardasse, e quando desceu para a calçada ainda experimentou um momento de indecisão. Como podia ele, um cético incorrigível que tanto censurara Camila por suas crendices, submeter-se ao juízo de uma mistificadora vulgar como aquela que ali pontificava em meio aos ingênuos de toda espécie. Mas, como o mundo objetivo que cercava a sua vida tão precária naquele momento não lhe poderia fornecer nenhum conforto, pensou que naquela casa humilde teria, ao menos, alguém com quem pudesse dividir aquela história de amor. Enquanto subia a escada de madeira em direção ao pavimento de cima, já não desfrutava de nenhuma indecisão e sim da certeza de que, se aquilo não lhe fizesse bem, mal com certeza não faria. Foi um átimo, um tempo brevíssimo, o que se passou entre a pancada na porta e o momento já em que Agostinho teve diante de si a cartomante, como se ela já houvesse estado ali a esperá-lo, como se o tivesse já pressentido. A casa era sombria e cheirava a mofo, e era, mais que tudo, pobre. No entanto, todos esses aspectos negativos pareceram desvanecer-se quando, ao sentar-se do outro lado da pequena mesa, e tendo antes lhe oferecido uma cadeira, a velha lhe disse: "O moço tem sofrido muito. E é por causa de uma mulher, pois não?" Agostinho não pensou então que a observação pudesse tratar-se de um expediente apenas, um jogo baseado no fato de que, em sua maioria, os que procuram conhecer o futuro o fazem porque o temem, e o temem, no geral, por causa de amores mal resolvidos. "Sim", respondeu, já confortado por ter diante de si uma cúmplice, uma conhecedora de parte de sua história, uma alma talvez solidária, aconselhadora dos aflitos. "Vamos ver o que o destino reserva ao moço", ela disse, tirando um velho baralho da gaveta. Misturou-o com lentidão, olhando firme para Agostinho, que estranhamente não se constrangeu com o olhar insistente da velha. Então, ela pediu que ele cortasse o monte depositado sobre a mesa, e, tomando a parte que estava debaixo, deitou três cartas. Tocou com o indicador a primeira da direita: "De fato, o moço sofre um grande pesar, e é mesmo por causa de uma mulher." Ele disse que sim. "Ela é comprometida, e o moço quer saber se há algum risco para os dois, pois não?", a velha acrescentou. "Não quero magoar ninguém, não quero tampouco ser magoado", ele disse, mal podendo disfarçar a enorme ansiedade. A velha depositou o indicador na carta do meio, olhou-a por um instante, pensativa, e sussurrou acerca da gravidade da situação: "É tudo muito perigoso, e o senhor tem razão em estar aflito como está." E disse também algo que Agostinho julgou sensato e ajudou a que, pelo menos naquele momento, acreditasse no axioma hamletiano de que havia mais mistérios na Terra do que pode supor a vã filosofia: "O destino é feito das coisas que de fato acontecem. O mal se abate sempre sobre aqueles que dele não têm conhecimento ou sobre os que não sabem como evitá-lo. As cartas servem para mostrar os perigos, e assim o senhor poderá imaginar como livrar-se deles." Era preciso muita cautela, aconselhou, com a voz alterada, rouca, vinda, parecia, das profundezas de sua alma, onde havia buscado informações alarmantes. A paz inicial que Agostinho sentira logo que advertiu uma base de sinceridade na vidente teve a sua reviravolta. Viera para pacificar o seu espírito, e agora, ao contrário, sentia-se o mais desvalido dos homens, esmagado por uma mistura de medo e de culpa. O fato é que sua memória bloqueara-se. Não atinava, de modo algum, com o fato de que, semanas antes, a mesma adivinha que ali estava à sua frente abrira para Camila perspectivas de um porvir bem diverso daquele que agora lhe acenava.

"Ela é uma moça muito bonita", a velha ainda disse, *"e é daí que vem todo o perigo. Ela é bonita para o senhor, mas é bonita também para o marido, que com razão não quererá dividi-la. É tudo tão perigoso." Tocando-lhe com indicador o lado esquerdo do peito, acrescentou: "O*

coração já está ferido pela moça. Não deixe que o marido também o machuque. É preciso que o senhor tenha muito, mas muito cuidado mesmo." Como já tivesse sido advertido à suficiência, Agostinho já estava ansiando por sair dali, para poder pensar nas providências que haveria de tomar para defender-se. Apenas retardou a saída por não atinar com a quantia que deveria pagar por aquele serviço, mas logo preferiu correr o risco de errar pelo excesso. Além do mais, para quem se julga estar em risco de vida, na iminência da morte, vítima futura de um crime, como se julgava, de que valia o dinheiro? Ao receber a soma, a vidente sorriu satisfeita, mostrou uns dentes brancos e perfeitos que desmentiam a sua aparente senilidade. Havia sido uma velha a que atendera à porta. Agora já não parecia tão velha, e sim uma jovem precocemente envelhecida. E a imagem daqueles dentes brancos, sem falhas, algo muito raro, muito mais naquela classe social, sobreveio como um grande mistério.

Ainda sorrindo pela satisfação em receber aquela quantia, a cartomante avaliou o quanto Agostinho amava a mulher do amigo: "Bem que o senhor a merece. Digo outra vez que é coisa muito perigosa, e devo aconselhar que se afaste dela para se defender. Faz-me uma grande pena dizer-lhe isso, o senhor nem imagina." Sibilou, na verdade, essas palavras, e só então ele notou um quase imperceptível sotaque estrangeiro, que podia trair uma origem tanto espanhola quanto italiana. Devia ter vindo ainda criança para o Brasil, premida pela miséria, uma história comum da imigração, e assim Agostinho teve, afinal, a sensação de que havia de algum modo ajudado a ressarcir o sofrimento que o sonho de uma pátria nova havia decerto gerado no coração daquela mulher misteriosa. Despediu-se dela sentindo, pelo menos, esse conforto. De volta à rua, viu que o caminho já estava desimpedido. Tomou de novo o tílburi, e seguiu para Botafogo esforçando-se por ser racional, tentando pensar na melhor maneira de enfrentar aquela situação-limite em que se encontrava.

ANOTAÇÕES DE DÉDALO

A história era semelhante, em alguns pontos, à de Machado de Assis. No entanto, apesar de Ariel ter repetido os topônimos cariocas, não havia uma frase sequer parecida com as do texto original. Também a pontuação não era característica de Machado, nem o léxico, nem a sintaxe. Havia ainda, além das contraditórias advertências acerca dos riscos que Agostinho poderia estar ocorrendo, o final inusitado, que contrariava frontalmee a solução engendrada pelo mestre.

48

O DIÁRIO DE FRANCISCO
(Anotações tardias)
SP, 21/08/1986

Fiz um grande esforço para ser literário quando Dédalo me fez a fatal pergunta: por que eu escrevia? Então, veio-me uma frase que, naquele momento, não achei má. *Escrevo na vã tentativa de um dia poder afinal silenciar-me.* E havia também a verdade de que, se um dia eu esgotasse tudo o que tinha a dizer, poderia então descansar, viver de verdade minha vida, deixando assim de passar o tempo a inventar outras vidas ou transformar vidas ou dar um melhor arranjo a elas. Estávamos no fim de nossa parceria — pensávamos assim, pelo menos — e aquilo era bom, terminar um livro podia ser bom, sendo que, no caso, cessariam todas as perturbações que as intervenções teimosas de Dédalo me haviam provocado e eu descansaria, como disse; mas o raio é que corríamos o risco de nos afastarmos um do outro, e eu havia me afciçoado a ele de certa forma, me habituado àquela insolência, àquele embate, e me sentia meio como que na véspera da partida de um irmão mais novo que decidira aventurar-se por conta própria pelo mundo. No entanto, tenho que reconhecer que eu estava, também, ferido em meu sentimento de posse, a eterna mescla de sentimentos contraditórios. Ao mesmo tempo em que eu trouxera Dédalo para dentro do contexto de minha criação, ele a transformara por dentro à minha revelia, e no entanto tudo acontecera na esfera de uma criação inicial minha, da qual ele começava então a libertar-se. Tudo se consumava, e era um cortejo de personagens o que havia passado pela nossa frente; vidas que havíamos criado ou manipulado, seres a um só tempo reais ou inventados, com os quais nos identificáramos durante mais de dois anos, e havia ainda o fato de que eu e Dédalo, cada um a sua maneira, havíamos mudado interiormente ou (o que é mais certo) havíamos nos recriado, de certa forma, dentro do contexto do romance; e mais: eu havia recriado Dédalo segundo o meu julgamento e a minha imaginação, e ele havia me recriado segundo o que imaginava ou queria ou precisava que eu fosse. E interferíramos um na criação do outro de tal forma que, no futuro, nenhum leitor haveria de saber onde terminaria o texto de um e iniciaria o do outro, apesar de todas as marcações. Havíamos nos interpretado um ao outro de tal forma, eu falando pela voz de Dédalo e ele pela minha, que até nós mesmos nos havíamos de algum modo nos perdido em nossos labirintos pessoais. No final daquela inusitada experiência de criação, eu me surpreendia, não raro, escrevendo como se fosse Dédalo, como se ele me habitasse, o que imaginei que talvez estivesse ocorrendo também com ele. E isso, posso dizer, pareceu confirmar-se no dia em que ele me trouxe um recorte de jornal contendo a formulação de um certo escritor português muito jovem de cujo nome eu já não me lembrava: *Aquele que me habita e escreve vive em algum lugar numa espécie de treva. Quase nada sabe de sua própria escrita. Menos ainda falar sobre ela.* Tratava-se de uma observação profunda perdida num texto, de resto, prosaico, pelo que me lembro. E assim posso dizer, refazendo a frase lá de cima, acrescentando a ela um novo significado: *Escrevo na vã tentativa de um dia poder afinal silenciar aquele que me habita e escreve e que vivia, antes que tudo isso acontecesse, numa espécie de treva.* A luz, no caso, poderia constituir-se na desgraça de nunca mais escrever.

ANOTAÇÕES DE DÉDALO

Li o primor que ele escrevera e pensei comigo: Com que então o velho Fran esforça-se por encontrar uma saída honrosa para o impasse em que se meteu. Ora, ora. Luz e treva; deixar de escrever porque disse tudo o que tinha a dizer, para depois entregar-se à contemplação, iluminar-se. Faça-me o favor, dom Francisco. A verdade é que ele vinha ensaiando isso a vida inteira: desligar-se de tudo e entregar-se à espiritualidade, o que jamais faria. Enquanto escrevia O evangelho segundo Judas, embarcou até mesmo naquelas balelas de Osho, a quem ele continuava chamando de Bhagwan Shree Rajneesh, cujas concepções ele haveria, em seus diários, de misturar arbitrariamente com as de Vivekananda. Já escrevia então naquela época, proclamando o seu anseio:

Caminho em busca desse silêncio que tenho a pretensão de que me conduza um dia a um estado de graça, o que eu imagino que seja o estado de graça, essa sensação que deveria ser comum e que não é, em que não haverá a mínima culpa, nem desejo inoportuno ou alguma ansiedade que me possa perturbar — pois Deus, se é que existe, não julga, e sim nos deu a carga de sermos juízes de nós mesmos, nos privando para sempre de sua autoridade —; sim, o estado de graça em que não julgarei os meus atos, pois não estarei imaginando ter cometido nenhum delito; um estado em que eu possa sentar-me no quintal de minha casa, em Ouriçanga, sob as árvores, e ficar silencioso, sem nenhuma vacilação em meu pensamento, sem um só movimento de meu ser, como quem plantou sua semente em bom solo e a está velando, esperando que germine, tendo esperança, aguardando que o grão morra para adquirir a verdadeira vida, esperando que aconteça por fim esse milagre em que eu me liberte da sedução enganadora do tempo, um estado de consciência que possibilite isso a que, dependendo de quem o sinta, costuma ser dado o nome de êxtase; e assim eu perceba algo que possa justificar a razão de estarmos aqui, vivendo esta vida que vivemos; um estado em que eu não precise mais repetir a recorrente frase: *como é estranho viver.*

Eis aí o tamanho de sua pretensão. No entanto, o tempo passou e a luz que deveria substituir a palavra não surgiu, e ele teve assim que dedicar-se às suas novas criaturas e às criaturas de suas criaturas, ainda que continuando a bater na mesma tecla do silêncio (sem nenhuma vacilação em meu pensamento, ora, vejam), sempre como se estivesse à beira do fim, na iminência de esgotar o seu discurso, como ocorre agora, como se o fim de Agostinho prenunciasse o fim de Ariel e o fim de Ariel prenunciasse o fim de tudo o mais, apocalipticamente, como se a vida toda tivesse sido apenas um sonho.

A Vida é um Sonho
(O romance de Ariel)

Ali, ainda na rua da Guarda Velha, cruzando o passeio para retomar o tílburi, Agostinho esforçou-se ainda uma vez por ser racional. Do mundo pretensamente sobrenatural da velha adivinha, ele passara, de repente, com um susto mesmo, para aquele outro das leis físicas eternas, com passado, presente e futuro, cada qual acontecendo à sua vez. Como saber o que ainda não aconteceu? Como poderia haver uma unidade que misturasse o ontem, o hoje e o amanhã? Ainda assim temia pelo que a vidente lhe havia dito. O fato simples, no final, era que ele regressava ao duro mundo de sua realidade, no qual havia uma casa

em Botafogo para onde teria que ir, atendendo ao chamado urgente
de Luís Garcia; e Agostinho, como era inevitável, remoía letra por
letra o bilhete escrito com uma caligrafia nervosa, e ainda repassou
na memória as indecências das cartas anônimas, com o asco enorme
que lhe haviam provocado, o terror de saber que Camila era alvo de
desejos tão vis e de ameaças tão covardes. Era assim que o espírito do
demônio se manifestava sem piedade em suas vidas, ameaçando-as
todas, até mesmo a de Luís Garcia, que, ao fim de tudo, se acontecesse
o pior, apodreceria em alguma sórdida prisão, morreria por muitos
anos para a vida de seu lar, que a tanto custo organizara para seu
conforto e o de Camila.

A MÃO E A LUVA
(O diário de Ariel)

[...]

Trajano enviou-me uma mensagem. Pediu-me que o aguardasse aqui
em casa. Virá ver-me, pois tem algo urgente a tratar comigo. Saberá ele
de tudo? Mas que tudo, se não há esse tudo? Alguém lhe terá dito algu-
ma coisa a mais acerca de meus encontros com Beatriz? Terá esse alguém
inventado algo? Quem será esse alguém? A mesma pessoa que escreve
as cartas ameaçadoras, imaginando essa podridão toda, desejando-a?
Deve nos imaginar, a mim e a Beatriz, unidos por um amor carnal e
pela volúpia, e de mim tem inveja. Ou Trajano nos terá visto em alguma
daquelas tardes em que eu e ela nos encontramos?, estando ele a imaginar
o pior. Se for assim, deverá estar concluindo que deixei de frequentar
sua casa para não lhe exibir a minha face de traidor.

Trajano Gonçalves chegará em breve, o meu caro Trajano, o meu
melhor amigo em toda a vida, meu amado irmão, e ele me encontrará
pálido de susto, trêmulo, pois é assim que já estou, temendo o pior, e aí

não terá dúvidas. A culpa, ainda que eu nada deva, estará estampada em meu rosto. Sei disso. É assim que me senti sempre diante de meus acusadores, é assim que eu me sentia quando meu pai me admoestava acerca de alguma falta, mesmo que eu não a tivesse cometido. À semelhança do que se passou com Agostinho, a cabocla do Castelo preveniu-me com palavras de advertência, e me assustou, e assim vejo aonde cheguei nesta minha descida ao inferno de minha consciência. A diferença é que o amor entre Agostinho e Camila é carnal. Há nessa história a volúpia que eu não permiti a mim mesmo em toda a minha vida, a luxúria que teria tornado justificável um ato extremo de Trajano, esse ato contra o qual a cabocla me advertiu. Ora, vê: eu, um pretenso cético, fiar-me assim, temer desse modo as palavras de uma mulher que vive da crendice alheia; e fico aqui, assim mesmo, a esperar pelo meu amigo.

[...]

O DIÁRIO DE FRANCISCO
(Anotações tardias)
SP, 22/08/1986

À medida que eu lhe entregava as derradeiras páginas do diário de Ariel, o sarcasmo de Dédalo aumentava, denotando um ressentimento que se tornava a cada dia mais claro, o que, longe de me perturbar, encheu-me de satisfação porque mostrava o quanto ele havia sido aplicado, o quanto havia dedicado de si mesmo àquela nossa aventura. Para ele, imagino, era como se vida e literatura estivessem indissoluvelmente ligadas, levando-o a pensar decerto que o fim do romance pressagiasse o fim de tudo o mais, até mesmo de nossas relações na vida real. Eu, por minha vez, imaginava (e almejava) que ali, naquele ponto final, é que haveria de ter início nossa verdadeira amizade, pois até então nos havíamos tratado mais como camaradas de ofício, contendo com frequência nossas emoções em nome do bom andamento daquilo que já passáramos a chamar de *uma espécie de romance.*

Foi por aqueles dias que Agostinho e Ariel, a quem já tratávamos como se fossem pessoas vivas, entregaram-se aos seus destinos.

49

A VIDA É UM SONHO
(O romance de Ariel)

*Quando o tílburi aproximou-se do mar, a brisa que, desde a sua infância,
o confortara sempre, como um bálsamo redentor, foi, para Agostinho, mais
uma vez, como que um sopro mágico capaz de mudar o seu humor. Era
grandiosa e brilhante a paisagem que ele podia ver e que amara em toda
a sua vida. Suspirou e, numa reviravolta de seus pensamentos, esqueceu
os maus presságios da cigana, e passou então a imaginar que, na verdade,
tudo o que vinha cogitando não era mais que uma ideia acerca do futuro.
Pensou também que, no mais íntimo de sua alma, não havia o mesmo
temor que a imaginação alimentara. Não fosse assim, por que estaria indo
daquela forma, tão resoluto, em direção à casa de Luís Garcia. Quem
iria daquela forma, célere, em busca do beijo da morte? Racionalmente,
aquilo não fazia o menor sentido. Não havia no céu nuvens ameaçadoras
ou o mínimo prenúncio de tormenta; pelo contrário, um céu azul que abra-
çava, lá no horizonte, o mar amado de sua infância. Acalmou-se. Como
crer que aquele pudesse ser o seu último dia, a última vez em que veria
aquele cenário tão familiar? Não, não fazia sentido pensar daquela forma.
E foi, desse modo, arquitetando a defesa de seu futuro, mudando-o, em seu
suposto benefício, moldando-o à sua conveniência. Tornou a pensar em
algum mau negócio de Luís Garcia, e que este estava na verdade ansioso
por um conselho seu, alguma palavra amiga, um empréstimo, quem sabe?
Por que não? Por que, entre tantas variantes que o destino punha-lhe à*

frente, haveria de suceder-lhe logo a pior? Foi um conforto quando assim pensou, pois concluiu, ato contínuo, que, afinal de contas, não havia senão a ideia, apenas a ideia, de que algo terrível pudesse acontecer. Imaginou então um outro destino para si, em que a cena antes tão temida terminaria num rijo abraço do amigo, agradecido pela pronta solidariedade, pelo empréstimo de uma certa soma, e depois imaginou também o caminho que se abriria para si e para Camila. Haveriam de redobrar os cuidados para que o amor que tinham um pelo outro não fosse descoberto. Haveriam de dar um jeito no autor das cartas. Talvez fosse pobre, e não almejasse mais que uma quantia em dinheiro. Mais tarde pensariam numa solução definitiva para a vida de ambos, uma fuga para algum lugar distante, com as identidades trocadas, e uma nova vida, e assim por diante. Entregou-se, pois, aos devaneios. O encontro com Luís Garcia, sendo então como imaginava que haveria de ser, teria assim um efeito contrário, e Agostinho retomaria a antiga assiduidade de suas visitas à casa do amigo.

A MÃO E A LUVA
(O diário de Ariel)

[...]

A vida, afinal, não é apenas aquela que vivemos pelos cinco sentidos; é mais que isso, é também para ser escrita, sonhada, imaginada. Quando penso nisso, percebo que alguma fortuna ainda possuo, que é a de ter-me tornado escritor. Demais, o bilhete de Trajano nada tem de ameaçador em si mesmo. E, se a vida é também para ser escrita, vou nutrir-me do destino de Agostinho. De quem poderia ele estar recebendo as cartas anônimas? Por que não imputá-las a alguém que rompesse a direção lógica da narrativa, alguém que, ao ser por mim imaginado, me surpreendesse a mim mesmo? Imputá-las a Camila, por exemplo, ela movida pelo seu desejo de tola em jogar um tempero a mais na sua relação com

Agostinho, o que mudaria, de maneira radical, o sentido do que já está aí escrito. E, como a vida escrita pode tudo, eu poderia até inventar que, percorrendo a margem da enseada de Botafogo, Agostinho imaginasse exatamente isso, e fosse imaginando mais e mais, imaginando que, em vez de Camila, o autor das cartas pudesse ser Luís Garcia, que talvez estivesse dando vaza a um desejo mórbido, a uma perversão. Mas eu poderia muito bem voltar atrás e responsabilizar mesmo Camila, fazer Agostinho crer nessa versão, e, nesse meu imaginar todo, fazer com que ele abdicasse de suas preocupações, até risse de seus receios (assim como eu gostaria que neste momento ocorresse comigo), e aí o mundo haveria de ter melhores aspectos diante de seus olhos. E, em seu caminho entre a casa da cartomante e a casa de Luís, Agostinho teria então o seu primeiro suspiro de alívio, e olharia reconfortado para a paisagem ensolarada da baía, o mar estendendo-se, belíssimo.
[...]

O DIÁRIO DE FRANCISCO
(Anotações tardias)
SP, 23/08/1986

Dédalo procurou-me numa tarde de sábado para falar-me, entre outras coisas, sobre *"certa pérola"* (assim lhe parecera) que recolhera do texto de *A vida é um sonho;* precisamente a expressão *onde água e céu davam-se um abraço infinito,* que encontrara no velho conto de Machado de Assis que, segundo insistia, havia inspirado Ariel.

Imaginei então que, com o seu sarcasmo e sua tentativa de insur-gir-se contra a minha fé e a minha visão acerca da literatura (o que passava também pelo seu constante esforço em minimizar a obra de Ariel), Dédalo procurava na verdade criar impasses para prolongar, talvez, aquela situação em que nos atoláramos. Tive, naquela tarde, pela primeira vez, a nítida sensação de que ele começara a me tratar com possessividade, procurando enquadrar-me em suas propostas, tentando lançar sobre mim uma teia, na forma de um projeto talvez apenas pessoal, no qual pudesse enredar-me inapelavelmente. Como as minhas reservas de energia literária, vamos dizer assim, tivessem começado a se esgotar, entreguei-me ao nosso destino em comum.

A VIDA É UM SONHO
(O romance de Ariel)

Agostinho encontrou a casa do amigo em completo silêncio. Bateu na porta, e Luís veio de pronto atender. Aparentava uma calma infundada. "Perdoa-me a demora, foi involuntária", disse-lhe Agostinho. "Eu estive te esperando quase que por toda uma vida", disse o outro, enigmático. Luís Garcia estava sereno demais para que Agostinho o imaginasse o homicida que havia imaginado, e isso o fez crer que os seus temores haviam sido mesmo infundados. Mas não deixou de intrigar-se com a ausência de Camila. "Mandei-a para a casa do pai, para poupá-la desta cena que só tu deverás testemunhar", explicou Luís. Tomado por um novo susto, sem compreender o que o amigo lhe dizia, estranhando-o, Agostinho quis saber o que estava acontecendo e obteve pronta resposta. "Quero que só tu saibas o segredo que me tortura e com o qual já não posso conviver, e que tu me prometerás guardar só para ti, até a tua morte." Agostinho assustou-se ainda mais ao notar que havia um revólver sobre a escrivaninha, e não pôde imaginar qual a tragédia que estava prestes a ocorrer. "Prometes-me que morrerá com o meu segredo, não importando os anos todos que ainda venhas a viver?" Agostinho não atinou com outra saída que não a de aceder ao pedido de Luís: "Seja o que for, sou teu amigo e te prometo." Caminhando em direção à escrivaninha, Luís foi lhe dizendo: "Sou o autor das cartas, Agostinho. Ditei-as todas e paguei a preço de ouro ao escriba. Paguei-lhe com ouro e ele pagou depois com a vida. Teve o merecido destino, mas pelo menos deixou a família amparada. Eu estava enlouquecendo por amor a Camila porque já não suportava o tamanho do meu amor por ela, porque já não suporto, porque estou louco, porque o mesmo ser venal que a soldo pôs no papel as minhas sandices foi quem me deu conta de que vocês se encontravam às tardes numa certa casa da rua das Mangabeiras. Desde o início eu percebi que vocês se olhavam com admiração, eu sempre percebi, e a partir daí é que comecei a ter os mais sórdidos pensamentos. E o estranho é que não senti ciúme, nem por ti nem por Camila, mas desprezo por mim mesmo, e, para tornar-me ainda mais desprezível, forjei as cartas, com o acréscimo de que isso me proporcionou um prazer inesperado, o prazer de um louco. No entanto, me senti, de repente, como se estivesse lúcido outra vez, e percebi que havia uma única saída para mim, um só destino. Por isso, chamei-te."

Olhou Agostinho fixamente nos olhos, e este não pôde ver neles senão uma despropositada ternura, a expressão de um sentimento que só a insanidade poderia justificar numa situação como aquela. Foi um longo silêncio, ao fim do qual Luís aproximou-se da escrivaninha, estendeu a mão para o revólver, apanhou-o, virou-se de novo para Agostinho, colocou a arma contra o próprio peito e disparou-a. Cambaleou, deu alguns passos e veio a cair, já sem vida, aos pés do amigo.

A MÃO E A LUVA
(O diário de Ariel)

[...]

A cabocla não me deu esperanças de felicidade mas, pelo menos, fez com que me tenha decidido a dar um rumo mais justo à minha existência daqui em diante. Continuarei, sim, a frequentar a casa de Botafogo, mas com a frequência mínima que não venha a causar estranheza em

Trajano. No mais, haverei de exorcizar-me de Beatriz. Sofro, sofrerei decerto com esta limitação que me imponho em dosar as vezes em que a terei diante de mim. Será tudo muito difícil, mas a literatura haverá de ser o meu refrigério. O meu romance é, neste momento, a única coisa que me pode valer para meu alívio.

TRANSPARÊNCIAS
(Do caderno espiral)

Ariel anotou apenas: *Trajano enviou-me uma mensagem. Pediu-me que o aguardasse aqui em casa. Tem algo urgente a tratar comigo.* É curioso que não tenha expressado estranheza acerca do fato de a visita de Trajano acontecer no dia de Natal. Por que interromper assim um dia tão solene? Devia encontrar-se mesmo numa situação-limite. Mas, desde o dia anterior, Ariel fora tomado pela certeza de que o futuro que havia projetado como pleno de desgraças não fazia sentido. Acreditava então, como nunca, na perenidade da amizade que Trajano sempre havia nutrido por ele. Pensou mesmo numa atribulação financeira, algo assim, e há sempre um limite permissível para as dívidas. O atraso de um dia pode ser fatal. Foi o que conjeturou em suas últimas anotações. Havia mandado um bilhete às Laranjeiras, avisando em casa que tinha um compromisso e que talvez se atrasasse para o almoço em família. Como tardasse demais, Clarice Alvarenga enviou um mensageiro à rua São Clemente. Ariel estava sentado na poltrona do quarto, sem vida, segurando o revólver na mão direita amparada sobre o joelho, com o rombo aberto no peito ainda sangrando.

O testemunho deixado por Cecília Alvarenga acerca da tragédia não foi além das escassas informações anotadas no álbum que ela e

Ofélia haviam montado como uma espécie de biografia precoce do irmão. Sobre os manuscritos deixados por Ariel, ela nada anotou. Nada se sabe também sobre o caminho dos papéis até que chegassem ao arquivo do Catete. O professor Temístocles nada pudera me esclarecer porque o doador recusara-se, misteriosamente, a fornecer qualquer informação nesse sentido.

O DIÁRIO DE FRANCISCO
(Anotações tardias)
Ouriçanga, 15/12/1986

Aqui mesmo em Ouriçanga eu lera a história a que Ariel dera o nome enigmático de *O passo Valdez*: as confissões de um adolescente que ele havia escrito aos vinte anos: a narrativa que, apesar de singela, serviu naqueles dias provincianos e solitários para enlevar o meu espírito e, muito mais tarde, induzir-me a escrever o que nestes últimos tempos tenho escrito de mais significativo para a mim. E, em meu caminho em direção ao espírito que animara Ariel, encontrei-me afinal em meio ao caos de seus vestígios literários, e também, naturalmente, em meio ao meu próprio caos interior, minha — eterna, parecia — desarrumação mental: o caos que me faria descobrir meu parentesco literário com um ser da fantasia chamado Robin Sutcliffe.

ANOTAÇÕES DE DÉDALO

Além da proclamada dependência infantil do amor, havia outras semelhanças entre Francisco e aquele personagem e as suas anotações, sendo que algumas delas ele poderia pôr no papel e assinar embaixo e seriam verdadeiras. Ele se identificara de maneira particular com o fato de que Sutcliffe tentara, durante muito tempo, usar vários tons de voz sem encontrar nenhum que se enquadrasse em seu estado de espírito e em seu tema. *Ele obstinava-se em escrever a partir de si mesmo, elegendo-se personagem principal de seu próprio livro, mas não conseguia fixar com eficiência, com o almejado efeito literário, o Sutcliffe de sua imaginação no universo por ele mesmo criado. Aubrey Blanford legou o testemunho de que* o manuscrito que resultara daquela empreitada intelectual era, na verdade, uma sucessão de armadilhas que criadores e criaturas montavam uns contra os outros. Antes mesmo que o livro tivesse ganho corpo, os seus personagens cujos modelos pertenciam à vida real começaram a olhar Sutcliffe por cima de seu ombro e a falar por si mesmos. *Assim, tal como sucedeu a Francisco, Laura Stein e Júlia com relação a mim, que me fizera amigo de todos à medida que os fui enredando em minhas tramas literárias.*

O FIO DE ARIADNE
(Sobre a Investigação)

Tendo relido um sem-número de vezes as derradeiras anotações do velho Fran, fico com a sensação de que o seu apelo pela religião era quase que apenas estético. Durrell em alguma parte de *O príncipe das trevas* diz algo semelhante com relação a Rob Sutcliffe. Talvez seja esse um dos motivos básicos também da identificação de Francisco com aquele personagem, além daquilo que ele próprio dizia possuir, a tal dependência infantil do amor, num grau talvez tão elevado quanto o daquele personagem que acaba afinal por perder-se em suas próprias armadilhas literárias, tendo, em seu íntimo, é possível, desejado isso apenas para poder declarar, com uma injustificada serenidade, que estava afinal incapacitado para continuar a escrever. Mas tudo acontece depois que Pia, sua namorada, o abandona em Avignon, abatendo-se sobre Rob um tédio imobilizador. Perdera o entusiasmo para o que quer que fosse.

Mas voltemos a este nosso tempo e a esta vida que ainda nos é destinada. Pelas poucas linhas que estão aí pela frente, já se pode saber que cabe a mim o fecho deste livro; e as considerações que posso ou sinto ímpeto de fazer podem até parecer incongruentes, mas talvez não sejam, não creio que sejam, pois aprendi com o tempo que, por mais que enlouqueçamos ou nos percamos em nossos pensamentos, não conseguiremos fugir à organização básica de nossa natureza. O caos não é senão uma ordem que desconhecemos. E, assim, sobre Francisco ainda posso dizer que, como todo artista, comportava-se como um narcisista irrecuperável, bem capaz de fazer a proposta a que me referi: esta espécie de parceria, esta (pretensa, apenas) repetição do pacto entre o Torlay e o Ottoni de *A sagração de Asmodeus*. Seria bem capaz mesmo de propor que eu me sujeitasse à criação de seu romance, ele tornando-me assim seu personagem e também um apêndice de seu trabalho, um prisioneiro do labirinto de sua imaginação. Por Deus que creio que seria capaz disso pela literatura. No entanto, se isso é um defeito, admiro tal defeito. Mas o fato é que entregar-me aos seus desígnios teria sido mesmo uma temeridade, e eu conheço umas certas particularidades sobre a patologia artística. Acho que foi Freud quem disse que as pessoas que têm emoções muito fortes (e que, por isso, julgam ao mesmo tempo que imaginam) constituem um sério perigo para quem está por perto.

Até que ponto é real a realidade, perguntou Blanford certo dia ao seu gato. Se examino o que ficou para trás nesta tarefa de mais de dois anos, sinto mais desconforto, é claro, diante daquilo que é de fato real, a vida vivida, do que diante dos arranjos feitos para que essa realidade se encaixasse nisto a que se dá ainda o nome vago de romance. A propósito: o que digo precisamente agora é real? Estou sendo sincero comigo mesmo e ao mesmo tempo verossímil?

Houve, sim, um coquetel em que Francisco falou-me com eloquência da obra do Mago e de seu último romance, *A sagração de Asmodeus,* e também sobre uma vaga ideia dele, Francisco, em repetir o pacto entre Torlay e Ottoni, mas na vida real, para ver no que isso resultaria. Receei que me fizesse alguma proposta nesse sentido, mas não a fez. No entanto, ainda que não a tivesse feito, comecei a alimentar uma ideia fixa sobre o assunto.

Outro dado da vida real: sim, troquei cartas com Francisco, e alguns trechos delas estão aqui reproduzidos; e também cheguei a pensar num romance com base no mito de Jó, mas não passei até hoje das cogitações. Foi uma ideia breve e evanescente de um destes seres que me habitam e a quem chamei de Castor. No entanto, algumas considerações de Francisco sobre o tema estão aqui. Dele também vieram, naturalmente, as sugestões para que eu lesse, além de *A sagração de Asmodeus,* que continua para mim indecifrável, esse *O príncipe das trevas,* pelo qual me apaixonei, não apenas pelas suas qualidades intrínsecas, mas pelo quanto me instigou. *Ave* Durrell.

Não há, creio, uma obra tão universal que possa ser do gosto de todas as pessoas. Gostar de um bom romance; mais que isso, amar um romance é algo tão pessoal quanto o ato de seu autor ao escrevê-lo. Cada romance é uma unidade moral, ética e criativa indivisível. Não há como compartilhar a criação de algo assim. Somos Castor e Pólux a um só tempo. E assim seria justo dizer que *da mesma forma que, no mundo físico, dois corpos não podem ocupar o mesmo lugar no espaço, duas ideias fixas não podem coexistir no mundo moral,* mesmo que tais ideias tenham frutificado no contexto de grandes amizades, como suponho que tenha acontecido aqui, nestas páginas. Me refiro a essas amizades que, por serem grandes, dispensam a mesura e a gratuidade, e não se abatem pelo conflito das crenças e das ideias; amizades advindas de energias contrárias mas complementares (a velha tensão do arco e das cordas da lira, afinal), e através das quais as almas parecem enredar-se numa única entidade, algo raro de acontecer nos dias de hoje. Findo este combate de mais de dois anos, atrevo-me a dizer que isso talvez tenha ocorrido entre mim e Francisco, mesmo que tal confissão me cause um obscuro pudor. Tão diferentes e tão necessitados um do outro, sem o sabermos, um belo dia (sim, belo) nos descobrimos, e a importância dessa descoberta aqui está, expressa nesta aventura, digamos, intelectual. Em meio a tantas diferenças e tantos conflitos, acabamos por nos dedicar um ao outro de uma forma incomum. Se me perguntarem por que isso aconteceu em tal grau, não saberia expressar senão respondendo: *porque era ele; porque era eu.*

Este livro foi composto na tipologia Adobe
Caslon Pro, em corpo 11,5/16, e impresso em
papel off-white no Sistema Digital Instant Duplex
daDivisão Gráfica da Distribuidora Record.